国家社科基金重大项目"百年中国文学视域下儿童文学发展史"（21&ZD257）阶段性成果

本教材亦受到浙江师范大学研究生教材建设基金立项资助

汉语言文学专业"求是"系列教材

PRINCIPLES OF CHILDREN'S LITERATURE

儿童文学原理

吴翔宇 主编

孙天娇 齐童巍 副主编

ZHEJIANG UNIVERSITY PRESS
浙江大学出版社
·杭州·

图书在版编目(CIP)数据

儿童文学原理 / 吴翔宇主编. — 杭州：浙江大学
出版社，2023.6
ISBN 978-7-308-23741-3

Ⅰ．①儿… Ⅱ．①吴… Ⅲ．①儿童文学理论－高等学
校－教材 Ⅳ．①I058

中国国家版本馆 CIP 数据核字(2023)第 076582 号

儿童文学原理

ERTONG WENXUE YUANLI

吴翔宇　　主　编

孙天娇　齐童巍　副主编

策划编辑	柯华杰
责任编辑	郑成业　李　晨
责任校对	高士吟
封面设计	春天书装
出版发行	浙江大学出版社
	（杭州市天目山路 148 号　邮政编码 310007）
	（网址：http://www.zjupress.com）
排　　版	杭州朝曦图文设计有限公司
印　　刷	杭州杭新印务有限公司
开　　本	787mm×1092mm　1/16
印　　张	13.25
字　　数	235 千
版 印 次	2023 年 6 月第 1 版　2023 年 6 月第 1 次印刷
书　　号	ISBN 978-7-308-23741-3
定　　价	49.00 元

序

　　儿童文学是否有"原理"，这是一个需要辨析和审思的问题。在一般人的印象中，"原理"一词更适合理工科的范畴，人文学科是求真求善的，学科体系也是开放敞开的，讨论儿童文学原理似乎有僵化元概念之嫌。我并不这样认为，我觉得只要是一门科学，其必定遵循一定的规则，其规律也可在具体的操作中无限地接近。儿童文学既是一种文学门类，也是一门科学。说它是科学，并不是从存在即合理的角度而论的，也不是从历史的长河中返顾而归纳的，而是从其内在的结构、特性等方面来说的。

　　作为一种文学门类，儿童文学的特性从字面上理解是"儿童性"和"文学性"。关于这一点，前辈学人已多有论定。从拆解出的这两个术语看，无论是"儿童"还是"文学"都不是随意可替代的，具有特指性和概念的质的规定性。两者的融合不是简单的"儿童"＋"文学"，而是"儿童"与"成人"的繁复组织和运作形态。要讨论儿童文学原理必须从"儿童文学"这一元结构入手，脱离和逃逸了儿童文学本体来谈其原理无异于缘木求鱼。

　　以往，"儿童文学原理"是"儿童文学概论"的代名词，涉及儿童文学概念、特质、分类、语言、结构、文体等方面的内容。此类教材的编撰，我较早涉足。在编撰过程中，我也老犯踌躇，感觉"概论"既然是一个概括性的论析，就要列出条分缕析的大纲，应注重理论性。但在具体实践中，也感觉面对如此庞杂开放的体系，不知如何下手。举凡与儿童文学相关的议题似乎都可以放进这个"空框"里。但真这样做，又发现缺乏限定和参照，有"放到篮子就是菜"的空疏。这种困惑始终伴随着我，尚未解决。我们那一代人，受教育的条件有限，那个时候的理论书籍较少，一切都在摸索中。于是，尽管我编的《儿童文学概论》几经修订，但上述问题都未得到完满的解决。

前些日子,吴翔宇教授送来了他主编的《儿童文学原理》书稿,请我提意见。这让我很为难,因为我对"儿童文学原理"这一议题尚有疑惑,如何能奢望为他人解惑呢?好在我清醒地意识到,疑问也许会在碰撞中出现转机,会有新发现。在我的印象中,翔宇是很喜欢谈论理论的,很多场合我都听到过他的发言,理论性强、判断敏锐是我对他的基本印象。在这本书中,翔宇深入地辨析了儿童文学概念的多歧性。为什么要花费这么多的篇幅来讨论一个概念的定义呢?我的理解是,越是"元问题",就越是延展讨论的前提和根本。一个概念如果约定俗成,那么讨论的空间其实会相对有限。相反,如果它是一个具有争议性的概念,那么基于不同的立场、视角就会产生不一样的理解,生成一种发散性的形态。

除此之外,翔宇还将儿童文学史、理论和批评融为一炉,试图勾连文学的三大板块。这种努力是可取的,也是冒险的。我觉得儿童文学史、儿童文学理论和儿童文学批评原本是不隔离的,三者有着内在的统一性和联结性。粗暴地割裂三者的关联折损了儿童文学原理的完整性和结构性,儿童文学原理如果仅是某一个板块的"原理",算不上真正的儿童文学原理。因而整合三者的关系十分必要,并不累赘。但我也担心,这么庞大的体系,如何找到"联结点"、如何处理三者的平衡,都不是一件简单的事。说实话,我已没有那么大的"野心"去考虑如此繁复的问题了,只能充当观看年轻人学术"表演"的观众。可能由于年龄的差异,翔宇的著作我感觉有些晦涩,研究方法也和我们那一代人有区别。但我还是费了不少时间把书稿读完,读完后松了一口气,挺为年轻人的学识感动。这份感动中也包含了我对儿童文学的深厚感情,它始终提醒我要继续学习、思考,不要停歇。

回首自己的学术研究之路,编教材占据了我很多的时间。我深深地知道,教材是给学生读的,是教学生如何当老师的。那么这种可持续的"传授"会影响很多人,不能不全力以赴。尽管我写的理论文章不算太多,但在编撰工具书和教材方面,我是颇感欣慰的。翔宇希望我为其大著写篇小序,我最想表达的是要把这门朝阳的文学发扬光大,让成年人放下天生的倨傲,返归童年并与儿童真诚对话。儿童文学就是成人主动与儿童对话的媒介,它区别于家庭、社会等场合的代际交流,是一种借助语言文字的默契与互动。

我尽管快一百岁了,但近年来我也一直在做着数十年如一日的工作。

这些工作差不多都和儿童文学相关,很多人劝我放下,但我做不到。我希望和更多的年轻人一起讨论儿童文学的理论问题,参与到培育儿童的伟大事业中来。因而,但凡有人跟我谈论儿童文学问题,我的眼睛和耳朵似乎更灵敏了,这已成为一种常态。我也希望翔宇能保持这种研究的状态和热情,在今后的研究中找寻到更多的学术增长点,让儿童文学真正施惠于儿童。

有哲人说,理论是灰色的,生命之树常青。在我看来,若能用理论去灌溉生命之树并使其常青,那是一种更高的境界。儿童文学需要理论,更需要建构起具有"儿童文学"自身特质的文学理论。只有儿童文学具备了自身的文学理论,才能丰富整个文学的理论大厦。我们这一代人比较缺乏理论,很多理解停留在感性的层面,看不到文学理论的复杂性、多维性。因而,对于很多儿童文学现象也就缺乏学理分析的洞见,甚至产生误读。这是应该反思的,也敦促我去"世事洞明",不断更新知识体系。这是我的一些基本认识,也与翔宇共勉。

以上是我的一点浅薄的陋见,更多是有感而发。

蒋风

2023 年 1 月 22 日

Contents

第一章	**儿童文学的性质**	001
第一节	儿童观与儿童文学	001
第二节	儿童文学是什么	007
第二章	**儿童文学的文体**	013
第一节	童　话	013
第二节	图画书	026
第三节	儿童散文	047
第四节	儿童戏剧	064
第五节	儿童小说	071
第六节	儿童诗	083
第三章	**儿童文学的语言**	099
第一节	儿童文学语言本体论	100
第二节	儿童文学语言层次	104
第三节	儿童文学语言整体观	110
第四章	**儿童文学的理论**	117
第一节	儿童文学理论的基点	117
第二节	儿童文学理论的本体	121
第三节	儿童文学的跨学科拓展	125

第五章　儿童文学的批评　　　　　　　　　　　　　　131

　　第一节　儿童文学理论、批评"一体化"　　　　131

　　第二节　儿童文学批评的问题　　　　　　　　136

　　第三节　儿童文学批评的结构　　　　　　　　140

　　第四节　儿童文学批评的方法　　　　　　　　145

　　第五节　儿童文学批评案例　　　　　　　　　150

参考文献　　　　　　　　　　　　　　　　　　193

后　记　　　　　　　　　　　　　　　　　　　202

第一章

儿童文学的性质

"儿童文学是什么"这个问题是儿童文学学科的理论原点。学界关于"儿童文学"的定义存在诸多争议，众说纷纭。儿童文学究竟是为儿童写的文学，写儿童的文学，抑或是教育儿童的文学？以上种种说法都有一定依据，也都存在着进一步阐释的空间，有待商榷。定义儿童文学的难度在于一组关系，即"成人"与"儿童"的对立统一。儿童文学的作者是成人，读者是儿童，作者与读者的分歧使得儿童文学研究并非易事。"成人作家为儿童读者创作"是儿童文学的一个基本事实，因此，成人话语必然或隐或显地存在于儿童文学内部，且隐藏着意识形态，与儿童话语形成对话体系。由此也造成了儿童文学思想与艺术的两歧性。上述问题的复杂性带来了儿童文学研究的困难性，但同时也带来了研究的丰富性和可能性。从"儿童文学"这一命名来看，其最基本的性质当属"儿童性"和"文学性"。首先，不同于儿童读物，儿童文学是作为文学而存在的，"文学性"是它的基本属性。其次，"文学是人学"，儿童文学亦如是，界定儿童文学须先从界定儿童开始。

第一节　儿童观与儿童文学

一般而论，儿童文学的出现离不开人们对于"儿童"主体的认知。作为现代的产物，"儿童"或"儿童文学"的发现，与现代启蒙运动、中产阶级的兴起、妇女解放运动及浪漫主义运动的推动有着密切的关系。与其他思想观念无异，"儿童观"（"童年观"）的生成离不开社会对于"儿童"这一特定群体的认识与理解。它涉及儿童的权利、地位与特性。不过，正如帕金翰所说，在一系列"儿童是什么""儿童应该是什

么"的假设话语中,都在"强化"和"自然化"儿童。[①] 言外之意,这种被动的假设实质上跳过了儿童本体,儿童也成为一种本质化的对象。现代儿童观的确立是与"儿童的发现"扭合在一起的。撂诸中外儿童史,不难发现儿童本身的价值、精神长期处于被漠视、遮蔽的位置。正是这种非现代的儿童观使得儿童文学的生产带有厚重的非儿童因素,成人的教化内含着遮蔽儿童主体性的权力话语。由于缺乏真正意义的理解与沟通,成人强势地对儿童施加自己认定的观念与思想,代际的平等沟通被一种约定俗成的教化所替代,其结果是儿童与成人之间横亘了一条难以逾越的沟壑,拉大了两者之间的距离,无法实现真正的对话。从这种意义上说,儿童、儿童文学实质上都是现代的产物,其获致现代的价值与地位取决于成人儿童观自身现代品质的绽出与在场。

儿童亟待成人社会对其进行一次社会学的"定价"[②]。这种重估儿童价值的愿望主要指向传统的儿童观。作为一种认知形态的观念,儿童观从来都不是儿童对于自身理解所形成的看法或观念,它是以成人为主导的社会体系对于儿童非实证的、经验性的意见,在特定的社会、文化、区域之中具有一定的普遍性和抽象性的印象,并在社会交往中逐渐形成一种代表性的话语。透过成人对儿童的"想象"与"叙述",我们可以洞悉"两代人"的集体性的表述与话语形态。儿童观构成了成人思想史的重要组成部分,是成人知识生产过程中的文化产品,为我们审思成人思想观念谱系提供了有效的切入点。换言之,对成人、成人社会这一他者的考量,有必要自觉地将其纳入儿童主体思想体系建构的文化内部,最终指向儿童身份的认识与建构。

儿童观并非成人凭空产生,而是一种社会建构的产物。无论是西方还是中国,儿童的概念、身份很长时间都被淹没在黑暗之中。无论是西方的"原罪说",还是中国传统社会中的"父为子纲",儿童的地位、价值都没有得到应有的尊重。与此相关的是,出现在文艺作品中的儿童形象多有被挪用、误读或扭曲的现象,这也成了研究者探究现代观念、人类文明起源的审思对象或反例。中国"儿童观"的现代化起步较晚,清末民初来华传教士创办儿童刊物、译介作品有效地推动了中国的"儿童的发现"。19世纪、20世纪之交,两个国外传教士造访中国并撰写了《孩提时代:两个传教士眼中的中国儿童生活》。中国儿童及儿童生活通过"他者"的打量后成为

① 大卫·帕金翰.童年之死:在电子媒介时代成长的儿童[M].北京:华夏出版社,2005:5.
② 维维安娜·泽利泽.给无价的孩子定价:变迁中的儿童社会价值[M].王水雄,等译.上海:华东师范大学出版社,2018:5.

考察"中国形象"的典型文本。以儿童"有趣的学校生活"为例,传统教育的方式让这两个外国人特别感兴趣:"刚入学时,孩子首先要站在老师的桌子前,听老师念《三字经》的第一行,一直到他完全懂了为止。然后,他就回到自己的座位上,开始不断地大声朗读。如果有人不记得哪个字怎么念,那么他就会再次走到老师的桌子前,向老师请教。不过,他并不能经常去。"在他们看来,中国儿童接受教育的目的是功利的:"中国的孩子们都喜欢学习,将来他们一定有机会让他们的国家再次扬名世界。中国式的罗曼史和恋爱、作战一点关系都没有,一般都是围绕一个主人公忠于职守、少年成名,直至当上大官的过程展开的。'十年寒窗,一朝得志',然后就可以荣归故里,还会给父老乡亲带来欣慰和荣耀。"①与前述传教士颇为相似,留美学生李恩富的《我在中国的童年》也描摹了"老中国"儿童的生存境遇,都在一定程度上向西方世界(读者)构筑了中国形象。所不同的是,前者是西方人眼中的中国童年,属于他塑的文化类型;后者则是中国人眼中的中国童年,属于自塑的文化类型。在李恩富的视野中,置身长幼有序的体系的童年"像匹被初次套上缰绳的小公马,出于对长辈的恐惧,我被控制着、被套上了马嚼子,我的舌头被约束着,我的脚被钉上马掌"②。这是一个身心受缚的儿童。李恩富以"局内人"的身份向"局外人"表述了中国童年的样貌。由此看来,儿童观的意义远不止于发掘这种观念的具体表征,而是为了探求一系列关乎人类文明发展及思想观念演进的重大议题。一旦一种具有集体无意识的儿童观产生,其观念、态度及言论必然会直接或间接地影响作家的创作实践。即抽象的观念转换为文学范畴中各类元素,进而成为一种指向精神价值的文学符号与表意形态。

如前所述,成人对于儿童的认识与理解构成了成人社会知识体系的一部分,对不同时期儿童观的梳理势必会折射出儿童文学发展演变的过程,这种不断印证和确认的过程反过来拷问了由不同时期成人作家构成的现代知识体系的政治。这样一来,"社会生活史"与"精神生活史"就在儿童观这一"知识集"中实现了融合。将儿童观与现代中国社会的发展联系在一起,其实质是为了发掘现代观念是如何落实到"儿童"这一主体上的,以及这种观念的现代变革与儿童的发现、解放之间是怎样的对应关系。需要注意的是,儿童观在现代的发展轴上看似是演进的,而与之相应的儿童文学观也就不可避免地顺应这种演进的道路。事实上,不同的历史阶段

① 泰勒·何德兰,坎贝尔·布朗士.孩提时代:两个传教士眼中的中国儿童生活[M].王鸿逌,译.北京:金城出版社,2011:125-126.

② Yan Phou Lee. When I Was a Boy in China[M]. Boston:Lothrop, Lee and Shepard Co.,1887:20.

儿童观的变化可能并不呈现出矢性的轨迹,而且儿童文学观与儿童观之间也可能并不完全是和谐、同向的。基于此,我们不能离弃对儿童观生成的历史语境的考察,同时更要重视作家复杂的创作心理,以文本为立足点,以期在文本内外把握中国儿童文学发展演变的讯息。

要想系统考察儿童观形成、发展、演变的过程及思想史的意义,首先需要审视"儿童"主体的发现与建构过程,及其对儿童文学和儿童文学观念的影响。无论是西方还是中国,"儿童"的概念从来都不是理所当然和不证自明的。尼尔·波兹曼认为,中世纪没有童年。虽然希腊人把童年当成一个特殊的年龄分类,却很少给予它关注。好在尽管希腊人可能对于童年的概念模棱两可,甚至迷惑不解,但是他们热衷于教育。因此,虽然他们并没有创造童年,但是他们为童年的诞生作出了巨大的贡献。罗马人在继承希腊的教育传统的基础上发展出了超越希腊思想的童年意识,将成长中的孩子同羞耻的观念联系在一起,在童年概念诞生的过程中迈出了很大的一步。在北方蛮人入侵后,罗马帝国消亡,欧洲陷入了愚昧黑暗的中世纪,随之而来的是读写能力的消失、教育的消失、羞耻心的消失以及由此导致的童年的消逝,一切又回到了原点。中世纪的儿童身处一个以口语沟通的世界,与成人共处于一个社会范围,没有分离机构将其加以限制,儿童不需要学习就能够理解并进入成人的世界。"在儿童面前,成人百无禁忌;粗俗的语言,淫秽的行为和场面;儿童无所不听,无所不见。"①总而言之,在识字文化时代尚未到来之时,没有教育的观念,没有羞耻的观念,童年的概念是看不见、摸不着的。法国学者菲力浦·阿利埃斯的《儿童的世纪:旧制度的儿童和家庭生活》通过与儿童密切相关的游戏、礼仪、学校、课程的演变来追溯儿童的历史。在西方16世纪之前的绘画、日记之中,儿童作为独立"人"的存在价值几乎是被忽视的,儿童"小大人"的角色判定将其拽入了与成人无异的日常生活秩序之中,相似的服饰、劳动、竞争、分工抽离了儿童特有的主体性,人类与生俱来的"童年"实质上是缺席的:"传统社会看不到儿童,甚至更看不到青少年。儿童期缩减为儿童最为脆弱的时期,即这些小孩尚不足以自我料理的时期。一旦在体力上勉强可以自立,儿童就混入成年人的队伍,他们与成年人一样地工作,一样地生活。小孩一下子就成了低龄的成年人,而不存在青少年发展阶段。"②儿童亟待从成人板结的文化体系中脱离出来。只有这样才能确立其主体性。

① 尼尔·波兹曼.童年的消逝[M].吴燕莛,译.桂林:广西师范大学出版社,2004:14.
② 菲力浦·阿利埃斯.儿童的世纪:旧制度的儿童和家庭生活[M].沈坚,朱晓罕,译.北京:北京大学出版社,2013:329.

而这种状况直到中世纪后期才得以改变。学校教育衍生的"知识差距"使得儿童与成人的隔离成为可能,儿童被放归社会即是时代进步的反映,也开启了儿童独立主体建构的空间。由此,也逐渐刷新着成人对于儿童生活、行为、精神的看法与观念,儿童观也逐渐朝着更切近儿童自身成长的路径靠近。随着儿童与成人的分离,"童年"概念才得以浮出历史地表,进而融入现代世界价值观念的大潮之中。自此儿童史研究几乎成为西方社会史研究的显学。

在新旧转换的框架中,儿童观也亟须转换以适应现代的需要。1932 年出版的王稚庵的《中国儿童史》虽标示为"儿童史",实际上却是一部儿童故事集,更准确地说是一部"模范儿童事迹综录"①。尽管它不是一部严格意义上的儿童史,但其功用依然有助于儿童教育。按撰序人黄一德所说,该书有助于成人"对儿童讲抽象的名词"②。由于儿童教育本身的困境,这些抽象的名词要传达给儿童并非易事,书中儿童的示范作用确实不容低估。在传统中国,"儿童"是一个受蔽的概念。儿童主体被压抑和遮蔽的主导根由是严苛的伦理制度与规则。在代际伦理中,父母给予儿童生命,因而儿童有义务赡养父母。这原本无可厚非。但也就是这种基于血缘的承续而衍生的伦理原则让"成人本位"观有了存在的依据。这也成了五四新文化运动"伦理革命"的基本出发点。关于这一点,英国学者约翰·洛克曾深刻地揭露了伦理关系的障眼法。他并不否定子女对父母应承担的义务,但"这绝不是授予父母以对其子女发号施令的权力,或是制定法律并任意处置子女的生命或自由的权力"。在他看来,"应该敬重、尊崇、感激和帮助是一回事,要求绝对遵从和臣服则是另一回事"③。在"成人本位"观念的主导下,儿童话语受控于各类"庭训""诫语"等有形力量的主导,儿童的地位和权利很难得到保障。此外,教化色彩浓厚的蒙学读物也以"道德""伦理""孝悌"之名将儿童异化为"缩小的成人",进而推波助澜地将儿童主体驱逐出成人话语的体系。

熊秉真曾对中国古代社会"家里的孩童""学校的学生"和"店铺的学徒"三类幼童进行过系统的分析,洞见了"老年文化"里儿童"不许有自我的声音主见"④。在这种"老年文化"的控驭下,儿童要么龟缩于原本狭小的儿童世界,要么异化为"小大人"。对于后者,丰子恺认为,违背儿童自然生长阶段的"成人"状态是一种病态:"大人像大人,小孩像小孩,是正当的、自然的状态。像小孩的大人,世间称之为'疯

① 王子今.从"儿童视窗"认识中国历史与文化[N].文汇报,2018-06-01(2-3).
② 黄一德.序[M]//王稚庵.中国儿童史.上海:儿童书局,1932:2.
③ 约翰·洛克.政府论(第二篇)[M].顾肃,译.南京:译林出版社,2016:87.
④ 熊秉真.童年忆往——中国孩子的历史[M].桂林:广西师范大学出版社,2008:50.

子',即残废者。然则,像大人的小孩,何独不是'疯子'、'残废者'呢?"①他进而将这种"儿童成人化"的病态概括为四种表现:"儿童态度的成人化""儿童服装的成人化""玩具的现实化""家具的大人本位"。丰子恺指出,成人大都热衷于名利,萦心于社会问题、政治问题、经济问题、实业问题等,其精神生活日趋逼仄,反而认识不了世间事物的真相,丧失了人类的自然本性,变得"虚伪化""冷酷化""实利化","失去了做孩子的资格"。"我的孩子们!我憧憬于你们的生活,每天不止一次!我想委曲地说出来,使你们自己晓得。可惜到你们懂得我的话的意思的时候,你们将不复是可以使我憧憬的人了。这是何等可悲哀的事啊!"②基于这种推导,他得出儿童向成人的过渡实质是一个退化的过程:"在不知不觉之中,天真烂漫的孩子'渐渐'变成野心勃勃的青年;慷慨豪侠的青年'渐渐'变成冷酷的成人;血气旺盛的成人'渐渐'变成顽固的老头子。"③那么,为了阻止儿童这种退化,需要将儿童这种自然状态"冷冻"起来吗?对此,丰子恺并未作引申性的解读。不过,从其一贯的儿童观来看,他的内心是拒斥儿童成人化的。

正是因为"儿童"长期被淹没于成人的话语系统而失声,启蒙思想者才要揭开儿童受蔽的历史根由和文化源头。其中,他们对于文化奴役儿童的无形力量的剖析与批评尤其犀利。王人路曾这样描述中国古代儿童教育的状况:"拿《三字经》《千字文》,《百家姓》,《幼学琼林》,《四书》,《五经》,用一枝秃笔,一根藤鞭,和一副私塾先生的道学面孔,栽灌到一般天真的儿童的肚子里去。"④在儿童尚未真正发现之前,儿童文学自然也不可能真正出场。可供儿童阅读的读物非常少,即使有也多是成人读物。王平陵所说的"是毒物,并不是读物"⑤可作如上观。对于传统社会"从来如此"的驯化、奴化儿童的行为,新文化人秉持现代启蒙的立场,力图唤醒那些尚处于蒙昧状态的儿童,进而希冀其觉醒来为民族国家想象提供崭新的"人学资源"。这种从"种性"的角度来探求"人"及"国"未来发展的做法,有效地将"儿童"自身发展的现代命题与其所置身的民族国家的现代化联结起来了。一旦斩断了那些黏连着伦理思想的土壤和依据,儿童话语以其"新人""新民"的独特品质则必定在

① 丰子恺.关于儿童教育[M]//丰子恺.丰子恺文集(艺术卷二).杭州:浙江文艺出版社、浙江教育出版社,1990:237.
② 丰子恺.给我的孩子们[M]//丰子恺.丰子恺文集(文学卷一).杭州:浙江文艺出版社、浙江教育出版社,1992:256.
③ 丰子恺.渐[M]//丰子恺.丰子恺文集(文学卷一).杭州:浙江文艺出版社、浙江教育出版社,1992:96.
④ 王人路.儿童读物的研究[M].上海:中华书局,1933:1.
⑤ 王平陵.新时代的儿童文学[J].文艺先锋,1944,4(5):6-9.

民族国家生存与发展的宏大议题中获取巨大的合法性价值。这也成了启蒙者之所以要借"儿童"来思考人、社会、历史等问题的重要原因。

当然，我们也不能武断地认为中国古代成人对于儿童都是漠视的或"无爱"的。其中，成人的童年观和成人对待儿童的情感态度并不是一回事："我们不能将童年的观念与对儿童的感情混为一谈，前者是与一种对于儿童特性的意识相对应的，正是这种特性将儿童与成人区别了开来。"[①]王鲁彦与妻子合著《婴儿日记》的出发点来自其作为父母的反省："没有资格做父母，偏偏会生孩子，不懂得养育，没有能力养育。"他们相信，"一切做父母的人，无疑的都和我们一样的爱孩子"，但由于缺乏科学育儿的方法，只能"在黑暗里摸索着"。为此，他们的"日记"另辟蹊径，以"不用科学的方法的害处"[②]来提醒其他父母注意。从人性的角度看，父母爱自己的子女是一种朴素的情感，但这并不意味着这种爱能产生天然适洽的科学育儿的方略或客观健康的儿童观。由此看来，即使解决了父母之于子女"是否善"的理论问题，依然还有一个"如何实施善"的技术层面的难题。

第二节　儿童文学是什么

廓清儿童文学概念是开展中国儿童文学相关研究的原点。从字面上理解，儿童文学的特殊性体现在"儿童"与"文学"两个层面上。"儿童性"属性之所以重要，是因为它是儿童文学分殊于其他文学门类的显著标志。脱离了儿童本体的文学显然难以纳入儿童文学概念的范畴。因而在评判儿童文学读物的好坏问题上，"儿童性"也就自然成了重要的标准。唐小圃认为，如果不了解儿童心理，儿童读物想要受儿童欢迎是不现实的。他用一个形象的比方来说明这一问题："中国儿童只知道神仙能驾云，他偏要把外国神仙请来，硬叫他生翅膀；中国儿童只知道神仙是庄严可敬，他偏做成一个裸体美人，如《西游记》上的女妖一般；儿童情窦未开，他偏要和他们谈恋爱；儿童仅知握手鞠躬，他偏和他们接吻……他们怎么能欢迎呢！"[③]往深处考究，前述学者界定儿童文学概念遵循的是一种"描述性"的话语逻辑，是从概念生成的语义来定义的，儿童文学是"儿童"的"文学"即是这一概念的核心内涵。

①　菲力浦·阿利埃斯.儿童的世纪：旧制度的儿童和家庭生活[M].沈坚,朱晓罕,译.北京：北京大学出版社,2013:123.

②　鲁彦,谷兰.婴儿日记[M].上海：生活书店,1935:2-3.

③　唐小圃.一个童话作家[J].小说世界,1924,8(5):1-13.

问题的复杂性在于,关涉"儿童性"的文学作品种类繁多,不能一概论定为儿童文学。例如儿童视角的文学、儿童形象的文学、儿童创作的文学、儿童阅读的文学等都与"儿童"相关,但都不能界定为儿童文学,只要举一反例皆可力证。如果从接受者的角度来定义儿童文学,情况将更为复杂。对此,班马指出:"一部儿童阅读史,就完全打乱了儿童文学和成人文学许多人为界限。"①由于儿童选择和理解层面的"模糊阅读方式",研究者难以精确地限定儿童的知识能力,因而要确定一部作品到底是否适合儿童阅读是一件很艰难的事。更进一步说,儿童文学的接受者到底是儿童还是保持赤子之心的成人,也难有统一的定论。李泽厚就认为《西游记》是"中国儿童文学的永恒典范"②。之所以这么界定,他是从接受者的角度来立论的。显然,并非专为儿童而创作的《西游记》,因其奇幻的想象确实能使儿童感兴趣,但以此判定其为儿童文学作品难以令人信服。类似的推断俯拾即是。刘绪源将胡适的《尝试集》《尝试后集》视为儿童文学作品,其理由是:"即使不是童诗的诗,胡适也是用儿童的语言来写的,也是充满童趣的。"③张永健将凡尔纳的《八十日环游记》界定为儿童文学,原因是"历来受小读者所喜爱……大都是为少年读者着想"④。如果接受对象从儿童泛化到有赤子之心的成人,那么儿童文学的边界就被打破,从而使得儿童文学与成人文学之间的差异性变得模糊了,由此也加剧了中国儿童文学与现当代文学"一体化"研究的困难。也有人将"是否写儿童"作为界定儿童文学的标准。这实际上也不够准确,如班台莱耶夫的《文件》和韦伯斯特的《长腿爸爸》都没有写到任何一个儿童,但却不能否定它们是优秀的儿童文学作品。

基于概念的模糊性,儿童文学的界定面临着诸多麻烦,但也激发了学人探求其性质的兴趣。为了进一步区分儿童文学与成人文学的差异,孙建江曾提出"本位"的儿童文学和"泛本位"的儿童文学的概念⑤。在明确了纯粹的、无争议的儿童文学后,孙建江将一些追求"深沉""凝重"和"深度"的作品列入"泛本位"的儿童文学。毋庸讳言,孙建江的这种归类依然存在着问题。即使真有纯粹或非纯粹的儿童文学之别,但"深沉""凝重"和"深度"也非区隔儿童文学与成人文学的显在标志。应该说,儿童文学的基调可以"深沉""凝重",也可以写得有"深度"。儿童文学如此,成人文学也如此。颇为类似的是,眉捷提出了"泛儿童文学"的观点,在肯定作家创

① 班马.当代儿童文学观几题[N].文艺报,1987-01-24(6).
② 李泽厚.美的历程[M].上海:生活·读书·新知三联书店,2009:195.
③ 刘绪源.中国儿童文学史略[M].上海:少年儿童出版社,2013:9.
④ 张永健.20世纪中国儿童文学史[M].沈阳:辽宁少年儿童出版社,2006:31.
⑤ 孙建江.本位·品种·新人新作——儿童文学创作季评[J].儿童文学研究,1997(1):50-53.

作主体性的前提下,他提出,"作品一旦完成——如果小读者接受,那么我们可以认为它是儿童文学作品;如果我们发现小读者读不懂,那么我们大可考虑将之从少儿出版物中剔除"①。眉睫的这种观念看似解决了儿童阅读的能力差异、偏好所带来的儿童文学概念的游移问题,但又因泛化儿童阅读选择的能动性而消蚀了儿童文学明确的指向性。事实上,"适合"儿童阅读并不是儿童文学之为儿童文学的基本标尺,离开成人创作者专为儿童创作的针对性显然也会最终离弃"儿童性"本身。对于"泛儿童文学"的理论误区,刘绪源重申了儿童文学创作中成人的主体性:"正因为有了自觉为儿童创作的作家群,'儿童文学'这一领域才开始出现,这是人类文明到达一定时候的成果。"②只不过,那些"非自觉"为儿童创作的作品最后成为经典儿童文学作品的也有,戈尔丁的《蝇王》即是显证。

除了"儿童性"外,儿童文学的"文学性"也具有其独特性。如浅显通俗的语言、充满童趣的讲述方式、切合儿童口味的文体等都烙上了专属儿童的字样。成人文学之所以不是儿童文学,其根由也在于它不是专为儿童而创作的,其思想内容、语言形式、审美趣味都与儿童有距离,在"读不懂""不想读""不能读"等区隔中,儿童文学与成人文学的壁垒就产生了。王泉根认为儿童文学区别于成人文学的美学特征在于:前者遵循"以善为美",后者则遵循"以真为美"③。从表面上看,这有些道理,但事实上,"真"或"善"是无法作为衡量一种文学的美学标准的。显见的理由是成人文学也传达和遵循"善"的原则;同理,儿童文学也没有舍弃"真"的特性。如果非要给儿童文学冠之以"善"的原则,不仅无法概括儿童文学的特殊性,反而会窄化儿童文学所能传达内涵的丰富性。为了进一步探究儿童文学的价值观念,刘俐俐提出了"以美均衡真善"④的观点。她启用了"审美本位"的原则,力图均衡儿童文学"娱乐"与"教益"的功用,从而实现真善美的统一。当然,这种"均衡"的理论预设较为符合儿童文学的特性,但在具体的实践过程中由于受制于历史语境,"美"的原则依然无法调适思想性与艺术性的矛盾,最终也无法均衡"娱乐"和"教益"的社会功能。

在成人主导的话语系统中,"写儿童"还是"为儿童"的论争也是长期困扰中国儿童文学理论界的问题。判定一部作品是否属于儿童文学并非以是否写到了儿童为标准,我们不能将中国文学中出现了儿童形象的作品都定义为儿童文学。如鲁

① 眉睫.关于"泛儿童文学"[N].文学报,2015-07-23(9).

② 刘绪源.也谈"泛儿童文学"——读眉睫《丰子恺札记》有感[N].文学报,2016-05-26(9).

③ 王泉根.高扬儿童文学"以善为美"的美学旗帜[J].中国儿童文学,2004(3):85-95.

④ 刘俐俐."以美均衡真善"的儿童文学价值观念[J].社会科学战线,2021(1):166-172.

迅的《孔乙己》《故乡》《风波》等小说中都写到了儿童,但这些都不属于儿童文学作品。借儿童来表达对成人社会的思考,是鲁迅创作此类小说的真实缘由。"为儿童"则是从成人的创作动机来考察的,单纯从动机去考察概念的本质属性显然有失公允。任大霖认为判定儿童文学时要将效果放在动机之前:"假如只看动机(是否'为儿童而写')而不看效果(儿童是否接受是否喜爱),那么像……《社戏》《离家一年》《寂寞》,还有契诃夫的《万卡》、屠格涅夫的《白静草原》、莫泊桑的《我的叔叔于勒》和都德的《最后一课》等等写儿童生活的杰作统统都不能进入儿童文学之门,而不少内容晦涩、形象干瘪、语言乏味,根本不可能被儿童所接受所喜爱的'作品',却都可以堂而皇之地拥进儿童文学园地中来,只要作家自己宣称这是为儿童(或少年)写的就行。"①应该说,任大霖的观点有效地拒斥了那些以动机来界定儿童文学的偏颇。但是,以效果来判定是否是儿童文学的推理也有逻辑问题。这种将成人文学合于儿童需要的"拿来"势必会混杂成人文学与儿童文学的界限,也会在否弃一种极端观点的同时又走入了另一个极端。客观理性的观点应该是动机与效果并重,儿童文学应该是作家专为儿童创作,同时,所创作的作品又要受到儿童的喜爱。从这种意义上说,鲁兵所谓"把儿童文学的定义还给儿童文学"避免了上述矛盾:"一个作品是否属于儿童文学,只能从这个作品的本身去检验,这才是最可靠的办法。一个作品是否属于儿童文学,就要看它是否具有儿童文学的特点。"②这种返归儿童文学本身的观念有效地规避了成人及成人社会对于儿童的建构性的假设,使儿童文学更好地回到儿童性与文学性的理论畛域。上述理论上的争议实际上将"儿童文学"从一个学术概念转换为一个学科概念,中国儿童文学也因其与中国现当代文学之间的复杂关系而没有自我本质化。儿童文学作为一门学科的独特性恰恰体现在其与中国现当代文学之间既独立又依赖的关系上。

如果跳出"描述性概念"的迷雾,将儿童文学视为一个"结构性概念",那么中国儿童文学史书写的复杂性将更为突出。所谓中国儿童文学的"结构性",意味着要系统考察"儿童性"与"文学性"的先后关系,也要探究儿童与成人"代际"话语的转换,还要统摄百年中国儿童文学发生发展的语境及其对语境的反作用力。中国儿童文学是在"百年中国"与"百年中国文学"的整体格局中发生发展的。儿童文学史观的基本问题是如何理解儿童文学自身发展的历史,其背后关涉"儿童文学是什

① 任大霖.我的儿童文学观[M].上海:少年儿童出版社,1995:5-6.
② 鲁兵.我国儿童文学遗产的范围[M]//蒋风.中国儿童文学大系·理论(一).太原:希望出版社,1988:802.

么"的判断与认知。对于中国儿童文学史研究而言,这就要求在史观的引领下对儿童文学知识化生产作出阐释与评价。囿于陈旧儿童文学史观的影响,一些中国儿童文学史著过于高估"史前期"的价值,降格了五四儿童文学的"开端"意义及百年中国儿童文学的"现代性"价值,对"儿童本位观"所衍生的儿童与成人"二分假设"[①]的后果反思不够,对制导百年中国儿童文学发展之儿童观的演进脉络的整体研究还不充分。其中特别要警惕"非文学"与"纯文学"两种史观所制囿的"工具论"及"本质论"的后果。由于没有理顺文学史观的限制性与文学史整体结构的多元性的关系,一些介于儿童文学与成人文学"中间地带"的类型,如"青春文学""成长文学""科幻文学"等有待重新定位。"儿童视角的文学""童年文学"与儿童文学的关系亟须重新廓清。

与此同时,由于尚未理顺和融通儿童观、儿童文学观及儿童文学史观的关系,以往的中国儿童文学史书写缺乏谱系学的自觉观照,长于研究发展史的阶段性特征,却忽视"过渡状态"的文学史意义。重视语境对儿童文学的塑造作用,忽视儿童文学对于语境的反作用力。百年中国文学史可分为多个发展阶段,"断裂性"是表征文学史阶段性差异的标识。不过,正如王尧所洞见的:"阶段性特征被强调以后,'过渡状态'的意义被过滤掉。"[②]如果不能将研究的视点置于中国儿童文学史"转折""转型"的中间状态,并深入这种状态内隐的政治、经济、文化和思想结构的多元状态,显然也无法达至对于文学史整体性的认知。

"纵剖面"与"横截面"是文学研究的两种基本方法。胡适在论及短篇小说时曾将这两种方法称为最精彩与最经济的手法:"一人的生活,一国的历史,一个社会的变迁,都有一个'纵剖面'和无数'横截面'。纵面看去,须从头看到尾,才可看见全部。横面截开一段,若截在要紧的所在,便可把这个'横截面'代表这一人,或这一国,或这一个社会。"[③]无论从纵剖面看去,还是从横截面看去,这两种视角所追求的都是一种透过部分以窥整体的效果,纵剖面诉说了一段完整的历史,横截面则折射出一个社会的概貌。陈思和在《中国新文学整体观》中也曾指出新文学研究的两个方向:一是横向的开拓,一是纵向的延展。儿童文学作为新文学的有机组成部分,在对其进行研究时同样也有这么两种基本方法:或是从纵向的时间维度把握,排列

① 杜传坤.转变立场还是思维方式?——再论儿童文学中的"儿童本位论"[J].山东师范大学学报(人文社会科学版),2018,63(1):36-43.

② 王尧.论中国当代文学史的"过渡状态"——以1975—1983年为中心[J].文学评论,2013(4):5-16.

③ 胡适.论短篇小说[J].新青年,1918,4(5):32-44.

史料,作编年史式研究;或是从横向的空间维度着手,在多种理论与多元文化的碰撞中论述特定时代社会的儿童文学。此外,部分学者致力于从文学史向学术史的提升,聚焦儿童文学引起讨论的重要理论问题,从学理的层面多维度地研究中国儿童文学。但总体而言,目前学界对于百年中国儿童文学的演进"史"的意识较为强烈,而对于百年中国儿童文学发展规律、历史经验的探索则有待强化,在学术研究上缺乏整体的、宏观的把握。将纵向和横向两种视角交汇融合或许是打破儿童文学孤立、静态的研究现状的有效方式,当代学界需要在更为开阔的时空意识下回答"儿童是什么""儿童文学是什么"以及"儿童文学史是什么"等一系列儿童文学领域的核心问题。儿童文学史研究应梳理五四至 21 世纪以来儿童文学发生、发展的整体历史脉络,其论述对象并非某一具体历史阶段,而是整个百年中国儿童文学,特别要将儿童文学近年来的创作现象和理论研究也纳入其中。同时,要将儿童文学置于新文学整体框架内和"向外译介、向内整理"的一体化体系中来考察,着重辨析中外两种资源之于儿童文学的重要性与互为他者的张力关系,在特定历史背景和社会文化语境之中探析儿童文学内部发展规律、存在问题和趋势走向。在此,整体观不仅作为一种思维,也作为一种研究方法,即以"史的批评"方法来透视百年中国儿童文学的演进历程。

儿童文学自诞生以来便位于"现代"坐标上,是搭建人类社会现代化进程的积木。一方面,塑造新人的特质决定了儿童文学是一种新的文学;另一方面,与民间口头文学的渊源又使得儿童文学无法与旧的文学割裂。可以说,历史与未来微妙地交织于"儿童"这一主体。因此,回顾历史的意义不仅在于梳理过去已存在的文学作品、文学现象或文学思潮,其更深层的意义在于从历史中寻求当代儿童文学亟须解决的现实问题的答案。信息时代下童年的消逝、消费浪潮对于儿童文学创作与出版的影响、升学压力对于儿童阅读空间的挤压等问题是摆在众多儿童文学研究者乃至全体国民面前不得不思考的时代症候。因此,除了对于历史格局的整体关照、对于儿童文学与现当代文学的一体化研究和"向外译介、向内整理"的系统整合,儿童文学的"整体观"还体现在将儿童文学研究置于现代民族国家建构的宏大命题之中,在充分肯定其独特的文学审美意义的基础上,发掘其所内涵的时代精神与时代使命。正如蒋风所言,"儿童文学是否受重视取决于人类的文明程度"[①]。由此可见,儿童文学的命运与中华民族的命运息息相关。

---

① 蒋风.序[M]//吴翔宇,卫栋.百年中国儿童文学的整体观研究.南京:南京大学出版社,2021:1.

第二章

儿童文学的文体

儿童文学是全文体的文学门类，不仅拥有与成人文学无异的小说、诗歌、散文、戏剧这"四大文体"，而且还有童话、图画书两大颇具辨识度的文体。如果以各文体的发展史为纲，可以大致梳理出百年中国儿童文学发展的整体样态。文体的发展离不开语言变革的推动，从语言变迁的视角来研究文体的现代化必然深化中国儿童文学的整体研究。对于语言与文体的关系，杨振声认为语言是"划分艺术的根据"[①]。言外之意，文学语言是区分文体的一个标志，以此类推，文体间的区别也集中体现在语言的差异上。在讨论"传统"的问题时，爱德华·希尔斯认为，语言资源为天才型作家提供了文化资源，其中，特定作品所代表的"体裁"和体现出的"范型"[②]也意义重大。

第一节　童话

一、童话的基本特征

童话既是儿童文学中颇具辨识度的文体，也是儿童文学中历史最悠久的文体之一。当我们回溯中外儿童文学历史时，不难发现童话是儿童文学诸文体中较早出现并发展完备的文体。在中国，叶圣陶创作的《稻草人》等童话作品被视为中国现代儿童文学的真正开端，在风格、内容等方面深刻影响了中国现当代童话、儿童

---

① 杨振声.中国语言与中国戏剧[N].晨报副镌，1926-07-15(9-10).
② 爱德华·希尔斯.论传统[M].傅铿，吕乐，译.上海：上海人民出版社，1991：209.

诗歌、儿童小说等的创作。在西方现代儿童文学历史上,童话同样是最早出现的文体之一。贝洛童话、格林童话等由作家整理的民间童话集的出现,常常被视为现代儿童文学的重要开端;而安徒生童话作为对后世儿童文学创作产生示范作用的经典之作,其诞生标志着民间童话向创作童话的现代转型。

面对历史悠久、积淀丰厚的童话文体,我们需要把握其足以体现儿童文学独特性的基本文体特征。在关于童话文体特征的思考中,现实与想象的关系往往是我们关注的重点。吴其南认为:"童话可以界定为:一种用非生活本身形式塑造艺术形象的少年儿童文学。"①这给我们定义童话提供了启发。在童话中,现实生活通过艺术变形,以一种迥异于我们日常生活的方式,呈现在读者的面前。当我们在作品中读到此类经过变形的文学形象时,就能够通过这样的文学特征来界定童话作品,这也成为童话区别于儿童文学其他文体的本质规定。当然,在儿童文学的历史发展进程中,童话的这种特征也逐渐渗透到了其他文体之中,例如儿童诗、儿童小说、儿童戏剧中也都包含以童话的"非生活本身形式"来表现现实生活的作品,但童话的这种特征依然在童话文体中占据显著地位。

在童话内部,相较于情节、环境等元素,童话的这种"非生活本身形式"在童话人物身上得到了最集中的体现。对人物的质的规定性,让童话得以区分其他儿童文学文体。通过具有童话特点的人物,作家串联起了童话中的情节、环境等元素,进而构筑了能将现实与想象勾连在一起的童话世界。读者提及一则童话,首先想起的往往是主人公的形象,白雪公主、睡美人、灰姑娘、小美人鱼等早已化身为童话的代名词。

关于童话人物的类型,吴其南认为:"童话人物形象的主要类型之一是以超自然面貌出现的人物形象。"同时,"童话中的人物形象也有以寻常人的面貌出现的",如巫婆之类具有"超自然能力"的形象,以及"和超自然人物、超自然事件发生关系"的、"在非常态情景中"的、"超出常情常理"的常人童话形象等②。根据人物与现实的关系的不同,童话人物可以分为两大类,即以超自然面貌出现的人物形象以及与超自然能力、人物、事件等有着密切关联的常人童话形象。

在不同的童话作品中,作家会选择适合的童话人物类型。叶圣陶的童话《稻草人》中的稻草人,体恤民众的生活,但却不是人类,而是人类制作的一个塑像,这也似乎注定了稻草人无法与人沟通,无法弥合与人类之间的鸿沟。汤素兰的童话《笨

---

①　吴其南.童话的诗学[M].北京:中国文联出版社,2001:28.

②　吴其南.童话的诗学[M].北京:中国文联出版社,2001:35-47.

狼的故事》中的笨狼也属于"以超自然面貌出现的人物形象"。在日常生活中,狼是无法像人一样思考的。但是,在童话中,作家就赋予了笨狼人一样的思考能力,以此来组织情节。在另外一些童话中,人类因为某种契机,而有了超自然的能力。任溶溶的童话《"没头脑"和"不高兴"》中,作为"没头脑"和"不高兴"两种性格象征的主人公,就是被仙人从儿童变成了大人,从而让两人的性格在成人的语境下得到了凸显。洪汛涛的《神笔马良》中的马良,则是因为获得了神笔,才能够将事物画"活"。

此外,在童话中,作家还通过人物与环境的互动,让环境有了"非生活本身"的色彩,能够容纳人物的行为,编织"非生活本身"的情节,从而形成童话有别于其他文体的作品面貌。这也是我们把握童话文体的重要途径之一。

二、童话的类型

在童话的历史中,在创作者孜孜不倦的探索中,出现了多种童话类型。吴其南认为,童话历史演进中的主要范式有准童话、民间童话、抒情童话、怪诞童话、元童话等[①]。综合童话作品的面貌,我们着重从民间童话以及创作童话中的抒情童话、怪诞童话这三个方面来探讨童话的类型。

(一)民间童话

在人类历史上,民间童话伴随着人类文明的进程,流传了很长时间。在民间童话里,我们能够读到人类在漫长的历史上,关于自然环境、关于社会百态、关于自我欲求的认知。

民间童话表达了先人对我们所生存的自然环境的基本看法。在美洲印第安童话中,凯欧蒂打败了海狸怪,用海狸怪的不同部位造出了印第安人的不同部落(《凯欧蒂怎样造印第安部落》)。小熊星座、大熊星座等天象,是当年去寻找太阳而留在天上的兽民变成的(《人是怎样把太阳从天上取下来》)。在非洲童话中,地球上出现人类,是因为地球之魂感到无聊,想要有人陪伴,于是就创造了人类(《地球上的第一批人》)。月亮和太阳原本是形影不离的朋友,但是因为价值取向不同,分道扬镳,分别在夜晚和白天出现,再不见面(《月亮和太阳》)。蜗牛背着房子上路,是为了弥补走路慢的特点(《为什么蜗牛老背着房子》)。兔子利用自身特点,挖洞求得生存,后面逐渐形成了掏洞做窝的习惯(《"狡兔三窟"的来历》)。太阳、雨、风、黑夜

---

① 吴其南.童话的诗学[M].北京:中国文联出版社,2001:213-250.

都因为自己给人带来不好的影响,而不被人喜爱,影子则因为仅有忠心耿耿这一特征,而被人类欣赏(《太阳、雨、风、黑夜和影子》)。芬兰童话《妖魔的磨》和挪威童话《躺在海底的磨》告诉我们,海水之所以是咸的,是因为能产生盐的石磨被贪婪的海盗或船长偷走后,无法停止运转,至今仍然在海底产盐。这些童话中关于自然的纯粹看法,传递出了先民秉持的基本的价值观念。

在不同地域的故事中,人的本质力量以不同方式得到不同程度的呈现。比如,民间故事中较为普遍的模式之一是:小伙子接受几次考验,最终收获幸福。非洲的《掉进陷阱的公主》、德国的《一粒大麦换到了一个国王》、挪威的《寡妇的儿子》、法国的《牧羊人巧斗恶龙》等作品,都遵循着这一模式。然而,故事中有的小伙子是凭借善良的品质(非洲《酋长和他的十个女婿》)、凭借体力(芬兰《力大无比的马蒂》)或者是凭借勇敢的特质(法国《鱼王》)通过了考验;有的小伙子比较幸运地得到了神奇力量的帮助,获得了成功(芬兰《老鼠新娘》、北欧《换成烟草的少年》);有的小伙子则使用了狡猾的手段,赢得了生机,如一次次骗过国王,最终战胜了国王,让自己拥有了整个王国,并改正了骗人的毛病(挪威《裴克》)。在这些童话中,虽然叙事模式类似,但人的品质却不是单一片面而远离现实生活的,相反充满着生活中生机勃勃的多样性,体现出先民们非常朴素的生存哲学。

在来自世界各地的民间童话中,我们还能够找到更多的民间童话叙事模式,发现更多耳熟能详的故事的类似版本。比如,芬兰童话《寻找哥哥的妹妹》、挪威童话《十二只野鸭》等作品中有《野天鹅》的情节痕迹。德国童话《玫瑰姑娘》、法国童话《睡了一百年的美人》讲的是睡美人的故事。多种异文的存在充分说明,民间童话是全人类重要的精神文化资源。

同一个故事或许在历史长河中被讲述了无数次,但其中一些具有独特、隽永文学意味的文本形式,依然能带给今天的读者以强烈的文学冲击力。国王亲自潜伏在王宫的库房里,希望抓住小偷。最后读者却发现,国王的真实意图并不是惩罚小偷,反而欣赏起小偷很有节制的偷窃行为。相较而言,大臣们对国家的"偷窃"却是无节制的,在程度上远远超过了小偷,因此国王最终邀请小偷来治理王国。故事没有止步于猎奇国王亲自抓小偷这一情节设计,相反在情节的峰回路转之中,烛照出人性欲望的深渊(北欧《小偷和国王》)。俄罗斯童话《仙鹤和鹭鸶》非常到位地表现了爱情或婚姻中的双方是如何错过的。当仙鹤向鹭鸶求婚时,鹭鸶嫌弃仙鹤的脚,而当仙鹤离去时,鹭鸶又觉得嫁给仙鹤总比独身好,但是仙鹤又拒绝了鹭鸶的求婚。在这样的一来一往的循环之中,人在爱情或婚姻中微妙的得失心理被形象而深刻地刻画了出来。在德国童话《幸福和理智》里,理智被人格化了,一位农民成为理智的化身。这位农民不再满足于种地，而希望去闯荡，并且能非常迅速、高质量地掌握制作金首饰、修钟的手艺。他最终修好了国王的钟，并赢得了幸福。故事传递出德国人民对理智的看法：理智能带来幸福的人生。

在许多地方、许多人的口中流传了许久的民间童话，犹如人类精神文化的一个"富矿"，等待着我们去"发掘"。阅读这些童话时，我们的思绪会随着这些作品，在一个宏阔的时空中飞扬起来，进而沉潜其中，触及人类心灵中最深的秘密。

（二）抒情童话

在几种类型的童话中，抒情童话是作家创作童话的重要组成部分。方卫平认为："对于抒情体童话来说，重要的不是展现一个故事情节，而应该是一种流贯全篇的情绪波动。"[1]可以说，与民间童话相比，抒情童话在淡化情节的过程中，深入描写人物心理，体现了作家的创造性。

在中国作家中，冰波是以写抒情童话而著称的。方卫平曾评论冰波："抒纯情、写至爱，这几乎是冰波前期童话作品的全部主题。"[2]在冰波的童话《窗下的树皮小屋》中，女孩与蟋蟀吉铃之间的友情是恬美的。女孩与蟋蟀吉铃一见如故，相互信任。蟋蟀善意地为女孩演奏音乐，女孩为蟋蟀做了一个漂亮的树皮小屋。作为抒情的外在体现，贯穿在童话中的是音乐和歌声。夏天女孩和蟋蟀相逢时，出现在读者耳边的是蟋蟀演奏出的令人陶醉的音乐。秋天、冬天接踵而至，女孩生病了，蟋蟀也死了。面对已经死去的蟋蟀，女孩唱起了送别的歌。而当春天来临，蟋蟀的后代走出树皮小屋，我们在憧憬夏天到来时，耳畔似乎响起了无声的音乐。

在冰波后来创作的《狮子和苹果树》《毒蜘蛛之死》等童话作品中，方卫平认为，"情绪，也终于变得热烈而又滞重，缓缓流动，渐渐蔓延，终于化为沉郁而又不安的艺术氛围，一种让你亢奋，更引你思索的艺术氛围"[3]。《毒蜘蛛之死》讲述的也是生命的诞生过程，但是与《窗下的树皮小屋》中洋溢的浓浓的喜悦和淡淡的悲伤相比，《毒蜘蛛之死》显得更为奇诡。毒蜘蛛的"毒"的属性，让作品中孕育生命的过程变得具有神秘、死寂的特征。毒蜘蛛身上冒出的紫色烟雾，笼罩住了毒蜘蛛栖身的老树。当烟雾散去，毒蜘蛛成为丝囊里诞生的小蜘蛛的食物，而树也长出新的叶子，重生了。在《毒蜘蛛之死》中，冰波成功地将毒蜘蛛新的生命孕育过程中生与死的

---

① 方卫平.冰波童话的情绪变调[M]//方卫平.文本与阐释.济南：明天出版社,2006：275.
② 方卫平.冰波童话的情绪变调[M]//方卫平.文本与阐释.济南：明天出版社,2006：275.
③ 方卫平.冰波童话的情绪变调[M]//方卫平.文本与阐释.济南：明天出版社,2006：276.

纠葛,通过情节进展中神秘、死寂的氛围抒发了出来。

张秋生的"小巴掌童话"也具有抒情童话的特点。金波认为:"他的小巴掌童话,充盈着一种生命情调。我读他的童话,实际上是沉浸在一种感受中,感受着他的'小童话'的'大氛围',那里灵魂受到抚慰的感受。"①《雨天的歌》中,作家把雨点落在伞上的声音、脚下的水声、唱出的歌声,都写成了雨天的歌。由外而内,由环境而至角色的行为、情感,写出了生活的诗意。作家也把秋天里变得色彩斑斓、摇摇晃晃的树叶,写成了秋风婆婆的听众,让秋天不再只是萧瑟的、肃杀的,也是热烈而奔放的(《秋天的故事是诱人的》)。张秋生的"小巴掌童话"的抒情,写照的是日常生活中的诗情与韵味。

汤汤创作的许多作品也包含了抒情童话的特征。童话《烟·囱》就是关于爱情、关于人生的抒情之作。地老天荒般的守候,在《烟·囱》中通过女孩烟与名叫蓝绸缎的鬼之间长达八十八年的约定而实现。童话的抒情气质让女孩烟对蓝绸缎请求的应允变得浪漫而不费思量。煮晚饭让烟囱温暖,这样一个看似平常的举动,却因为要连续八十八年,而显得充满挑战。对人来说,八十八年足以让人事变迁、生活环境变化显得颇有沧海桑田之感。童话中,烟的丈夫囱在烟去世之后,代替她完成了她与蓝绸缎的约定,也让《烟·囱》成为了关于爱情、关于人生的浪漫抒情之作。

(三)怪诞童话

与抒情童话相比,怪诞童话更以夸张的人物形象、引人入胜的情节等见长。周晓波认为,"'热闹派'童话看似'热热闹闹'、'天马行空'、荒诞离奇,实则寓含着对人生清醒的认识和丰富的时代社会意义"②。通过跌宕起伏、出人意料的情节,怪诞童话能够实现思考现实社会、探讨未来走向等多种文学功能。

在中国现代童话中,张天翼的《大林和小林》是最早的怪诞童话杰作之一。通过长篇童话的"非生活本身形式",张天翼让传统民间童话中两兄弟走上不同人生道路的故事,变得更为怪诞不经。吴其南认为,"张天翼笔下怪诞形象多是反面的人物或由他们的行为、心理构成的事件"③。张天翼用夸张的手法表现了什么是

---

① 金波.小巴掌越拍越响——贺张秋生《小巴掌童话》创作[M]//张秋生.小巴掌童话.武汉:湖北少年儿童出版社,2006:322.

② 周晓波.现代童话美学[M].西安:未来出版社,2001:134.

③ 吴其南.从仪式到狂欢——20世纪少儿文学作家作品研究(上)[M].北京:人民文学出版社,2013:94.

"富"。例如,大林给大富翁做儿子后,过上了穷奢极欲的生活。他作为一个健康人,吃饭却需要几位听差喂食,甚至需要听差帮忙辅助脸部动作来进行咀嚼。这一夸张情节的写作,实现了作家对于当时社会的讽刺。

在中国当代童话中,周锐的童话颇具怪诞童话的特点。孙幼军认为,"想象力是周锐才华中最突出的东西。凭借着这个,现实生活中那些人们司空见惯的事物,会一下子变成童话"[①]。在周锐的童话中,我们常常能够见到凭借卓异的想象能力而塑造的怪诞的童话形象和情节。童话《兔子的名片》将动物的不同性格与名片的内容进行了组合。当遇见狐狸、狼、老虎时,兔子谎称是狼、老虎、大象的朋友侥幸过关。名片内容的变换,与动物弱肉强食的处境相结合,这一怪诞的组合更显周锐的巧思。在童话《表情广播操》中,表情和广播操这两个在我们的日常生活中不可能结合的事物,在周锐的笔下成了一个怪诞的奇妙组合。为了开展普及性的表情训练,演员出身的市长制订了一套表情广播操,让广大市民进行训练。这是违背现实的荒诞行为,也讽刺了模式化推广的行为。

当代儿童文学作家彭懿的童话创作也是颇具怪诞色彩的。他创作的《女孩子城来了大盗贼》《雪糕罐头打开以后》等童话,就充分体现了这一点。《女孩子城来了大盗贼》中,作家设想了一个现实生活中不可能发生的情境,女孩子城里"嫉妒"这种情绪被盗贼给偷走了。在男孩小问号侦探追踪盗贼的行踪时,盗贼的邪恶动机被揭露了出来。作家的这一奇思妙想,让这些"嫉妒"心理的原主人看到,原来自己的嫉妒心是令人感到羞愧的,体现出作家对人的心理状态的反思。

三、童话幻想与现实的关系

幻想对于童话文体本身的形成和发展有着非常重要的作用。20世纪50年代到70年代,幻想被作为童话"一个根本三要素"中的"根本"来看待,愈加受到重视。可以说,幻想与童话理论的发展密切相关。新时期以来,一些学者对此有所质疑。到了21世纪,在《童话的诗学》一书中,吴其南对"幻想作为童话的根本"这一观点进行了辩驳,并对幻想和想象的关系进行了进一步的辨析。他认为,幻想是创造性想象的一种特殊形式,作为一种和主体愿望相结合并指向未来的创造性想象,幻想常常不拘泥于生活本身的形式。但是事实上,不仅许多总体上不以生活本身形式出现的幻境中有生活中的形象,还有很多幻想中的世界完全是以生活本身形式出现的;而相反,即使使用超现实、超自然的意象作为思维的材料,却没有"和愿望结合

---

① 孙幼军.序[M]//周锐.周锐童话选.上海:少年儿童出版社,1994:2.

并指向未来",这样的想象也不能称为幻想。因此,他说"在创作思维上,我们不同意用幻想界定童话,童话的非生活本身形式的艺术形象既可以用幻想的形式,也可以不用幻想的形式创造,但并不否定幻想、潜意识在创造非生活本身形式的艺术形象中起着更重要的作用"①。

通过上述关于童话与幻想关系的梳理可以看出,虽然不应该夸大幻想作为童话描写对象和构成因素的作用,但还是应该看到幻想对于童话的重要性。童话作为"用非生活本身形式塑造艺术形象"的艺术形式,不可避免地仍包含了丰富的现实元素和生活本身的形式,两者如何在幻想中得到艺术的结合和美学上的呈现,是一个非常值得探讨的文学问题。周晓波在《现代童话美学》中把两者的组合方式概括为小说写实与童话幻想并存的"双线平行"结构法,幻想主线融于现实生活线索中的"双线糅合"结构法,小说、故事与童话幻想经现实中的人的活动相结合的"两线交叉"结构法三种。② 此外,童话幻想如何因为同现实元素的结合而有了更为扎实的现实根基,这同时是否使童话的文学、美学、哲学蕴含都得到拓展和丰富,以及童话幻想中的现实性又如何从文学、文化和意识形态的角度进行把握等童话问题都有着进一步研究讨论的空间。

(一)

在童话发展史上的民间童话时期,童话幻想的现实性真实地存在。保罗·阿扎尔把西方童话发展的最开始阶段称为"长期以来对儿童的压迫"③的时期,这种压迫从创作目的上来看体现为童话故事的教育性、灌输性,而从文学与生活的关系来看则体现为童话幻想中所蕴涵的现实性。

在西方童话发展的最初阶段,贝洛童话具有不可取代的经典性。贝洛的《附道德训诫的古代故事》一书,包括了《灰姑娘》《睡美人》《拇指仙童》《树林的李基》《靴子里的猫》《小仙女》《蓝胡子》《小红帽》等至今备受欢迎的知名童话故事。美国研究者凯瑟琳·奥兰丝汀在《百变小红帽》一书中指出,"这些'儿童类古典名著'都是经过一番修饰的嘲讽寓言,其字里行间紧系着17世纪法国宫廷、社会发生的事件及上流社会的性爱政治",并且论述了"童话也是历史文献"的观点,她认为:"童话不只是心灵的蓝图,且是美国普林斯顿大学历史学家达恩顿所谓的'历史文献'。也

① 吴其南.童话的诗学[M].北京:中国文联出版社,2001:15-26.
② 周晓波.现代童话美学[M].西安:未来出版社,2001:76-85.
③ 保罗·阿扎尔.书,儿童与成人[M].梅思繁,译.长沙:湖南少年儿童出版社,2014:目录.

就是说,它们记载的不只是广泛人类经验的基本要素,且是每天和每个时代特殊事物的详情,也表达人类集体想法的真理,即使这些真理会不断改变。童话部分的魔力就在于不只能隐约了解当代,且能记录历史。"[1]

凯瑟琳·奥兰丝汀这些看法的一个文学史依据即来源于西方童话发展历史中民间童话阶段的特殊性。在这个时期,贝洛和格林兄弟等民间童话的整理者在把口头流传的故事整理成书面童话时,一方面记录了民间童话在口头流传中的现实与民间的元素,故事在口头流传中的变动性也因转换为书面的文字而在故事中得到了沉淀;而另一方面,这一时期的童话仍然是变动的,在各个版本的书面童话中不断有新的现实性元素的加入。通过比较凯瑟琳·奥兰丝汀在书中所列举的几个不同时期的《小红帽》的版本,便可以清晰地发现民间童话中的现实性。

下文是凯瑟琳·奥兰丝汀根据 1697 年贝洛的《附道德训诫的古代故事》法文版翻译的《小红帽》中的一段:

> 小红帽拉开线轴,门就开了。一见到小红帽进门,野狼躲在床单里面,对她说:"将糕饼和奶油放在橱柜上,然后到床上陪我。"
>
> 小红帽脱下衣服,爬到床上,看到外婆没穿衣服的样子,她非常惊讶。她说:"外婆,为什么你的手臂那么粗?"
>
> "这样才好拥抱你啊,孩子。"
>
> "外婆,你的大腿也好大!"
>
> "这样才好和你一起跑步啊,孩子。"
>
> "外婆,你的耳朵也好大!"
>
> "这样才能更清楚听你说话啊,孩子。"
>
> "外婆,你的眼睛也好大!"
>
> "这样才能更清楚看你啊,孩子。"
>
> "外婆,你的牙齿也好大!"
>
> "这样才容易吃掉你!"
>
> 邪恶的野狼就这样转身扑向小红帽,将她吞噬了。
>
> **教训:**
>
> 小女孩,这仿佛在告诉你:

---

① 凯瑟琳·奥兰丝汀.百变小红帽[M].杨淑智,译.北京:生活·读书·新知三联书店,2013:11-24.

不要半途停下脚步，

永远不要信赖陌生朋友；

没有人知道结局会如何。

因为你长得漂亮，所以要有智慧；

野狼可能用各种伪装，潜伏在你周围，

它们可能变得英俊、和蔼，

愉悦或迷人——当心！

这是亘古不变的真理——

最甜的舌头往往带着最锐利的牙齿！①

除了故事结束后的教训话语外，这个最早版本的贝洛童话的《小红帽》正文文本中还充满了性的暗示。小红帽一进门，野狼就躲在床单里面对她说"将糕饼和奶油放在橱柜上，然后到床上陪我"，经过一系列的对话，野狼最终把小红帽吞噬了。随后，贝洛点出了故事给我们的教训——"捍卫宫廷道德观"②，这被认为是《小红帽》最初的现实性。

到了工业革命后的 19 世纪，人们对于童年、婚姻的看法已经由于社会的变迁，有了很大改变。这一时期出现的格林童话删除了性暗示和性道德的情节，故事变成慈爱的猎人从野狼的肚腹中救出小红帽，小红帽向父亲一般的猎人保证再也不敢这么不听话了，故事由此"从性寓言转为家庭寓言"③。在以贝洛童话和格林童话为代表的民间童话时期，童话幻想的情节中加入了时代的现实感，这种现实感来自故事在民间的流传，这是民间童话与后来的创作童话的区别要点。但是，在这个过程中，也无法排除贝洛和格林兄弟在整理、出版时，对于时代潮流的感知和顺应。在这点上，无论是用幻想来表述集体无意识，还是用幻想来记录先人经验，童话幻想和神话幻想有了共通之处，中西民间童话之间也有了交流基础。

回溯西方民间童话现实性的渊源，除了具有文学史的意义以外，更重要的还是需要回到对童话幻想的文学性探讨上。幻想性与现实性的结合在民间童话中成为

---

① 凯瑟琳·奥兰丝汀.百变小红帽[M].杨淑智,译.北京:生活·读书·新知三联书店,2013:18-19.

② 凯瑟琳·奥兰丝汀.百变小红帽[M].杨淑智,译.北京:生活·读书·新知三联书店,2013:28.

③ 凯瑟琳·奥兰丝汀.百变小红帽[M].杨淑智,译.北京:生活·读书·新知三联书店,2013:48.

文学性和教育性结合的表征,且结合的形式是简单直接的。这时的教育性比较浅显,故事的目的在于向儿童进行直接的劝诫。具体而言,民间童话的现实性特征体现在两方面:一是民间童话的幻想在运用非生活本身形式的同时,也从民间故事中继承了具有生活本身特征的情节、内容等方面的形式;二是幻想的现实性以一种更直接的方式与教育性联系在了一起。

（二）

在中国童话的幻想中,同样可以发现现实性的踪影。现代文学中,张天翼的现实主义童话可以看成是那一时期中国童话的一个代表,其中,他的《大林和小林》较为典型和优秀。作为现实主义童话,张天翼的童话幻想是充满现实性的,他的《大林和小林》也是富有现实气息的童话杰作。无论是大林和小林的生活场景、故事细节、人物形象,还是富有时代特征的情节和线索都同时充满了现实气息和幻想色彩,呈现出一种具有张天翼特色的独特魅力。

书中的老农人给大林和小林取名字用的是《学生字典》,老农人死后,小林被狐狸皮皮"拾到",像商品一样卖出去,在杀死了资本家后,小林变成了一名火车司机;大林被狐狸包包送给了大富翁叭哈先生当干儿子,从此只知贪图享乐,最后掉进了大海。虽然总体的情节、线索有强烈的现实、革命、阶级的内容和倾向,但是毫无疑问,张天翼在表达方式上却是用幻想来写童话。故事满足了儿童的阅读兴趣,其中有吃人的怪兽、有穿着衣服的各种动物,并将各种儿童游戏的成分融入了对于现实政治的文学反映之中。资本家四四格为了让工人小林、四喜子和木木能每天为他做金刚钻,请求警察包包别关犯错的工人们,用别的法子罚他们,结果就对他们用了足刑——其实就是搔脚板。这是一个对于现实进行幻想的充满孩子气的细节,似乎是孩子在过家家时的一个自然举动。童话里,孩子们在游戏中的小小惩罚变成了司法的刑罚,张天翼运用搔脚板这样一个生活形式展开了自己的童话幻想,浪漫幽默,同时又充满了生活气息。

张天翼童话的人物对话也同样既有幻想气息又有现实性。包包在把大林送给叭哈先生前,跟他说了这么一段理由:"我是一个官儿,可是我官儿并不很大。我想做一个大官儿,顶大的官儿。我想做一个大臣。叭哈先生和国王很要好,国王很相信叭哈先生的话。叭哈先生要是对国王说:'国王,你叫包包做一个大臣吧。'国王就会让我做大臣。你明白了吗?"[1]现实的世故经由童话幻想的处理,变得稚拙和孩

---

[1] 张天翼.大林和小林[M].沈阳:春风文艺出版社,2021:65-66.

子气,但是现实性却并没有因为幻想而减少,只是以一种童话特有的儿童化和儿童容易接受的方式得到了文学化的呈现。

《大林和小林》的形象刻画也对现实做了充满童话趣味的幻想。狐狸绅士第一次出现在文字中,就"迷离"了大林的眼,"狐狸绅士的脸是黑色的,身上穿着大礼服,脚上一双水晶鞋——在月亮下面照着,好看得叫人眼睛都要花了"①。礼服、水晶鞋在狐狸绅士看来属于日常着装,但在贫穷的大林眼中,这种形象并没有进入他的生活经验。因此,狐狸绅士月亮下的第一次出现是带有梦幻性质的。狐狸皮皮的商店里的经理鳄鱼小姐,"她长着一双小眼睛,一张大嘴。她的皮肤又黑又粗又硬,头发像钢针一样",但是她"总以为自己很漂亮","预备将来跟世界上顶美丽的王子结婚"。因此,"她每天要在脸上拍四百八十次粉,烫两回头发。她脚上穿着顶贵的丝袜和跳舞鞋,可是腿很短"②。鳄鱼小姐的形象完美地结合了童话的幻想性和现实性,既符合性别、性格的特点,符合生活的逻辑,又加入了童话的夸张。生活中绝没有这样打扮的一只鳄鱼,她只可能出现在童话幻想里面。生活化的形式、逻辑与非生活化的幻想在《大林和小林》中以幽默的风格完美结合。

杨佃青概括了一个"张天翼模式",即"运用张天翼所独有的那种讽刺和幽默的艺术手法,从儿童的视角组建充满游戏精神的情节结构,来展示现实社会的广阔而真实的图景,表现进步人生的教育主题"③。站在分析童话幻想的现实性的角度可以看出,夸张、讽刺和幽默成为张天翼将幻想和现实进行结合的一种独特方式,实际上也反映了作者对现实政治理想表达、对童话理想书写独到的文学把握。对于幻想和现实两者关系的处理,是很多中国现代童话必须面对的重要命题,《大林和小林》以其出色的文学品质为我们提供了一个极佳的范本。

(三)

进入新时期以来,童话创作有了新的进展,其中表现之一就是出现了以郑渊洁、周锐等人为代表的热闹派童话。20 世纪 90 年代初,吴其南在《〈热闹型〉童话漫议》④一文中,将他们的童话概括为"热闹型"童话。90 年代中后期,在《转型期少儿文学思潮史》一书中,吴其南又将"热闹型"童话与郑渊洁归置在"通俗少儿文学"一章进行分析,把其童话创作的基调概括为:"以夸张、变形的故事挪揄儿童性格上、

① 张天翼.大林和小林[M].沈阳:春风文艺出版社,2021:63-64.
② 张天翼.大林和小林[M].沈阳:春风文艺出版社,2021:21-22.
③ 杨佃青."张天翼模式"论[J].浙江师大学报(社会科学版),1994(6):89-94.
④ 吴其南.《热闹型》童话漫议[J].儿童文学研究,1990(2):3-6.

品质上的某些弱点和缺点……和传统教育童话不同的是,它以新奇大胆的想象、夸张变形的造型方式,创造了一些极有趣的情节、细节。"故事"由线性走向立体,人物也由扁平走向圆整,在教训性的主题之外多了层滑稽、闹剧的趣味"。同时也指出了郑渊洁童话在 20 世纪 80 年代中期以后的变化:"进入 90 年代以后,商业文化、后现代文化在中国兴起,郑渊洁童话因本来就包含着许多与后现代文化相通的因素,随波逐流,推波助澜,向与文化工业、后现代文化合流的方向靠拢,是转型期文化发展中很值得研究的一种现象。"①因此,在讨论郑渊洁童话幻想和现实性的关系问题时,无可避免地要涉及市场和后现代元素的作用,需要在更广阔的艺术背景中来思考郑渊洁童话幻想中的现实性。

在《舒克和贝塔历险记》这样的长篇童话里,舒克和贝塔开着直升飞机和坦克,漫游世界。郑渊洁就在丰富而庞杂的现实元素的基础上,展开了童话的幻想,塑造了舒克贝塔航空公司、《老鼠报》、发现外星人、110 电话报警、舒克贝塔公司服装部,以及皮皮鲁、医生、记者、编辑、大作家、舒克的儿子舒利等艺术情节和形象。舒克、贝塔因为劳动而摆脱了老鼠偷东西的骂名,因为结识皮皮鲁而与人类有了一次次交往,并战胜了一个个敌人。在现实中,这样的组合是不可能的,但是经过童话幻想,这些现实元素在舒克和贝塔的奇妙旅程中得以一一呈现。随着郑渊洁对这部童话的逐步完善和童话体量的增加,越来越多的现实元素经过文本的拼贴和转化以幻想的形式进入童话,使得当代童话越来越具有后现代特征。

"热闹派"童话中出现的后现代元素显示了当代童话的新气息。但将"热闹派"童话定位为后现代主义文学的观点也有值得商榷之处。但是毫无疑问,当代童话中的现实性与现代文学史上以张天翼为代表的现实主义童话确实有很大的不同,更多的文学性、幽默性和富有后现代主义意味的现实性成了新时期童话的自觉选择。而将后现代表达方式的研究引入当代童话的思考中也是具有理论价值的,这不仅是当代童话发展的现实需要,也是儿童文学理论拓展的一个契机。对于童话幻想性的思考,可以推动学界向更广的文学研究、文化研究的领域拓展。

陈丹燕 20 世纪 80 年代在一篇以《让生活扑进童话》②为题的文章中,提出过有关童话幻想的现实性的命题。她认为传统童话的幻想形式在新的时代条件下已经无法适应童话发展和当代人们的审美需求。对于童话幻想的现实性的呼唤是陈丹

① 吴其南.转型期少儿文学思潮史[M].上海:少年儿童出版社,1997:121-122.
② 陈丹燕.让生活扑进童话——西方现代童话的一个新倾向[M]//蒋风.中国儿童文学大系·理论(二).太原:希望出版社,1988:440-455.

燕文章的题中之义,也是儿童文学创作实绩的反映。孙建江在20世纪90年代初期就指出:"当代童话的情况发生了变化,变化的标志之一,是写实成分的大量介入。这些大量介入的写实成分将直接与虚构成分一起共同制约作品的构成。当代童话写实成分的介入,不仅在量上,更在结构上改变了以往童话的空间格局……当代童话注重的虚与实两者之间的关系,注重的是在虚与实的相互关系中拓展作品深层的空间意蕴。"①一直以来,童话般的幻想影响了我们对于儿童文学的看法,幻想也成为儿童文学(尤其是童话)中一个重要的美学特质。然而,童话幻想总是需要一定的现实性作为依托,而且这样的现实性随着社会历史的演进而不断变迁,并与童话幻想相融合。童话因这样的融合具有了更多文学蕴含,继而焕发出各个时代独特的光彩。

第二节　图画书

一、图画书的基本特征

19世纪末至20世纪初以来,儿童图画书越来越成为儿童文学的重要组成部分。在中国,进入21世纪后,儿童图画书也已经是儿童文学中不容忽视的存在。2006年儿童图画书《荷花镇的早市》②出版后,被认为"一种能够体现现代图画书设计、装帧和印制观念的图画书文本形态正在中国进一步形成和明晰"③。

不同于其他文体,图画和文字是图画书最基本的两大要素。

首先,图画中的色彩、形状等因素会对儿童图画书的面貌产生直接影响。色彩是图画的基本要素。任何风格类型的图画都不可能没有色彩。在绘本中,绘本创作者也会根据情节需要,有意地选择合适的色彩,用这些色彩来表情达意、讲述情节,与文字一同完成绘本的叙事。如《大猩猩》([英]安东尼·布朗)、《小蓝和小黄》([美]李欧·李奥尼)、《小白找朋友》([美]丹·桑塔特)、《奶奶的红披风》([美]萝伦·卡斯提罗)、《打瞌睡的房子》([美]奥黛莉·伍德 文,[美]唐·伍德 图)等绘本都包含了与情节相吻合的色彩对比、色彩变化。

在画面中,画家还会用角色、事物的形状去结构情节、表达情绪。在《小凯的家

---

①　孙建江.童话艺术空间论[M].武汉:湖北少年儿童出版社,1990:89.

②　周翔.荷花镇的早市[M].南昌:二十一世纪出版社,2006.

③　方卫平.中国原创图画书正在兴起[N].文学报,2006-09-14(5).

不一样了》([英]安东尼·布朗)、《小黑鱼》([美]李欧·李奥尼)、米菲系列([荷兰]迪克·布鲁纳)等绘本的画面中,创作者使用具体人物、具体事物的形状质感、形状对比、形状变化等来叙事。《小黑鱼》中,面对海洋世界里那些巨大而富有威胁性的生物时,小黑鱼心中感到害怕。只有当小红鱼的鱼群与小黑鱼组合起来,成为一个整体的时候,小鱼们面对海中巨大的生物才不感到害怕。有的绘本创作者会使用线条来勾勒形状。在《失落的一角》([美]谢尔·希尔弗斯坦)、《阿罗有支彩色笔》([美]克罗格特·约翰逊)等绘本中,我们都能够看到创作者用线条勾勒出的形状。这也是一种形状描绘方式。在创作者的线条勾勒中,失落一角寻找大圆满所遇到的外在和内在的挑战被仔细、准确地描绘出来,线条的流动感与简洁性丝毫不损故事的丰富性,反而具有独特的魅力。

其次,儿童图画书也常常包含文字。即使是在无字图画书中,书名也是由文字构成的。朱自强认为:"图画书的美术研究如果没有文学的观点,特别是儿童文学的观点恐怕是难有良好成效的,因为图画书中,画家所使用的构图、造型、线条、色彩等,都深受它所要'讲述'的故事所左右。"①因此,在不同的图画书中,读者都需要凭借文字从而更好地进入文学叙事的语境,这样才真正进入了儿童图画书的世界。

另外,图画书的页面数量和翻页顺序,在不同创作者的设计中,也会根据情节需要,呈现出不同的面貌。儿童图画书的页数,一般为 32 页,而美国绘本创作者谢尔夫斯坦的诗集《阁楼上的光》从页面数量来看远超出一般范围。书中的每首诗歌及其配图都是独立的,整部绘本并不包含一个完整、连续的叙事情节。这也可以看作是谢尔夫斯坦对绘本页面数量的一种独特探索。在绘本翻页顺序方面,大部分的绘本是从右往左翻页的。但是,有一些绘本另辟蹊径,并不是从右往左翻页,而是从左往右翻页,这就会影响到阅读绘本时的感受。由于日本的一些图书保留了从左往右翻页的形式,所以日本的绘本中,不少也是从左往右翻页,如《好饿的小蛇》([日]宫西达也)、《我爸爸超厉害》([日]宫西达也)、《听说小猪变地瓜了!》([日]宫西达也)、《爸爸,爸爸,爸爸》([日]宫西达也)、《一条生鱼》([日]佐野洋子)、《妈妈,猜猜看!》([日]末吉晓子 文,[日]林明子 图)、《海兔与狐狸》([德]格林兄弟 文,[日]出久根育 图)、《一口咬下去》([日]木曾秀夫)、《夜鹰之星》([日]宫泽贤治 文,[日]中村道雄 图)、《要求太多的餐馆》([日]宫泽贤治 文,[日]岛田睦子 图)、《樱花明年会再开》([日]宫内妇贵子 文,[日]伊势英子 图)等绘本,都使用了从左往右的翻页形式。当然,还会有更为特殊的情况:《月光男孩》([丹麦]依卜·斯旁·奥尔

---

① 朱自强.亲近图画书[M].济南:明天出版社,2011:14.

森)、《小鸡叽叽叽》(萧袤 文,〔日〕泽田久奈 图)、《红黄蓝变变变》(〔日〕新井洋行)等绘本,均采用了上下翻页的形式。

二、图画书的类型

在了解儿童图画书的基本特征之后,我们可以通过儿童图画书的基本类型来更为全面地把握图画书作为儿童文学一种重要文体的具体面貌。以下三种图画书类型主要以题材进行划分。

(一)日常生活题材

在儿童图画书中,日常生活题材是最为读者所熟悉的。在中国图画书中,《团圆》(余丽琼 文,朱成梁 绘)、《荷花镇的早市》(周翔)、《安的种子》(王早早 文,黄丽 图)、《躲猫猫大王》(张晓玲 文,潘坚 图)等日常生活题材的作品,利用文图关系充分展现中国文化韵味。此外,我们也能见到《让路给小鸭子》(〔美〕麦克洛斯基)、《玛德琳》(〔美〕路德维格·贝梅尔曼斯)、《小房子》(〔美〕维吉尼亚·李·伯顿)、《下雪天》(〔美〕艾兹拉·杰克·季兹)、《月下看猫头鹰》(〔美〕珍·尤伦 文,〔美〕约翰·秀能 图)、《我的爸爸叫焦尼》(〔瑞典〕波·R.汉伯格 文,〔瑞典〕爱娃·艾瑞克松 图)、《我一直一直朝前走》(〔美〕玛格丽特·怀兹·布朗、〔日〕坪井郁美 文,〔日〕林明子 图)、《世界上最美丽的村子——我的家乡》(〔日〕小林丰)、《大卫不可以》(〔美〕大卫·香农)、《巴夭人的孩子》(彭懿)等多种风格的日常生活题材图画书。接下来,我们以《姑姑的树》《款冬的村庄》《天空之王》等图画书为例,进入具体文本来探析日常生活题材儿童图画书的特点。

图画书《姑姑的树》[①]非常到位地为我们呈现了一个生命如何面对周遭生命的生老病死,乃至面对更长时间段和更广空间范围里,人与物的存在、消失。书中切入这一议题的点非常巧妙。家乡遭遇天灾的小女孩,被送到了"姑姑"("姑姑"其实是爸爸的姑姑)家居住,于是就获得了近距离、长时间、敞开心扉地与姑姑交流的机会。创作者关于生命与岁月的思考建立在一个很妥帖、切近的支撑点上,那就是小女孩"我"和姑姑这两个具体个体之间的互动关系。正是在这一情形下,"我"有可能从姑姑本人持续不断的讲述里,去体会她过去的经历,去了解她所度过的沧桑岁月,从而获得对万物变迁、世事流转的认知。

书的开端,图文以隐晦的方式,提及了姑姑早年的人生经历与民族历史之间的

---

① 余丽琼.姑姑的树[M].扎宇,图.桂林:广西师范大学出版社,2020.

关系。但创作者叙事的立足点却是姑姑当下的生活和姑姑个人的情感世界。在一本图画书的容量里，话题不可能无限地铺展。"我"和姑姑的对话，也就都围绕着结婚这件事的前因后果而展开。这让"我"和姑姑的互动关系，让"我"对姑姑的理解，有了具体的凭依。创作者并没有提到姑姑当年错失爱情的原因。个中缘由也许与民族历史的复杂因素有关，也许与此并无关系，只是时光里偶然的错过。本书如同透过时空的一次长距离聚焦，穿越时间的迷雾，祖孙站在一起远远地望着往昔岁月里的人事变迁。

小女孩"我"对爱情和人生的理解，一开始是肤浅的、懵懵懂懂的。比如那时"我"觉得，结婚意味着两个人永远在一起吵架和睡觉。与姑姑一起生活的日子让"我"和姑姑有更多的机会谈起爱情和人生的话题。姑姑将街心花园里那棵老树上的划痕指给"我"看，告诉"我"这是她爱情的见证。姑姑的语气是温暖的，似乎在回味生命里那段无法忘却的情感。听了姑姑关于划痕的讲述，"我"对爱情和人生的理解仍然懵懂，不能完全理解姑姑对划痕的情感，最感兴趣的仍然是在树下玩耍。这既是一个小女孩应具有的心理状态的真实写照，也是一次对爱情的遥遥"张望"，"印象"总是影影绰绰，朦胧、美丽。

街心花园意外地被拆毁和改建，姑姑病故。这两个契机最终将"我"与姑姑祖孙两代女性之间的对话提升至深度交流的层面。当"我"实实在在地陪着姑姑，一起意外而伤心地与老树告别；当病重的姑姑默契地与"我"谈论着自己的身后事，"我"见证了祖辈生命里幸福、伤心、豁然放下等种种人生体验。"我"终于明白了姑姑心底里的所思所想，祖孙之间的情感也在发酵、升华。

划痕的事情，姑姑只对"我"一个人说。当姑姑情感经历中欢欣又创痛的往事被创作者具象化地凝结在老树的划痕上，就为"我"和姑姑这两个遥望往昔岁月的生命个体搭建了一座带有女性色彩的、私密的心灵桥梁。两人在这私有的桥上行走，寻觅、发现本就难以理清的、关于生命和岁月的感想，这就让情节的叙说具有了女性的私人特征。我们可以将之视为对女性心灵志的书写。

街心花园的拆毁和改建，是加速姑姑去世的因素之一，也是我们当下社会现象的缩影。但是，从长远来看，这又是人无力改变的现实的一部分，是我们面对生命流逝、岁月变迁时，所必然面对的客观环境。人的生命总是有期限的，会老去，乃至去世。斗转星移、物是人非，也是不可避免的自然规律。在见证了这一切变化之后，创作者最终将小女孩"我"和姑姑的关系放置在了更开阔的视野之中。故地重游，回顾往事，心有眷恋，但生活仍然要继续。"我"似乎依然能够听到姑姑对自己的诉说，依然无法忘怀那棵独特的树及许多的人生场景，并在当下的生活里敏锐地

感知着这一切。这体现了积极、温暖的人生态度,也是一代代人的传承的写照。

图画书《款冬的村庄》①封面上的公共汽车,会让有的读者感到似曾相识的亲切。如今,随着家庭轿车的普及,在很多地方,从乡村去往城里变得便捷得多了,也不再有严格的时间段的限制和那种翘首以盼的等待。但是,在书中所讲述的这个年代,"城里",哪怕是只有几十公里或者十几公里之外的县城,就是一个在心里很遥远的地方,甚至还是一个充满诱惑力的地方。这就是一种真实的时空感觉。图画书《款冬的村庄》基于这种此处与他方之间的时空感觉,细腻入微地表现了人们内心深处幽微的情感。"客行只念路,相争渡京口。谁知堤上人,拭泪空摇手。"无论姐姐们和大奇哥是出于无奈还是内心自愿的向往,那一个又一个他所依恋的人的离去,对款冬的心理其实都是一次次震荡和撞击。儿童其实更重情义,更易感动和悲伤。书中没有写款冬落泪,但是读者似乎看到了他的泪水。画家用抽象的画风,将人物从具体而纷繁的环境中抽离出来,聚焦于人物的动作与表情,画面从几乎整幅铺满到越来越空旷简单,递进地凸显了人物身上那种与环境的隔膜和孤独寂寞的感觉。

告别与离去,有各种缘由,作者并没有全部交代还有谁在家里陪伴着款冬,本书也并未局限在留守儿童的范畴。其实对于儿童来讲,对于每个人来讲,每一次的相逢与告别,总是值得铭记的,都是会伤感的。这是超越了年代、地域、年龄这些因素的人类最朴素的情感。捉迷藏、人马大战、打水漂、抬轿子、跳皮筋、玩弹珠、滚铁环、钓鱼……这些游戏,以及契合人物个性和心境的细节所表现的那些款冬与亲人、朋友相处的瞬间,恰恰与夹杂其中的分离时刻形成了强烈对比。孤独正是来自这种对比,来自对陪伴的渴望。孤独的存在,也更衬托出人类相依相伴的美好。

图画书《天空之王》②中,现实与记忆的差别,在画面上被创作者用不同的色调呈现出来。即使身处家中,在男孩的眼里,无论是妈妈准备食物的背影,还是门框中所看到的厨房场景,都是灰色的,只是比外部世界的街道、楼房、山丘、广场、工厂等所笼罩着的深色调,略微淡一些。刚到此地的男孩的印象中最温暖的,是海市蜃楼般浮现在现实地面之上的、远方的意大利罗马圣彼得广场,以及男孩对充满阳光、有喷泉、有奶奶商店的罗马街景的想念。画面上的圣彼得广场金灿灿的。这是移居后的男孩对新家园的第一印象。而灰色调客观上或许来自画面中不断喷出黑

———————————
①　蔡冬青.款冬的村庄[M].何谦,图.上海:中国中福会出版社,2017.
②　尼古拉·戴维斯.天空之王[M].劳拉·卡林,图.刘清彦,译.北京:北京联合出版公司,2018.

烟的烟囱,但主观上却来自孩子对地理环境变化的敏锐感知,表现的是男孩对此地的感受。之所以这样说,是因为当我们翻开这本书的更多书页,会发现创作者对男孩新来到的这个地方的表现,不仅有灰暗的画面,也有暖色的画面。

像桥梁一样为伊凡先生连接起身体不适的晚年生活和他脸上偶尔绽放的春天般笑容,并在男孩心中连接起此地与他方的,是空中飞翔的鸽子群。这些飞翔的鸽子如同男孩和伊凡先生在情感上的连接点,带给我们共同的美好感受,这也许是人们一见如故的原因。当男孩遇见了年迈的伊凡先生,遇见了与伊凡先生相依为伴的鸽子群,在书中文字的平静叙述之下,男孩心中冰冷的孤独感逐渐散去,对新家园的抗拒感慢慢消退,画面也渐渐明亮起来。尽管画面上仍有烟囱,生活中所有的一切却并非都被黑烟所笼罩,它也不是时时刻刻呈现出灰暗的面貌。相反,和开篇的罗马街景一样,鲜亮的色彩逐渐出现在画面之中,天空和大地都开始呈现出勃勃生机。飞翔的鸽子背后,淡蓝色的天空纯净而深邃。从鸽子的上方俯瞰,身下辽阔的大地绿意葱茏,生命在生长,男孩的上衣也是明亮的。在伊凡先生的讲述中,在与鸽子的朝夕相处中,在对鸽子的牵挂中,男孩对于当下、对于自我、对于与鸽子重聚的日子、对于生命都有了更多的珍惜,有了更深的理解。在等待"天空之王"归来的画面里,新的家园已经与开篇的图像完全不同,温馨、宁静而充满生活气息,新的生命在此地开始孕育,与此相反的是男孩对鸽子艰辛回程的想象。当新的家园与你生命里的每一天变得息息相关,被用心体验的时候,我们确实可以说,此处就已经是故乡了。此时,画面的色彩变得明亮而温馨。

《克莱尔说再见》①是一部关于告别的图画书,也是一部关于儿童的书,或者说是一部关于儿童试着去告别即将要离开的故园的书。之所以这么说,是因为成人在书中出现的频率很低,只有两个画面,而且成人都在忙着搬家,顾不上与孩子们更深入地交流关于离别的看法。因此,书中似乎自始至终都是三个孩子自己在探索如何向他们曾经居住过的家园告别,探索如何看待心中的失落情绪。

罗西和雅各布在此地的一草一木旁留恋地徘徊,他们的神情和举动都显示了他们在柠檬树下,在搭了树屋的大树上,与草地、花朵、沙坑曾经有过多少美好的时光。因此,孩子们的下意识反应就是要把能够带走的东西都带走,结果却只能发现,像曾经埋在地下的小花这样的许多自然风物,是带不走的。此地留着的记忆中的许多美好,哪怕再为留恋,也是带不走的。

当他们向屋外的物件一一告别以后,画面上一直闭着眼睛、表现出不合作姿态

---

① 莉比·格里森.克莱尔说再见[J].安娜·皮格纳塔罗,图.四月,译.萌,2018(11):1-37.

的克莱尔却似乎从拒斥的情感中醒过来,脸上有了红晕、有了期待、有了新的想法。她背过身去,不想看到家具搬动的场景,独自来到已经空空荡荡的房子里。冷冷清清的房子似乎与克莱尔有同样的感受。当她与罗西、雅各布一起在房子里旋转起舞的时候,光明复又出现在画面上。花草布满窗户,就像观众一般在观赏着他们的舞步,一起回忆着曾经共处的美好时光。孩子们脸上的笑容说明原本凄冷的离别在此刻已经被温暖回忆所充溢,虽然即将搬离这里,但是在这儿印下的岁月轨迹却不会在生命里消失。

改变生活的地方,并不是一件轻松的事情,对人生会有长远的影响。这本书最独到的地方就是举重若轻地处理了一个沉重的、儿童不易面对的话题,用儿童能够欣赏,并且在未来人生中能够启发他们处事态度的方式,将生活事件情感化、美学化。面对生活环境的变迁,尽管有不适应,有不舍的情绪,但是孩子们都保持了对待世界的温柔态度,去积极地应对。与树屋、草木、沙坑告别的罗西和雅各布,以及带着罗西和雅各布跳舞的克莱尔都有着美丽而温柔的力量。这时,当我们再用这样的视角来观察画面上的成人角色时,同样能够看到他们是那么从容,他们细致而井井有条地收拾着这里的一切。屋内的东西,无论巨细,都没有被遗落。哪怕是一盆花、一件衣服、一盏台灯,都被仔细地搬走,被温柔地对待,被慎重地珍惜,留下的是一座干净而带着一家人温度的房子。

因此,这本叫《克莱尔说再见》的图画书,说的并不是克莱尔一个人,而是这一家人向即将离别的故园的温柔告别。我们能够听到他们轻声地说着再见的声音,房子的新主人也能听到。

(二)童话题材

除了表现儿童熟悉的日常生活,儿童图画书的创作者也会用图画书去表现童话题材。各个国家都有童话题材图画书:《那只深蓝色的鸟是我爸爸》(魏捷 文,何耘之 图)、《葡萄》(邓正祺)、《会说话的骨头》([美]威廉·史塔克)、《野兽国》([美]莫里斯·桑达克)、《自己的颜色》([美]李欧·李奥尼)、《青蛙和蟾蜍》([美]艾诺·洛贝尔)、《母鸡萝丝去散步》([英]佩特·哈群斯)、《鳄鱼爱上长颈鹿》([德]达妮拉·库洛特)、《别烦我》([美]维拉·布罗斯格)、《小白找朋友》([美]桑塔特)、《活了一百万次的猫》([日]佐野洋子)、《摇摇晃晃的桥》([日]木村裕一 文,[日]秦好史郎 图)等图画书中的童话叙事引人入胜,带领读者走进由图文共同编织的童话奇境。

图画书《音乐森林》①中，温婉、柔和的浅蓝色覆盖了画面中的很大空间，同时触手可及的是明亮的白。这种洁白的光亮，来自画面上四处弥漫又近在咫尺的片片雪花。因为翩然而至的雪，家园、道路、森林乃至周围世界的一切，都似乎披上了令人兴奋的新装，人的心情也轻灵起来、悦动起来。对于远道而来的异乡人来说如此，对居住于此的小麦，对于森林中的生灵来说，亦是如此。所以，才会有小麦和她的小狗向着森林的飞奔，才会有林中乐队的歌唱。在小麦与林中乐队合唱的最大画幅画面上，气氛达至高潮。

跟随着小麦的步履，我们能够在画面上看到明亮的光照耀下的道路。在街灯的中间，是被雪改变了模样的路，留下了小麦和小狗脚印的白色的林中空地，也是尚未被树木所占领的属于人类的通道。在小麦的身后，在鹿的眼前，我们一次次地与林中的路相遇，与路上闪耀的白色相遇。无论是林中乐队的歌唱，还是小麦去的地方，都没有远离林中的道路，也许因为这是第一场雪，也许因为没有离人间太远。看到这里，读者会安心，心里会想：没事，有前人足迹的指引，主人公不会误入歧途。书的结尾确实出现了该睡觉的催促，出现了领小麦回家的爷爷。而正是结尾处的处理，使得开头爷爷讲述的那个传说的时空距离被缩短了，有了当下生活的味道。

借助风婆婆让小麦与动物乐队告别的设计十分巧妙，但这次相遇真的只是一个梦吗？作者并没有给出确定答案。这也是这本图画书的魅力所在。孩子的幻想有许多种可能，隐藏在画面之后的情节，也有许多种可能。书的最后一页，小麦和小狗在窗前翩跹起舞，窗台成了舞台，月光成了舞台的灯光。小麦开始期待下一次奇遇，但是现在该睡觉了。读到这里，不由得会让人有这样的疑问：音乐森林到底存在于梦里，小麦每日的幻想里，还是爷爷的讲述里？抑或是人类、万物生灵对自然的切身感受里？与音乐森林相遇，需要的是敏锐的心灵。也许，只要我们认真地去倾听雪中森林的寂冷、辽远和深邃，一时的心驰神往，意念就已经超越了万水千山。而那条有着人情味儿的明亮路途，则指引了回家的方向。

图画书《谢谢你，小千！》②叙述了发生在非洲大地上的一个故事，是一本令人感动的优秀作品。小千的一生，颇多波折，创作者的咏叹低回婉转，时而轻快、时而激昂、时而凄然。在草原上，动物们和平相处、怡然自得，这种日子虽然不长，却是情节展开的基点，给予了主人公无穷的精神力量。草原上的共同生活让小千知道了

①　温艾凝.音乐森林［M］.北京：新世界出版社，2019.

②　小野木学.谢谢你，小千！［M］.楼佳，译.桂林：广西师范大学出版社，2018.

什么是爱,学会了去爱周遭的世界。小千用强壮的身体驮着孩子们去各处玩耍,用智慧、勇气和决心击退进犯的敌人。

面对打破草原宁静的豺狼,小千学着用狮子的叫声将之吓退,而当真正的狮子威胁动物们的安全时,小千也不惧比自己强大得多的敌人,与它缠斗。最后,小千虽然战胜了狮子,却受伤了。大家对胜利的欢呼雀跃,掩盖不住小千因身体永远的残缺以及生活节奏的永远改变而流露出的落寞和哀伤。看起来,小千的激昂斗志就这样被现实生活所磨灭。酷热的阳光炙烤着伤口,行动越来越困难,食物很难找到,小千只能独自流泪。小千的困境也许并非动物们有意而为的共业,而是大家习惯成自然的漠视和遗忘。比较讽刺的是,曾经的敌人——希望吃了小千的鬣狗和秃鹫,似乎比小千拯救过的动物们更惦记着小千。虽然这些敌人惦记着小千的目的,并不是要帮助它,而是要消灭它、吃了它。这里是整个情节的低潮,也是小千生命中的低潮,却有真实感、现实感,值得警醒。记住恩情,不容易,轰轰烈烈过后,不忘记为众人牺牲了自己的英雄,也不容易。而如果结下的是仇恨,想要忘却仇恨,却常常更难。这也是人类不愿意看到,却又常常看到的场景。

当危险又一次出现,黑豹袭击群落的时候,小千习惯性地背负起保护孩子的责任,又一次勇敢地冲上前去。这一次来袭的黑豹更为强大,从作者对黑豹的描绘就可以看出。黑豹从画面的右下角冲至左上角,占据了整个画面,作者借助图画的方向性,凸显了黑豹的凶猛以及势不可当,预示着小千的危险处境。当死亡真正来临时,文字和图像的表述都比较隐晦。文字所说的是,黑豹逃走以后,小千如同是在梦中听到欢呼声,然后失去了知觉。动物们从小千的背上爬下来后,发现眼前的小千却变成了树。画面上,只有全力冲上前去的黑豹和小千的两根羽毛。我们可以猜想,小千牺牲了自己的肉身,完成了道德上的最终升华,也走出了孤寂的生命困境。黑豹伸长舌头的表情,以及小千飘落的羽毛,都预示着这个结果。

在这本图画书中,跌宕起伏的情节加上版画特有的强烈色彩和明暗对比,都显示出创作者心中饱含对小千的赞颂。后记中,小野木学并没有提到故事与非洲传说是否有渊源,而是强调了个人对猴面包树的观感。但是,无论是对死亡的隐喻性表现,为保全所有人而舍弃生命的牺牲精神,在死亡中达至完美的观念,还是最后猴面包树所包含的象征意义,这一切都体现了创作者的东方思维。所以,草原上的那棵高大的树,不仅是对创作者个人有意义的象征,其实也暗含了东方人对善的想象。

(三)哲学题材

图画书中,哲学题材也是一个重要的存在。儿童文学与儿童哲学渊源颇深。

从西方儿童哲学的发展历史来看,儿童哲学的实践有两种路径,"儿童哲学的实践性,一方面体现为李普曼的儿童哲学教育理路,一方面体现为马修斯的儿童作为'对象'的理论",前者期望"通过哲学教育以提升儿童的素质、改善其学习",试图解决儿童如何更好地"学"哲学的问题,后者则注重"儿童原生性的哲学思维和对智慧的爱"[①]。在哲学题材的图画书中,这两种路径的儿童哲学都是存在的,影响了图画书的角色形象和读者预期。

在《妈妈我为什么存在》([法]奥斯卡·伯瑞尼弗 文,[法]德尔芬·杜兰德图)、《没有鸟儿的天空》([法]雷米·古琼)、《这就是为什么!》([英]芭贝·柯尔)、《我是谁?》([挪威]康坦斯·厄尔斯巴克·尼尔森 文,[挪威]阿金·度匝亭 图)、《也许死亡就像毛毛虫变成蝴蝶》([荷兰]皮姆·范·赫斯特 文,[荷兰]丽莎·布兰登伯格 图)等绘本中,儿童关于自身价值、关于自己和他人关系、关于生命存在方式的疑惑都得到了解答。无论是借由儿童角色表达的儿童对哲学的理解,还是创作者希望儿童接受的哲学思考,其实都已经潜藏其中。

我们也能看到,近些年各出版社还出版了更多的哲学命题外显的绘本所组成的丛书。新星出版社出版了美国琼·穆特创作的"禅的故事"系列,以及《尼古拉的三个问题》。中信出版社出版的"给孩子的哲学绘本"系列包括《孤独音乐家》([意]曼努埃拉·萨尔维 文,[意]马乌里奇奥·夸勒罗 图)、《伟大的小丑》([意]达妮埃莱·梅拉尼)、《真假近视眼》([西]里基·布兰科)、《买卖时间》([意]朱利奥·利瓦伊 文,[意]路易吉·拉法埃利 图)、《另一个保罗》([法]曼达娜·萨达)、《苏格拉底与父亲的对话》([挪]埃纳尔·厄维尔恩 文,[挪]欧伊文·托尔塞特 图)等绘本。海豚出版社出版的丹麦索伦·林德著文、丹麦汉娜·巴特林绘图的"哲学三部曲"系列包括了《没有》《所有》《你》。上海人民美术出版社、湖北美术出版社先后出版的法国奥斯卡·伯瑞尼弗著文、法国雅克·德普雷绘图的"哲学启蒙绘本"包括《我与世界面对面》《人类的信仰》《人性的善与恶》《爱与友谊》《生活的意义》。湖北美术出版社出版的法国奥斯卡·伯瑞尼弗著文、法国德尔芬·杜兰德绘图的"小哲学家"系列包括《爷爷,我为什么不能做想做的事?》《爸爸,你为什么会喜欢我?》《妈妈,我为什么存在?》。现代出版社出版的"人文启蒙绘本"系列包括《摘月亮的人》([法]罗克珊·玛丽·加里耶 文,[法]凯昔·德兰塞 图)、《幸福在哪里》([法]朱丽叶·索芒德 文,[法]埃里克·皮巴雷 图)、《罗密欧与朱丽叶》([法]多米尼克·马里翁 文,[法]玛蒂娜·佩卢索 图)、《镜子里的朋友》([法]斯特凡·莱 文,[法]吉莉

---

① 张娅.作为应用哲学的儿童哲学:一种对童年的深度审视[J].晋阳学刊,2020(2):78-81.

亚娜·布尔东 图)、《海洋女神》([法]卡蒂·德朗赛)、《巴拉莱卡琴》([法]卡蒂·德朗赛)、《国王西蒙》([法]茱莉娅 文,[法]赛莉娅·肖芙瑞 图)。

向美国文学家、思想家亨利·梭罗致敬的 D. B. 约翰逊所著的"亨利"系列绘本包括《亨利徒步去菲奇堡》《亨利盖了一座小木屋》《亨利去爬山》《亨利的工作》等。在这几本绘本中,约翰逊思考了人如何与他人、与外界相处等问题,是与梭罗哲学思想的对话之作。《亨利去爬山》①缘起于梭罗著名的宣言式的"不服从"举动。面对"一个允许农场主蓄奴的政府",亨利拒绝服从、拒绝交税,对政府行为的不合理部分进行"非暴力抵抗",甚至不惜因此被投入监狱。这种行为虽然是"非暴力"的,但有时却具有一种推动社会变革的强大精神力量。这也是梭罗亲近自然、抵抗现代工业文明的思想凭依。不论是梭罗还是约翰逊,其思考的都是在现代社会中对什么可以说"不",又如何说"不"的问题。

社会变革的一端是宏观的社会、历史,另一端则是组成社会、历史的众多真实的个体。作为个体的人在每一天、每一分、每一秒,在每一个处境,如何与社会、与自然、与自我相处是梭罗集中思考的问题。图画书中,当亨利被关进监狱而失去自由时,禁锢身体的牢笼却限制不住他的绘画创作,限制不住他的思想,更限制不住他的心灵在艺术创作中获得自由。只要有笔,哪怕是在监狱的墙上,他也能自如地挥洒,进而获得一种梭罗所信奉的超验体验。艺术所表现的空间与物质世界之间的界限被消除了。亨利在墙上提笔画出的鞋子能够被穿在脚上,画中的小溪也会弄湿鞋子,在画中山林奔跑的时候,他的表情是沉醉的、安闲的、享受的。这是一个与现实牢笼截然相反的世界,翱翔的鹰和空中的云,在亮色的画面中给人以天马行空之感。监狱低矮的墙既藏得下万千沟壑,让亨利于其间长途漫步,也可以是离开的门,成为走向自由的通途。当亨利离开监狱时,身后是山姆曾经打开过的现实中有铁框和铁钉的监狱门,亨利没有选择从那里走出监狱,相反他是从监狱墙上自己所画的想象之门离开的。

亨利的种种超验体验来自梭罗对自然的理解。然而,沉浸于自然和艺术中的超验体验不能作为人们逃避社会现实矛盾的一种手段。梭罗虽以隐居生活而闻名世界,但他以很大的热情真诚地参与社会、改造社会。在想象的世界里,亨利仍然惦记着许许多多正在被奴役的人。当大街小巷贴满了抓捕逃跑奴隶的悬赏告示,亨利却在想象的山顶与向往自由而途径此地的旅行者谈笑、唱歌,与试图挣脱奴隶制的朋友心灵相契,慷慨地赠予自己脚上的鞋子,目送他逃往象征自由的北方,哪

---

① D. B. 约翰逊. 亨利去爬山[M]. 柳漾,译. 桂林:广西师范大学出版社,2018.

怕自己不穿鞋子的脚可能被石头扎疼。不能逃避社会现实,亦是因为超验世界被现实世界所包裹着。亨利在天明之前需要回到牢房,于是就有了深色画面上急急忙忙的回程,虽与自然熟稔,却也不免踩进兔子洞,不免跌跌撞撞,显示出超验世界、自然世界并没有颠覆现实的秩序。这与梭罗"非暴力抵抗"的精神是一致的。他并不是要用暴力断然地改变现实社会的秩序,而是要在生活里潜移默化地改变生活本身。

亨利认为,重获自由就如同"站在一座高山的顶峰"一样。最高峰位居书中最后两个画面的正中,超越于人们所生活的平原之上。获得自由如同登临最高峰,能够给人以瞬间的极致体验,但是更多的生活却是在山下平地上发生的,是在非极致体验状态下展开的,并没有随时处在自由与非自由的激烈对抗之中。穿过监狱的墙离开监狱的选择体现了亨利坚持己见的态度,以及对政府行为的不合理部分仍然抱持着不合作信念的姿态。如果再次遇到征税的场景,亨利依然会选择抵抗。而走向鞋匠铺的背影却预示着他重新走入日常生活,就像他曾经做的那样。在生活里,他依然不会忘记超验体验和亲近自然的能力,依然会让精神从现实利益诉求中跳脱开去,去省思现实操劳的意义,省思自由在生活里的表现,从而拒斥禁锢心灵自由的一切形式,保有畅快淋漓地接近自然、融入自然进而获得心灵自由的能力。也只有拒绝了对现实妥协、追求最终自由的人,才能问心无愧地在自然中获得完全的从容与自在。能如此,则超验不再是超验,而是心灵的本真状态。

通过对梭罗言行的描绘,约翰逊让儿童读者能够对梭罗的哲学思想有所了解。也许,他们在未来的阅读经验和生活体验中,会对这些命题有更清晰的认知。但对绘本而言,则是开启了一个哲学启蒙的进程。

在另一本图画书《谎话》[①]中,创作者辩证地思考了人的谎言困境。说谎到底是什么呢?是绝对的坏事吗?书中的大人们对此给出一个宏观的判断,认为"说谎是学坏的第一步",因此在任何情境下都要拒绝说谎。下这个判断是容易的,因为不需要在具体情境中去辨析说谎的原因,而且对说谎的绝对拒绝又有着道德正确性和道德高度,能够让自身获得道德感的加持。但是,生活并不是非黑即白,哲学家们往往会去探究,看似完全正确的前提,是否有可能推导出在价值观上并不那么容易作出清晰判断的情境,进而分析说谎的复杂缘由。图画书《谎话》的创作者所做的就是这样一种富有思辨性的推理活动。

说谎的行为能够堂而皇之地存在,首先是因为在一些无伤大雅的生活细节上,

---

① 中川宏贵.谎话[M].mirocomachiko,图.宋三三,译.北京:北京联合出版公司,2018.

人们会选择说谎，从而获得心理的满足。这也是在不伤害他人情况下的一种自我保护机制。图画书《谎话》中，虚报年龄、佩戴赝品珍珠、掩饰遗失雨伞和尿床过失、吹嘘父亲的职位等均属于这样的情况。为了避免尴尬的交际处境，使交际更顺畅，获得心理舒适度，人物选择了说谎。由于并没有因此造成十分严重的后果，自我防卫的动机又很普遍，这种说谎行为时常能为人所接受，也是人类生活的常态。所以，才会有许多现代文学致力于描摹不同人物话语之间的缝隙，寻找话语中的不同叙述指向，呈现情节的多侧面。

说谎行为另一种光明正大的、影响颇广的存在情境应该就是戏剧演出、电影、电视剧以及模型等。这些模拟现实或者演绎现实的艺术作品都有着漫长的历史和广泛的影响。画面上疏落的笔触、画面中入画的工作人员和道具都凸显了戏剧演出和电影镜头均是众人协力完成的对现实的模拟，也是一种"说谎"行为。但是，表演者和观看者对于这种说谎行为都有着共同的默契。演出的假定性特征是表演者和观看者双方的约定，也是一切表演吸引人的基础。表演者会声情并茂地进入演出所设定的一个个情境，观看者则身临其境地感知这一个个情境。只有这样，表演才有可能达成，表演者和观看者才能完成情感上的沟通过程，完成有真实感的叙事过程。同样地，书中出现的仿真模型也是如此。只有接受模型的情境，进入情境去体会，有这样的心理预期，才不会感受到被骗，而是充满兴趣地去把玩，让心神游曳其中。如果失去了假定性的默契，失去了人与人之间精神交往的其中一座桥梁，就会失去构筑人类精神世界的一种有力武器，失去文学、艺术的许多可能性。

创作者把说谎与不说谎最清晰的界限放在了这本书的中间部分：童话中老婆婆的毒苹果、大灰狼对小羊的欺骗都是邪恶的，会给人以反感，是没有诗意的、没有余韵的。它们不能放在书的结尾，因此创作者就将这些欺骗行为安排在最有诗意的两个部分的中间，告诉我们什么样的说谎是不行的，什么样的说谎是应该拒绝相信的，对此划出一个清晰的界限。

书的最后一部分既有善意的谎言，也有人的信仰，将关于说谎言语的分析推进到了深刻的道德问题探讨层面。对于在正确信息与内心真诚、内在动机、良心、尊严之间如何做选择，哲学家们有过很多的探讨，比如：在任何情况下向所有人（包括正试图行凶的人）都一视同仁地提供正确信息是道德的，还是出于内心的良知，用真诚的心根据情境作答更为符合道德的原则？在一个透明的、没有任何伪装的世界里，也许回答正确信息是最道德的。然而，现实常常会更复杂，比如书中对作画对象的美化、对厨艺的赞美、承担弟弟打碎盘子的责任，虽然都不符合信息的正确性，但却都是在真诚、善良的心态下所作出的符合良知的回答，就像古希腊人做雕

塑一样,有着超越真实形象的向美的心。而书中提到的对于神仙、妖怪、河童、圣诞老人的信仰同样也涉及了人类心灵认知的更多形式。也许,当我们随着创作者的笔触经历了这一系列的说谎情境之后,再来面对图画书开篇的生活场景时,心情会豁然开朗得多。因为只要用纯粹而真诚的心去面对别人、面对世界,说谎的情境就不再是问题。

总体而言,在图画、文字的协作中,儿童图画书对日常生活题材、童话题材、哲学题材的表现让我们看到了儿童图画书有别于纯文字儿童文学的更为丰富的面貌。

三、中国现代图画书的演进

图画书以其独特的文图关系成为深受儿童喜爱的读物,也成为儿童文学重要的文体。与国外相比,中国图画书的创制和发展都较为缓慢。五四时期,尽管没有出现"图画书"专门的称谓,但类似于图画书的儿童读物却已存在。围绕着文图关系展开的讨论,对于中国图画书的创生有着重要的意义。在讨论郑振铎译述的《列那狐》时,赵景深高度赞誉了歌德重述本中威廉·冯·考尔巴赫画的三十二幅图,并认定郑译本为第一部附着"线条画"的中国儿童读物。赵景深认为在童书中插画"能活泼泼地把'人物'的个性表现出来",儿童所欢喜的是"线条画",不是负载了过剩思想的"象征意味画"①。他不满意费尔德《中国童话集》中的插图,原因是这些插画与文字的关系不大,"总之是静的人多,而有动作和事实的人少"②。对于图画、插画之于儿童文学的关系,黎正甫认为,图画本身不是儿童文学,但连续的图画构成故事,如连环故事图画可以说是一种儿童文学③。关于这一点,葛承训与黎正甫的观点完全一致:"如以图画表示一个故事,图画就成为文学的一种了。"④然而,检视清末民初的"连环画",无论是故事,还是图画质量及与文字的关系都不太适合儿童阅读。对此,鲁迅敏锐地认为此类连环画只是弥补文学所不及的"宣传画"⑤。在他看来,民间的《智灯难字》《日用杂字》可以帮助儿童识字,《圣谕像解》和《二十四孝图》都是借图画以启蒙。之所以要附上图画,鲁迅将其归因于"中国文字太难"。不

① 赵景深.童话论集[M].上海:开明书店,1927:181-182.
② 赵景深.童话论集[M].上海:开明书店,1927:88.
③ 黎正甫.编制公教儿童文学读物的商榷[J].磐石杂志,1934,2(4):10-17.
④ 葛承训.新儿童文学[M].上海:儿童书局,1934:14.
⑤ 鲁迅."连环图画"辩护[M]//鲁迅.鲁迅全集(第4卷).北京:人民文学出版社,2005:458.

过,鲁迅认为既然要启蒙,还是必须让儿童能懂①。同时,既然是图文并置的图画书,对于画家自然要求也很高:"倘不是对于上至宇宙之大,下至苍蝇之微,都有些切实的知识的画家,绝难胜任的。"②与鲁迅完全否定连环画不同,茅盾一方面认为其文字只是类似旧书"眉批"的"说明",另一方面则认为其尚有可取之处:"六分之四的地位是附加简单说明的图画,而六分之二的地位却是与那些连续的图画相吻合的自己可以独立的小说节本——确是很可以采用。因为那连环图画的部分不但可以引诱识字不多的读者,而且可以作为帮助那识字不多的读者渐渐'自习'的看懂了那文字部分的阶梯。"③有感于粗制滥造的"连环图画书小说"的无孔不入,茅盾也忧虑这会冲淡纯儿童文学读物,并提醒新书业以及连环画的作者应该"痛自反省"。茅盾并不否定此类读物图文并茂的形式,而是担忧其质量低下,"内容辗转抄袭,缺乏新鲜的题材"④。

丰子恺是著名的插画家、漫画家,又是散文家,这种身份使其能更深刻地洞悉图画书中的图文关系。在他看来,"图画只能表示静止的一瞬间的外部的形态,文章则可写出活动的经过及内容的意义。况言语为日常惯用之物,自比形色容易动人"⑤。结合为叶圣陶童话集《古代英雄的石像》作插图的经验,丰子恺认为插图只是文的补充,甚至还会出现"无补于文章,反把文章中的变化活跃的情景用具象的形状来固定了"⑥的问题。这并非丰子恺的自谦之言,而是基于现状提醒人们注意图文整体性的关节点。言外之意,连环画的图只是辅助文学的部件,并不具备单独讲述故事的功能。不过,此类连环画也成了中国图画书的早期形态。就此而论,黎正甫与丰子恺关于图文关系的概括如出一辙。他这样论述图画的好处:"……即在于描摹人物的逼真。在儿童的各种读物中,多插图画,既可引起儿童对于书本发生兴趣,又可增加儿童的理解力。因为图画与文学,本来同属于艺术的东西。"但他强调"文高于图",图画只是具备辅助作用:"图画的描绘人物的动作是固定的,他的传情与发表思想也是死的。而文学的描写却是活泼的,能不断的连续的描写,一直可

---

① 鲁迅.连环图画琐谈[M]//鲁迅.鲁迅全集(第6卷).北京:人民文学出版社,2005:28.

② 唐俟.看图识字[J].文学季刊,1934,1(3):29-30.

③ 茅盾."连环图画小说"[M]//茅盾.茅盾全集(第19卷).合肥:黄山书社,2012:388-390.

④ 茅盾.孩子们要求新鲜[M]//茅盾.茅盾全集(第19卷).合肥:黄山书社,2012:484-485.

⑤ 丰子恺.《古代英雄的石像》读后感[M]//丰子恺.丰子恺全集(文学卷4).北京:海豚出版社,2016:64.

⑥ 丰子恺.《古代英雄的石像》读后感[M]//丰子恺.丰子恺全集(文学卷4).北京:海豚出版社,2016:65.

以描写到人的内心的深处，及变幻的情感。"①无疑，丰子恺、黎正甫所言是有前瞻性的。对于幼儿而言，图与文的并置有助于其接受内容，孙毓修所编"童话"丛书正是采用了"加图画，以益其趣"②的方式，成为深受当时儿童欢迎的读物。尽管如丁锡纶所说，"儿童心理，最爱图画：所以用图画来启发他的智识，是最为相宜"③，但是要配备好的插图并非易事。

赵景深也是儿童图画书理论的先驱者，《儿童图画故事论》便是其图画书观念的产物。他认为中国儿童无法获得属于儿童自己的读物，所以只能把目光转向街头的连环画。赵氏批判了当时的一些武侠小说连环画的思想毒害："许多封建的、顽固的旧思想全灌注到幼儿的脑子里去了。什么《七剑十三侠》呀，《大破天门阵》呀，幼儿看得眉飞色舞，话也说不大全，也知道什么'法宝''一道白光'之类的术语了。"而当时的一些图画书，包括一些新编的和一些有旧内容的，也不过是"大都注重在事件的重叠上"④。为了进一步论析这种图与文"重叠"的艺术，赵景深用宗亮寰《小猪过桥》与雅科布斯《印欧民间故事型式表》的比较，以及《世界民间故事》（*Folk Tales of All Nations*）中的《铁底鼠与塔底鼠》（*Titty Mouse and Tatty Mouse*）与北新版《两只老鼠》的比较来阐明"重叠趣话"的要义。他意识到同时代黄翼的《神仙故事与儿童心理》、陈伯吹的《儿童故事研究》等对于"重叠故事"是颇为注意的。在此基础上，赵景深将图画书的价值概括为"重复生字""多识名物"和"灌输常识"。应该说，这种概括基本扣准了图画书"图画"与"文字"结合的特性。不过，在如何将"图画"与"文字"融合的问题上还缺乏进一步的推进意识。尽管如此，赵景深对于图画书的研究还是跳出了情感喜好的层面，向思想意识层面进行了较为深刻的开掘。尤其是其结合民间故事来论述时大量援引了中西方资源。

从上可以看出，先驱者们都意识到了图画之于儿童文学阅读的重要意义。具体将图画运用于儿童文学实践的是郑振铎。郑振铎是《儿童世界》的主编，他明确指出，"童话的书，图画是不可省略的"⑤，"插图在儿童书中，是一种生命"⑥。在《儿童世界》的创刊号上，郑振铎刊载了《两个小猴子的冒险记》（连载6期）等图画故事，

① 黎正甫.编制公教儿童文学读物的商榷[J].磐石杂志,1934,2(4):10-17.

② 孙毓修.《童话》序[J].东方杂志,1908,5(12):178-179.

③ 丁锡纶.续《儿童读物的研究》[J].妇女杂志,1920,6(7):12-15.

④ 赵景深.儿童图画故事论[M]//赵景深.民间文学丛谈.长沙:湖南人民出版社,1982:214.

⑤ 郑振铎.《天鹅童话集》序[M]//郑振铎.郑振铎全集(第13卷).石家庄:花山文艺出版社,1998:7.

⑥ 郑振铎.插图之话[M].//郑振铎.郑振铎全集(第14卷).石家庄:花山文艺出版社,1998:19.

其中十个栏目中就有"插图"和"滑稽画"两种,这成为最早图画书的样态。本着为儿童提供"博物学"①的知识,《儿童世界》里放置了诸多动植物插图,但这些图片本身不构成故事,也不进入故事的结构之中。不过,在《儿童世界》"滑稽画"(前8期)基础上创制的"图画故事"(9期开始)则有意识地弥补之前图文分离的缺憾,采取"上图下文"和图像连续叙事的方式,体现了郑振铎等先驱者推动儿童文学形式与内容变革的意识。此外,郑振铎还在"封面画"上精益求精,"封面画"与每一期的风格、基调、主题相呼应,其功能不局限在宣传与广告的层面,而是构成了《儿童世界》杂志生命的一个部分。更为重要的是,图像不仅是一种辅助文字的形式,而且其本身就具有表征现代的符码。这种"图画现代性"深度地参与了郑振铎等先驱者的儿童文学"现代化"的建构。对于图画的选用,郑振铎弃置了转述、译述的"文化中介",营造了具有现代表征的西方现代的图景②。当然,这种对于域外图像的援引包含了先驱者内在文化、艺术革新的诉求。关于这一点,鲁迅、郑振铎、叶圣陶等人都曾论述过中国古代美术、图画所存在的问题。而这种"图画现代性"与当时的"语言现代性"一起驱动了中国儿童文学思想现代性的发展。就图画与文字关系的探讨和研究而言,儿童文学无异是早于成人文学的。也正是本着这种注意,儿童文学的特殊性得以显现。

按照阿英的说法,民国时期连环图画的内容主要是神怪和武侠。这两种题材都深受儿童的喜爱,但囿于中国社会情境和传播的状况,此类连环图画没有成为单一指向儿童的读物。连环图画的称呼也各有不同,直到1925年上海书局出版了一部带插图的《西游记》,这才定名为"连环图画"③。毋庸讳言,连环图画的兴起是从城市开始的。茅盾曾描述过20世纪20年代上海的"小书摊",此前这类书摊中"唱本"居多,而"连环图画小说"后来居上,颇受儿童欢迎④。在《儿童世界》的引领之下,《小朋友》《儿童画报》等杂志也开设了图画故事栏目,单行本图画书的出版和图画书理论的探讨等也逐渐兴起。较之于《儿童世界》的图画设计,《小朋友》的最大特点是杂志人员各司其职,图画有专人负责。其中王人路负责绘画,排版、编辑也

　　① 郑振铎.《儿童世界》宣言[M]//郑振铎.郑振铎全集(第13卷).石家庄:花山文艺出版社,1998:3.

　　② 张梅.晚清五四时期儿童读物上的图像叙事[M].北京:中国社会科学出版社,2016:393.

　　③ 阿英.中国连环图画史话[M].北京:人民美术出版社,1984:21.

　　④ 茅盾."连环图画小说"[M]//茅盾.茅盾全集(第19卷).合肥:黄山书社,2012:389-390.

各有其人①。王人路是《小朋友》的创始人之一,他不仅专攻绘画,还是一位谙熟教育的专业人士。他将儿童文学分为"纯文学"和"文学化的科学"两部分,把"纯文学"分为"韵文的"和"散文的"两类,"文学化的科学"分为"关于自然的""关于卫生常识的""关于社会的"三类②。他认为儿童读物就是"儿童参考书",图画也是儿童读物。对于儿童杂志的形式,王人路提出了两条标准:一是外表要封面美丽、颜色鲜艳、格式奇特、装订坚固;二是内形要字体适宜、插图鲜明、编排得法、纸张讲究③。《小朋友》栏目中与《儿童世界》相似的有"滑稽画"和"故事画",所不同的则是设立了"悬赏故事画"。这里的"悬赏"实际上是杂志社想要增强儿童读者的参与意识所创设的特殊形式,这种形式同时也有助于满足中小学校的教学需要。

据姚苏平统计,《儿童画报》269 期封面上的儿童形象基本上都是穿着"西式童装"的儿童,男女两性已经分立,衣着各异。"声光化电"的玩具和现代的游戏也在插图里大量出现④。这种利用图像(图画)来传达现代观念及信息的方式,在《儿童世界》《小朋友》等儿童专业杂志中也大量存在。这体现了办刊者及儿童杂志"图画现代化"的观念,与文字所蕴含的"思想现代化"相互补充,合力推动了儿童文学的现代化进程。张圣瑜的《儿童文学研究》认为,"画之装点"于故事的阅读有不可低估的益处⑤。直到葛承训的《新儿童文学》"文体分类"中有了"图画书"一类,理论界对于图画书的阐释也逐渐学理化,而这种学理化也表征了儿童文学文体的学理化,从而推动了儿童文学学科化的进程。

四、图画书的美育功能

图画书文学、艺术意涵丰富,许多优秀的图画书呈现了丰富的人生样貌,深入思考了人生的不同境遇,形式多样,具有较高的文学、艺术成就。引导学生体会图画书中人生境地的多种文学呈现方式,体验独特而多样的审美情境,更深刻地体悟人的存在状态,能更好地实现图画书的美育功能。

① 黎锦晖.《小朋友》创始时的经过[M]//《小朋友》编辑部.长长的列车——《小朋友》七十年.上海:少年儿童出版社,1992:431.

② 王人路.儿童读物的分类与选择[J].教育杂志,1929,21(12):72-79.

③ 王人路.儿童读物的研究[M].上海:中华书局,1933:69-70.

④ 姚苏平.语图叙事中的一种现代中国童年想象——论《儿童画报(1922—1940)》[J].文艺争鸣,2017(2):160-166.

⑤ 张圣瑜.儿童文学研究[M].上海:商务印书馆,1928:26.

（一）面对自己的职业

"思考人以何种状态面对自己的工作"是体悟人生境地的重要话题之一。可以使用《米罗的帽子魔术》（［美］乔恩·艾吉）等图画书，带领学生去感知图画书的创作者如何呈现角色的人生轨迹，如何用形象化的方式思考面对工作的态度。

1.体会角色的不同

打开图画书《米罗的帽子魔术》，首先进入读者视野的是魔术师米罗并不成功的职业生涯。米罗虽然是魔术师，但是并没有变魔术的技能，他的魔术表演非常糟糕，根本没有达到魔术师的基本表演要求，老板因此非常愤怒。濒临失业的米罗只好听从老板的命令，出城去抓兔子。读者此时对米罗是有一点儿失望的，因为他实在是辜负了"魔术师"这个称号。坐一次回城的火车，米罗就把重要的魔术道具——帽子拿错了，一直等到回到剧场后台才发现。从米罗的行为及此书的绘画风格中，我们能感受到米罗的性格。粗粝的线条和色彩都仿佛在不断地提醒读者：米罗就是这么一个粗心大意的人，一个对待工作不用心的人，一个时时头脑空白、不能清醒地对待生活的人。

在书的后半部分，不期而遇的大熊改变了米罗的魔术师生涯，也逐渐改变了米罗的生活轨迹。和米罗不同，大熊做事用心，因此才能从兔子那儿学会了跳入帽子的技巧。大熊发现魔术师拿错了帽子，自己正处在复杂、危险的境地中时，及时采取行动，去寻找魔术师。在魔术表演开始之前，大熊安然地坐在了剧场的第一排，等待着魔术师的召唤。从米罗和大熊的对比中，读者能够感觉到，大熊是一个和魔术师米罗相对应的正面的存在，是真正意义上的魔术师。

在美育教学中使用图画书《米罗的帽子魔术》，首先需要带领学生去体会书中角色的对比，让学生准确地找到情节线索，从而获得最直接的审美体验。这是进一步感知文学丰富深刻意涵的基础。

2.感知人生意味

对于大熊七百多次的成功表演，《米罗的帽子魔术》的创作者并没有细致描绘，而是采用了略写的手法。经过许多次的表演，尽管收获了成功，筋疲力竭的大熊却作出了回家休息的决定。没有眷恋繁华，也没有受到阻扰，疲惫的大熊坐在火车上，甚至都没有人感到惊奇。和刚刚来到城市时引起了轩然大波相比，大熊离开时很从容，了无牵挂。没来得及告诉米罗表演魔术的更多秘密，大熊就躺在洞里睡着了。冬眠是大熊自然的生理反应，显示出图画书创作者精妙的取材能力。然而，我

们应该看到,这一举动也是一种人生隐喻,显示了大熊入得其中又出得其外的豁达境界。书中,米罗从大熊那儿学会了魔术技能,学会了用意念去控制自己的骨头,这更预示着,在大熊的帮助下,米罗懂得了用心去面对自己的工作和人生,从而进入了新的人生境界。

杜威认为,"科学陈述意义,而艺术表现意义"[①]。图画书不仅呈现了引人入胜的情节,同时还蕴藏着深刻的意义。在美育教学中,引导学生准确了解图画书中的角色对比和基本情节结构,并在此基础上理解和体会情节所蕴含的更为丰富的人生意味,可以使学生的审美体验达至更广阔的境地,从而实现更高层次的审美目标。

(二)寻找人生的精神寄托

除了面对自己的工作,找到精神寄托是体悟人生境地的另一个话题。精神上的寄托对人具有重要意义,既是人前行的情感动力,又能让人生更加完满。美育教学要引领学生体会图画书表现和思考的关于人的精神寄托问题,图画书《走出荒园》的故事([美]布赖恩·莱斯)就非常契合这一话题。

1.体会走出精神困境的路径

在图画书《走出荒园》中,埃文家的庭院里繁盛与荒芜景象的转变和"荒园"意象相契合,更是埃文精神状态变化的外在投射。阅读图画书时,教师要带领学生去体会埃文精神受到的困扰,随后再走出精神困境的过程,感悟荒园意象在此过程中发挥的作用。

埃文与家中的狗长久、和谐地共处时,精神是愉悦的。从书中所描绘的埃文与狗的生活片段里能够感受到这一点。每一个画面中,都有埃文和狗的快乐模样。此时,庭院欣欣向荣,承载了人与狗共处的幸福时光,连画面上的天空都蓝得十分澄澈。而当狗死后,埃文十分悲伤,失去了精神寄托,陷入了精神困境。埃文因此无心打理自家的庭院,砍去了那些欣欣向荣的植物。埃文家的庭院,变成了名副其实的荒园。这时可以引导学生去思考人的精神困境是如何出现的。

当一株充满希望的绿色南瓜藤进入庭院时,画面上的颜色逐渐变得鲜亮了。埃文没有将其逐出荒园,这一举动其实暗示着埃文已经开始尝试走出精神困境。埃文将南瓜从幼苗培养成硕大果实的过程也是一次自我心理疗救的过程。当画面上出现巨大的南瓜果实时,文字和图像都让人感觉到埃文的悲伤心情逐渐平复了。

① 约翰·杜威.艺术即经验[M].高建平,译.北京:商务印书馆,2011:84.

将图画书《走出荒园》应用于美育教学,需要教师带领学生体会庭院景观与埃文内心感受之间的对应关系,更好地理解埃文进入并走出精神困境的过程,感知走出荒园的寓意。范迪安认为,"随着现代科学的发展,对人的智力系统也更多地展开了分门别类的研究,认识到理性思维和感性意识这两个方面的互补,才构成完善的人格和完美的人生"①。体会和感知图画书对埃文情感变化的形象化的呈现方式,并结合理性思维,学生就能更全面而深入地把握人物走出精神困境的路径,并进一步思考走出精神困境的过程在人生中的意味。

2. 精神的传承

除了体会人的精神状态的外在投射,图画书《走出荒园》中还隐含着精神的代际传承的轨迹。美育教学中,要带领学生更深入地体会图画书中隐晦表现的不同角色之间的精神传承关系,从而更深切地理解人生的境地。

埃文将死去的狗埋在了自己的庭院里,幼嫩的南瓜藤伸入庭院,那其实是狗的化身。只有读完整本图画书,看到藤上结出巨大的南瓜,并看到埃文用南瓜赢回的奖品居然是一只狗时,读者才会恍然大悟。正是在南瓜及另一只狗的陪伴下,埃文才重新找回了生活的意义,重新有了精神的寄托。一只狗的离去是埃文陷入精神困境的起因,而另一只狗的回归又成为埃文走出精神困境、开始新生活的起点,图画书意味深长的结尾传递出精神代际传承的悠长意味。

"真正优秀的儿童文学,正是处于人类传统之中……实现儿童自我观念与人类历史、与图像文化的精神对话。"②在美育教学中,带领学生体会图画书角色的精神困境,体会角色之间精神传承的意义,能够让学生更深刻地认识到人在各自生活及人类历史中的精神处境。图画书给予读者情感上的温暖,鼓励读者走出各自的困境,勇敢而坚强地生活下去。

石中英认为,"'以人为本'的教育不能只考虑作为'工具的人',也应该考虑作为'目的的人';不能只考虑如何提高人的生存能力,也应该考虑如何增加人的存在的意义。今日的教育,应该比以往任何时候都关注人的存在问题"③。通过对两本图画书在美育教学中应用途径的分析能够看到,图画书作为美育教学的内容时,不仅应该关注其中人的生存能力的提高,也应该关注人的生存状态,致力于培养人的审美能力。高建平认为,广义的美育"要培养心智健全、全面发展的人","我们要通

---

① 范迪安.在美术教育中弘扬中华美育精神[J].美术研究,2019(4):10-15.
② 齐童巍.文化的图像转向与儿童文学的价值态度[J].少年儿童研究,2019(7):66-70.
③ 石中英.人作为人的存在及其教育[J].北京大学教育评论,2003(2):19-23.

过狭义的美育,实现广义的美育,通过艺术和审美的教育,促进社会的和谐和进步"[1]。而戚志雯则指出,"美育是通识教育,或者说它本该是通识教育"[2]。在美育教学中,通过阅读图画书作品,学生能够见识文学、艺术所表现的丰富人生样貌,领略文学、艺术本身的形式之美,思考与人的存在相关的真、善、美的问题,从而实现图画书更广泛意义上的美育功能。

第三节　儿童散文

一、儿童散文的基本特征

在中国古代,散文是与诗歌并列而在的重要文体,也是一个杂糅着诸多文类的复合文体。举凡非韵文都可以划到散文这一杂文体中。"散文诗"和"诗化散文"都不是单一文体,而是散文与诗的文体交叉。正是因为这种文体混杂的特性,古代散文的纯化、学科化始终没有完成,散文的文体自觉也处于"未完成"的状态。关于散文与诗分殊的讨论,自古有之。如果说亚里士多德《诗学》讨论的还仅是散文与诗的风格不同,那么黑格尔《美学》关于思维与审美区别的讨论则揭示了两者"掌握方式"[3]的差异。要讨论儿童散文的发生发展,不仅要了解散文现代转型的动态语境,而且要考察基于儿童文学"元概念"而衍生的散文文体新变。其中,中国儿童文学与现代文学的"一体化"演进及其"主体性"发展,是儿童散文文体自觉的学理逻辑与发生机制。

(一)

现代散文的兴起与晚清以来报刊杂志的流行密切相关。意在破除古文范式的"报章体"是散文文体变革的先声。梁启超"文界革命"的出发点是打破桐城派古文的藩篱,推行一种更为自由、平易、畅达的新文体。他认为:"欧美、日本之国文体之变化,常与其文明程度成比例。"[4]言外之意,中国文体存在的问题与中国文明状况有着内在关联,要改变这种现状,文体革命势在必行。梁氏这种新文体的文辞与古

---

① 高建平.从狭义的美育到广义的美育[N].中国文化报,2018-09-19(3).

② 戚志雯.通识教育:美的正确打开方式[N].中国美术报,2019-02-18(15).

③ 黑格尔.美学(第 3 卷下册)[M].朱光潜,译.北京:商务印书馆,1982:19.

④ 梁启超.绍介新著《原富》[J].新民丛报,1902(1):126-128.

文的"义理""考据""辞章"有较大的差异,即拒斥古文的"义法",使其走向了散文"自解放"①的新路。由是,"欧西文思"取代圣贤经典章句,大量现代新思想涌入新文体之中,极大地推动了散文的现代转型。

对于这种域外思想的传入,王国维认为,"新思想之输入,即新言语输入之意味也"②。以此类推,新言语从域外输入中国,也意味着新思想的传入,两者是互为表里的辩证关系:新语言承载新思想,新思想制导新语言。梁启超引入"欧西文思"的目的在于启蒙"新民","播文明思想"的对象包括了儿童在内的所有国民,"使学童受其益"再推及成人群体是具体的方略。既然受众层次多元,那么文章"太务渊雅"就不利于思想传播和大众接受。关于这一点,严复与梁启超的观念分歧较大。严复反对文辞太近俗,批评"报馆之文章"为"大雅之所讳",学理之文"非以饷学僮而望其受益"③,可见其目标读者不是浅学之人。梁启超与严复的争论实质上涉及了散文语体的根本问题,即选用哪种语言表达方式对于散文文体的现代发展至关重要。尽管梁启超等人主张的这种"新文体"蕴含着启蒙"新民"的功利主义色彩,但其"文界革命"还是将散文的品格提升到与社会文明等量齐观的地位,这为现代散文的变革和文体自觉提供了必要的保障。

从晚清的"文界革命"到五四的"文学革命",其中有着内在的逻辑关联。既然都是"革命"就意味着革新、新变,包括思想与语言两个层面,并预设了被革命的目标对象。相对而言,"文学革命"革新的范畴比"文界革命"大,其革新的对象是整个旧文学。尽管陈独秀等人说理时常用散文举例予以说明,但其所指的"文学"不局限于散文,而是全文体的文学。不过,两者在致力于推进文学与时代、文明之发展时却是同步的,都主张借鉴欧西思想来冲涤旧文学的迟暮与短视。为此,若想真正撼动旧文学的基石,"革新"要从语言、文体等形式入手,进而触及旧思想的深层。由此看来,平易通俗、流畅锐达所带来的不仅是新的文体形式,而且引领的是新的文风。梁启超的《少年中国说》《过渡时代论》《呵旁观者文》等散文立论鲜明、议论纵横捭阖、语言文字浅显、气势激昂,是一种政论性散文,与那些私人性散文或"代圣贤立言"的古文大相径庭。胡适认为梁氏的新文体"有魔力",概括来说就是"文

---

① 梁启超.清代学术概论[M].上海:东方出版社,1996:77.

② 王国维.论新学语之输入[M]//王国维.王国维全集(第1卷)[M].杭州:浙江教育出版社,2010:126.

③ 严复.与《新民丛报》论所译《原富》书[J].新民丛报,1902(7):126-137.

体解放""条理分明""辞句浅显""富于刺激性"①。在启蒙思潮的推动下,新文学推崇"人"的个性主义,为散文的现代化提供了精神动力,也取得了突出的成果。正如鲁迅所说:"散文小品的成功,几乎在小说戏曲和诗歌之上。"按照鲁迅的说法,散文小说"原是萌芽于'文学革命'以至'思想革命'"②。他没有将源头归于"文界革命",其根由还是要为"文学革命"蓄势,所持的立场也是新文学的立场。

现代散文是新文化人改造西方文学概念的产物。"文学革命"既是语言革命也是思想革命。有感于此前古文"文胜质"的弊端,胡适《文学改良刍议》的"八不主义"就从"文"与"质"两面来立论,这也成了包括散文在内的文体现代化的重要原则。胡适反对过窄地界定散文概念,也反对用理论预设来制囿散文创作。他的文体学见解深受同时代学人的推崇,例如朱自清就认为胡适散文是"标准白话","笔锋常带感情",与梁启超颇为相似。③ 但是,不容忽视的一个问题是,此前散文文体所指范畴较广、种类繁多,各种笔记、杂谈、书信、序跋等都归入了散文文体内。中国古代文学中,散文有广义和狭义之分,广义的散文是除诗歌以外的所有散体文字,狭义的散文主要是"古文",有时骈文和辞赋也属于散文。可以说,散文文体概念实质上是一个大杂烩。在这方面,王统照提出了"纯散文"④的概念,这是对艺术散文缺失的一种修正。当政论性、批评性的散文在推动新文化运动中发挥重要作用时,艺术散文容易被盲视和遮蔽,亟待重新认识并实践。由于难以遇合新文学的主题,加之语言和修辞缺乏明确的理据,纯散文的发展也有诸多难度。为了进一步推动纯散文的发展,王统照将散文分为五大类:历史类散文、描写类散文、演说类散文、教训类散文、时代类散文。应该说,这些类别的散文既包括纯散文,也包括非纯散文。王统照分类的目的在于提升散文的地位,以此与小说、诗歌、戏剧等文体拉开距离。在王统照等人的倡导下,小品散文、随笔散文的实践也随之展开。将纯散文从学术文、政论文的"文章"中抽离出来,不仅扩充了散文的内涵,而且更明晰地标示了其作为"文艺作品之一体"的特质。

从语言修辞上看,散文之"散"直观地体现在文句之"散"上。如果没有"散乱"的形式就很容易归入诗歌、词赋等文体内。在文学革命的理论预设中,思想和语言

---

① 胡适.五十年来中国之文学[M]//胡适.胡适文集(第3卷)[M].北京:北京大学出版社,2013:200.

② 鲁迅.小品文的危机[M]//鲁迅.鲁迅全集(第4卷)[M].北京:人民文学出版社,2005:592.

③ 朱自清.《胡适文选》指导大概[M]//朱自清.朱自清全集(第2卷)[M].南京:江苏教育出版社,1988:299.

④ 剑三.纯散文[N].晨报副刊·文学旬刊,1923-06-21(1).

并举,语言与文体的变革逐渐带动文学现代化发展。在此逻辑中,文体革命与语言革命、思想革命有着内在的相通之处。在界定散文时,刘半农并未停留在"文字的散文"的层面上,而是主张"文学的散文"①。"文字的散文"与"文学的散文"看似只有一个字的差别,其实内涵差异颇大。在这里,"文学"的含义远大于"文字",除了汉字方面,还兼顾了语言和文学的内涵。中国古代散文类属于散体文学,但依然受到"古文义法"的限制,无法真正成为自由的文体。当然,古代散文中依然有"修辞立诚""师心使气"的传统可供后人借鉴。在新旧转型时期,先驱者一方面承续这种传统,另一方面又借鉴西方散文表现个性的资源,充分激活随物赋形的散文文体特质。

散文之"散",在内容、行文和结构上均有表现,体现为率性而谈,文句无拘束、无格式、无限制。它是最切近现实生活的一种文学样式,夸张、变形、象征、魔幻、意识流、戏剧化等手法对它无用,它是一种推崇"真景""真境"的艺术,它的主要特质是将个人的主观的情感、性灵、人格表现出来。这与新文学所提倡的自由精神合拍,鲁迅、刘半农、胡适等人都是现代散文大家,他们从郁达夫所谓"心""体"两个维度来突破传统散文的"械梏"②,利用散文之"散"来表现个人的主观情感、性灵。郁达夫概括散文特性是"没有韵的文章"③,这样就拉开了与诗歌文体的界限。同时,散文的随性而作、随意而谈又与小说、戏剧有较大的差异。与西方"非小说性散文"传统接轨,"现代意义的文学散文,比非韵非诗的古典散文观增多了非小说的限定"④。进而这种散体文体冲破了古体散文的文体限制,而呈现出语言现代化与思想现代化合一的品格。尤其是白话文的运用,打破了"美文不能用白话"的传统。郁达夫认为现代散文最能表现个性,是自叙传的,这与其"人学"思想是同向的。现代散文在新文化运动的大潮中能发挥特定的功用性。基于此,散文的现代转型为儿童散文的发现及文体自觉提供了基础。

(二)

在中国古代,没有儿童散文这种文体类型。这当然与当时陈旧的儿童观有关。

① 刘半农.我之文学改良观[J].新青年,1917,3(3):18-20.
② 郁达夫.《散文二集》导言[M]//鲁迅,等.1917—1927中国新文学大系导言集.刘运峰,编.天津:天津人民出版社,2009:132.
③ 郁达夫.《散文二集》导言[M]//鲁迅,等.1917—1927中国新文学大系导言集.刘运峰,编.天津:天津人民出版社,2009:130.
④ 汪文顶.现代散文学的整合与建构[N].中国社会科学报,2015-10-13(7).

即使有供儿童阅读的蒙学读物,但《幼学琼林》《三字经》《千字文》等本身也不是儿童文学,因而无法将其纳入儿童散文的范畴。受惠于现代散文文体的革新及现代儿童观的出场,儿童散文也从散文文体中被发现,成为专门书写儿童生活和供儿童阅读的一种文体。这样说来,儿童散文的文体自觉有赖于散文的现代化及儿童文学"风景"之发现。套用陈平原论析"述学文体"的话,儿童散文文体的创制体现了中国学人建立"表达"的立场、方式与边界[①]。具体来说,作家借助儿童散文文体所要表达的是"儿童是什么"的儿童观。与"儿童"一样,儿童文学也是一个"现代"概念。以此类推,"儿童散文"是因这种"现代风景"的发现而被发现出来的产物。这样说来,"儿童散文"也是一个"现代"概念,是文体新变的样本。

散文文体自古有之,其现代新变既是文体自身发展的内在诉求,也是时代发展的必然。在新文学的大潮中,传统文章遭遇了"现代性"危机,散文这种最具"文章"特征的文体也逐渐"文学化",现代散文理论也由"文章"转入"文学"[②]。在此语境下,古代散文文体的危机和西方散文文体学的介入合力推动散文的现代化。由于涉及内源性和外源性的"合力",在探究儿童散文时不能作单向度的分析,而应统筹传统内外的两种资源的联动。概而论之,思想和语言的现代化构成了散文新变的两个向度。思想现代化的驱动无需多论,它赋予了包括儿童文学在内的中国文学以"现代"品格,也有效地牵引出文体的变革。如果说思想现代化的驱动是一种外在力量的话,那么语言现代化则是更贴近文体革新的质素。白话文运动驱动了包括散文在内的"四大文体"的语言革新:祛除文言背后依附的陈旧思想,创构全新的现代言说方式[③]。从发生学的角度看,文体学起源于修辞学,文体本身就是一种语言与思想的修辞,后来学界将这种文体修辞与文学批评融合起来,构成了西方文体学的基本框架。由此看来,文体是集结着语言与文学的综合体,这与语言工具性、思想本体性"道器合一"[④]的情况耦合,生成了一种系统性的文类。不过,尽管存在着外源性文体学的介入,儿童散文的"体"仍是一个典型的"中国本土文学概念"[⑤]。之所以说"本土文学概念",主要是基于中国动态文化语境下民族性标尺而言的。在中国文学的新旧转型及"人的文学"大潮的推动下,中国散文文体向现代化方向

① 陈平原.学术史视野中的"述学文体"[J].读书,2019(12):67-75.

② 王尧.跨界、跨文体与文学性重建[J].文艺争鸣,2021(10):1-3.

③ 吴翔宇.中国儿童文学"母语现代化"重构的逻辑与路径[J].广西民族大学学报(哲学社会科学版),2021(5):147-152.

④ 高玉."话语"视角的文学问题研究[M].北京:中国社会科学出版社,2009:13.

⑤ 吴承学.中国文体学:回归本土与本体的研究[J].学术研究,2010(5):125-129.

跃迁,一种适合儿童主体阅读的散文——儿童散文应运而生。

整体来看,儿童散文的文体自觉源于现代儿童观的创构。如果没有"儿童"或无视"儿童",那么成人创作的作品就不可能真正指向儿童,相对应的文学作品的文体也难以让儿童接受。在《我们现在怎样做父亲》中,鲁迅对于"儿童"作了全新的界定。他将"父亲"分为两类:一种是"孩子之父";另一种是"'人'之父"。两者的区别在于前者是"生而不教",而后者则是"生而有教"。其中,教育是将孩子与"完全的人"联系起来的渠道。正因为有了教育,儿童才能逐渐远离神圣父权的奴役,在进化的大道上"发展生命"。鲁迅以一种自审的方式来考量父子关系,他强调以"亲情"代替"孝道",从儿童的独立来重审"人"的价值:"子女是即我非我的人,但既已分立,也便是人类中的人。因为即我,所以更应该尽教育的义务,交给他们自立的能力;因为非我,所以也应同时解放,全部为他们自己所有,成一个独立的人。"①鲁迅"幼者本位"观念的提出与其所洞悉到的"善种学"有着内在的关系。从生物学的科学理念出发,"善种学"的落脚点是儿童,唯有儿童才能冲决历史遗传与循环往复的死寂文化,这为其推行指向未来的儿童观提供了科学的基础。然而,从"善种学"的理念中鲁迅又发现了"遗传的可怕"。换言之,要想儿童之"种"在中国的土壤里兴旺发达,起决定性作用的是遗传学意义上的父辈,而非儿童。然而,一旦这种儿童"种"的希望根植于"老中国"里的父辈时,鲁迅又陷入了迷茫与绝望:"父母的缺点,便是子孙灭亡的伏线,生命的危机。"这意味着鲁迅不仅要毁破"铁屋子"(文化土壤),还要彻底颠覆遗传学、文化学意义上的传统。这使得鲁迅陷入了借遗传学来反遗传学的悖论之中,其结果是"幼者"难堪历史主体的重任②。对待"儿童"问题的复杂态度,源于鲁迅等先驱者对于新旧过渡时期儿童"主体"的深刻反思。当儿童被视为真正的"人之子"出场时,不仅成人被赋予了"人"的意涵,而且儿童也同时被赋予了"人"的品格。

尽管鲁迅没有明确自己创作过儿童散文或其他儿童文学作品,甚至坦言"我不研究儿童文学"③,但这并不意味着他不关心儿童文学、不了解儿童文学文体。有一个问题值得深思:到底是思想现代化驱动了语言现代化,还是语言现代化推动了思想现代化?一般而言,思想优先的确是儿童文学发生的前提,"儿童性"的高涨势必

　　① 鲁迅.我们现在怎样做父亲[M]//鲁迅.鲁迅全集(第1卷)[M].北京:人民文学出版社,2005:141.
　　② 孙尧天."幼者本位""善种学"及其困境——论"五四"前后鲁迅对父子伦理关系的改造[J].文艺研究,2020(7):70-81.
　　③ 鲁迅.致颜黎民[M]//鲁迅.鲁迅全集(第14卷)[M].北京:人民文学出版社,2005:66.

会带来"文学性"的变革。但不可否认的是,语言变革不止于工具层面的革新,其本身就是思想本体的更新。因而,可以这样认为,现代儿童观催生了儿童文学语言和文体的变革,同样,这种儿童文学语体的新变又能更好地传达、表征现代儿童观念。要言之,语言(文体)与思想构成了一种"双向发力"的机制。鲁迅的散文《风筝》所揭示的主题是反思虐杀儿童天性的教育,这种明晰的儿童观借助于"野草体"来表述颇为得法,尤其是,文章对"温和"的"春天"的向往与前述严苛的儿童教育形成一种话语张力,非常贴近现代散文"说理"与"有情"的文体特质①。不过,《风筝》看似讨论的是兄弟关系,关涉儿童问题,但并不是写给儿童看的散文,因而不能界定为儿童散文。鲁迅散文集《朝花夕拾》作为"整本书",其对"旧事"的"重提"凝聚了鲁迅关于教育成长的观念②。一般而论,《朝花夕拾》与儿童散文扯上关系是因为写到了"儿童",浸透着鲁迅对童年的一种怀想。在"怀旧"的散文笔法中,鲁迅同样贯彻了其对"全人"问题的深刻思考,没有儿童读者的特定预设,它不属于儿童文学。但是,里面的一些篇章讨论和评析了语体问题,可为理解儿童文学文体提供启示。在《二十四孝图》中,鲁迅尖锐地批评了那些阻挠儿童读物运用白话的"别有心肠的人们",他们"竭力来阻遏它,要使孩子的世界中,没有一丝乐趣"③。他肯定杨雄的"言者心声"的观念,痛悼自己童年无书可读的经历,因读得枯燥,便看那题着"文星高照"四个字的恶鬼一般的魁星像,来满足其幼稚的"爱美的天性"。鲁迅用一种揶揄的反讽来揭露童书短缺的本质:成人对儿童的无视。而这种代际的分殊让其洞见了儿童文学语言的特性。他认为"有益"和"有味"是儿童文学语言的两大特征④。与成人不同,儿童天生就有"学话"的禀赋,更爱懂那些"明白如话"的词句。所以他提议向儿童学习,"从活人的嘴上,采取有生命的词汇,搬到纸上来"⑤。这种融合儿童性与现实性的考虑贴近儿童语言特点,成为鲁迅等先驱者译介、创作儿童文学及创制儿童文学文体的重要原则。

颇有意味的是,在讨论鲁迅关乎童年的作品时,梅子涵认为鲁迅"为儿童"计,在写作时与其他作品保持了不同的风格:"可能意识到会被孩子们阅读到,于是他

---

① 文贵良.文学汉语实践与中国现代文学的发生[J].学术月刊,2021,53(12):139-150.

② 陈思和.作为"整本书"的《朝花夕拾》隐含的两个问题——关于教育成长主题和典型化[J].杭州师范大学学报(社会科学版),2021(1):49-60.

③ 鲁迅.《二十四孝图》[M]//鲁迅.鲁迅全集(第2卷)[M].北京:人民文学出版社,2005:259.

④ 鲁迅.《表》译者的话[M]//鲁迅.鲁迅全集(第10卷)[M].北京:人民文学出版社,2005:437.

⑤ 鲁迅.人生识字胡涂始[M]//鲁迅.鲁迅全集(第6卷)[M].北京:人民文学出版社,2005:306-307.

的惯常的很多东西被拦截了,只余下了美好、有趣,有些伤感,可是很淡,不是令心头特别重。"①暂且不论鲁迅是否真有考虑儿童读者的意识,单从鲁迅关乎童年的作品来看不可一概而论。鲁迅的童年故事在其小说和散文中均有涉及,《朝花夕拾》诸散文确实有"儿时"纯净而短暂的温情,但这种温情在鲁迅作品整体性的压抑氛围里难以为继。在《祝福》《故乡》等小说中,温情迅速转向,返归故乡反而深陷"吾丧我"的境地。显然,鲁迅并未为了儿童读者而减缓其批评的锋芒,也没有掩盖"老中国"的"恶"的本质。事实上,鲁迅深刻地意识到作为弱者的儿童的"失语"现实,他也无心在此类作品中去顾忌儿童读者的阅读体会,整体性地批评国民性是其破毁"主奴共同体"②的策略。而这种策略是为了"人"的解放和自由来考虑的,并非单纯为了儿童。因而,"为儿童"也非判定其是否属于儿童文学的绝对标准。

如果说鲁迅关乎"儿童"的散文尚不足以建构儿童散文的范式,那么到了冰心那里这种情况则大为改观。为了解除成人与儿童的隔膜,冰心的《寄小读者》以书信的方式与儿童进行谈心、交流,她以儿童的"朋友"身份来讲述自己的儿童观念。这种交流和谈心尽管是成人作家的单向度叙述,但却预设了"小读者"这一交流对象。冰心对"作品中人物嘴里所说的都是那些'小大人'或'大小人'式的呆板晦涩的话"③非常反感,因此其创作都充溢着一种清新活泼、浅近有趣的氛围。平等的交流沟通是《寄小读者》的一大亮点,"我常常引以自傲的:就是我从前也曾是一个小孩子,现在还有时仍是一个小孩子"④。因为拉近了两代人的距离,语言没有高位与低位之分,个性的舒张也变得自然晓畅,茅盾所说很好地阐明了这一点:"指名是给小朋友的《寄小读者》和《山中杂记》,实在是要'少年老成'的小孩子或者'犹有童心'的'大孩子'方才读去有味儿。在这里,我们又觉得冰心女士又以她的小范围的标准去衡量一般的小孩子。"⑤当冰心"俯身"与小读者对话时,这种儿童散文就不是"成人语"或"仿作小儿语",小读者与冰心的身份差异在共情中得到了调适。《寄小读者》之所以能增进冰心与儿童读者的亲近感,是因为"用通讯体裁来写文字,有个对象,情感比较容易着实。同时通讯也最自由,可以在一段文字中,说许多零碎的

① 吴其南.从仪式到狂欢——20世纪少年儿童文学作家作品研究(下)[M].北京:人民文学出版社,2013:79.

② 吴翔宇.鲁迅小说"主奴共同体"的话语表达与拆解[J].西南民族大学学报(人文社会科学版),2019(6):187-194.

③ 冰心.1956年《儿童文学选》序言[M]//冰心.冰心全集(第3册)[M].福州:海峡文艺出版社,2012:485.

④ 冰心.寄小读者[M]//冰心.冰心全集(第2册)[M].福州:海峡文艺出版社,2012:5.

⑤ 茅盾.冰心论[M]//茅盾.茅盾全集(第20卷).合肥:黄山书社,2012:192.

有趣的事"①。借此，这些散文就有了"及物"与"及人"的品格，借助于"代际"的对话形构了儿童散文范型。

冰心的语言风格一直深受读者的喜爱与好评，"她的诗似的散文的文字，从旧式的文字方面所伸引出来的中国式的句法，也引起广大的青年的共鸣与模仿，而隐隐的产生了一种"冰心体"的文字。"②；"化古文为新词，纳自然成诗情，写出前所未见的清丽、清新的美文，形成一种恬淡自然、典雅隽永的风格"③。冰心特别注重儿童文学的读者意识，即言之有物。但是要把握和融通儿童与成人话语并非易事，由于无法调适思想性与艺术性的关系，其儿童散文创作难免陷入困境："那时我在国外，连自己的小弟弟们都没有接触到——就越写越'文'，越写越不像"④，"刚开始写还想到对象，后来就只顾自己抒情，越写越'文'，不合于儿童的了解程度，思想方面，也更不用说了。"⑤这里所谓的"文"是一种概念式、抽象的散文体式，先入为主的思想占领了文学语言文体的高地，是一种脱离书写对象和读者的主观臆造。冰心的困惑反过来力证了其明确的读者意识，《寄小读者》就体现出这种"有儿童"与"有自己"的双重意识。她说过："半个世纪以前，我曾写过描写儿童的作品，如《离家的一年》《寂寞》，但那是写儿童的事情给大人看的，不是为儿童而写的……只有《寄小读者》，是写给儿童看的。"⑥如果说《离家的一年》《寂寞》等小说是"写儿童的事情给大人看"，那么到了《寄小读者》那里就转变为"写大人的事情给儿童看"。这种叙事视角的转换体现了文体的差异，更是其思想观念转换的表征。当然，有儿童读者意识并不意味着冰心弃置了其一贯的新文学立场。事实上，"写大人的事情给儿童看"就铭刻了其启蒙儿童的印记。既然是"书信体散文"，《寄小读者》所用的句法就是陈述句，口语化的语言非常符合儿童读者的接受心理。冰心以"游记"的方式将所见的域外风景介绍给儿童，这种游记见闻改变了古代游记的空间体验，"轮船旅行"的方式所营造的"无地空间"为两代人的文化交流提供了新的视界，成为观照"人间相"的透镜。其中，故乡、故土、爱等主题在乡愁的诗意中被烘托得更具现场感。当夜深人静的时候，李清照等中国古典诗人的诗句总是"不请自来"，让儿童流

① 冰心.我的文学生活[M]//冰心.冰心全集(第2册)[M].福州:海峡文艺出版社,2012:327.

② 黄英.现代中国女作家[M].上海:北新书局,1931:40.

③ 张锦贻.冰心评传[M].太原:希望出版社,2009:2.

④ 冰心.笔谈儿童文学[M]//冰心.冰心全集(第5册)[M].福州:海峡文艺出版社,2012:354.

⑤ 冰心.《小橘灯》后记[M]//冰心.冰心全集(第4册)[M].福州:海峡文艺出版社,2012:284.

⑥ 冰心.我是怎样被推进儿童文学作家队伍里去的[M]//冰心.冰心全集(第6册)[M].福州:海峡文艺出版社,2012:3.

连忘返。在"写大人见闻给儿童看"的叙述中,冰心的儿童散文将域外文学的现代词汇输入两代人的对话情境,华兹华斯等浪漫主义文学作家的诗文包含了全新的词汇,也是现代思想的表征。按照列文森的观点,外来影响有"词汇利用"与"语言改变"之别①。显然,冰心儿童散文所引入的域外风景只是利用新词汇来扩充儿童的现代见闻,新词汇的借用尚不具备冲击或颠覆民族母语的力量。不过,两种文化并置、碰撞、缝缀、置换还是折射出冰心儿童散文的独特个性,世界性与民族性的融合在其儿童散文文体创构中发挥了重要作用。

从儿童观与现代散文观的双重视野来创构儿童散文是先驱者们的共识。丰子恺是儿童的礼赞者,他批判成人异化人性源于其对儿童自然性的认同:"那时,我初尝世味,看见了所谓'社会'里的虚伪矜怠之状,觉得成人大都已失本性,只有儿童天真烂漫,人格完整,这才是真正的'人'。于是变成了儿童崇拜者,在随笔中(见《缘缘堂随笔》)漫画中,处处赞扬儿童。现在回忆当时的意识,这正是从反面诅咒成人社会的恶劣。"②基于儿童僭越为"小大人"的事实,他提出"绝缘说",意在绝对区隔儿童与成人:"大人像大人,小孩像小孩,是正当的、自然的状态。像小孩的大人,世间称之为'疯子',即残废者。然则,像大人的小孩,何独不是'疯子'、'残废者'呢?"进而,他将这种"儿童成人化"的病态概括为四种表现:"儿童态度的大人化""儿童服装的大人化""玩具的现实化""家具的大人本位"③。与此同时,他认为大人早已失去了赤子之心,变得"虚伪化""冷酷化""实利化","失去了做孩子的资格"。他以一种原罪的深刻指陈成人的异化:"我眼看见儿时的伴侣中的英雄,好汉,一个个退缩,顺从,妥协,屈服起来,到像绵羊的地步。我自己也是如此。"④在他看来,从儿童迈向成人阶段不是成长,而是退化的反成长。值得提出的是,丰子恺这种"绝缘说"是制造"儿童本位"神话的有力保障。不过,其造成的儿童与成人绝对"二分"⑤还是需要警惕的。丰子恺的儿童散文《华瞻的日记》不同于鲁迅《狂人日

① 约瑟夫·列文森.儒教中国及其现代命运[M].郑大华,任菁,译.北京:中国社会科学出版社,2000:9.

② 丰子恺.漫画创作二十年[M]//丰子恺.丰子恺文集(艺术卷四)[M].杭州:浙江文艺出版社、浙江教育出版社,1990:389.

③ 丰子恺.关于儿童教育[M]//丰子恺.丰子恺文集(艺术卷二)[M].杭州:浙江文艺出版社、浙江教育出版社,1990:237-238.

④ 丰子恺.给我的孩子们[M]//丰子恺.丰子恺文集(文学卷一)[M].杭州:浙江文艺出版社、浙江教育出版社,1992:256.

⑤ 杜传坤.转变立场还是思维方式?——再论儿童文学中的"儿童本位论"[J].山东师范大学学报(人文社会科学版),2018,63(1):36-43.

记》那种成人启蒙者"独语"式的愤慨与激越,也不同于王鲁彦夫妇《婴儿日记》那种
"记录体"的"科学育儿经"①,而是以"日记体"的形式描摹了儿童之间的友情。"日
记体"是一种指向日记撰写者主体的文体形式,因而借儿童的语言来写儿童的生活
具有强烈的情感共情性,而且并不销蚀成人与儿童之间的互视与参照。《给我的孩
子们》则非常类似于冰心的《寄小读者》,有着明晰的儿童读者倾向,是一种对话交
流的文体。在其中,丰子恺没有"替成人代言"的优越感,两代人的对话交流传达了
朴素而深厚的人间情谊。

可以说,儿童散文的文体自觉并不取决于是否"写儿童"或"有儿童",儿童视角
的散文、儿童形象的散文看似与"儿童"相关,但并不会直接构成儿童散文的文体要
素。相对而言,成人作家"为儿童"而创作的散文切合儿童文学概念的内核,作者与
读者"两代人"分立于"非同一性"结构中,由此生成的对话沟通才是符合儿童散文
文体要求的。散文的文体虽然以"散"为特质,但其关注的核心问题却是人的生存
体验。落实到儿童散文里,儿童的时空体验是其生存体验的基石。因而,以时空意
识来观照儿童散文的文体自觉不啻为一种好的路径。前述"两代人"语言的转换、
表述、沟通也寓于人与世界的繁复关系之中,其深层次的问题依然是人对其生存奥
秘的界说。只不过,这种言说是由两代人围绕"童年"展开的商榷与问询。

（三）

文体的自觉离不开语言变革的推动,从语言变迁的视角来研究儿童散文文体
现代化必然深化儿童文学的整体研究。对于语言与文体的关系,杨振声认为语言
是"划分艺术文类的根据"②。言外之意,文学语言是区分文体的一个标志,以此类
推,文体间的区别也集中体现在语言的差异上。在讨论"传统"的问题时,爱德华·
希尔斯指出,语言资源为天才型作家提供了文化资源,其中,特定作品所代表的"体
裁"和体现出的"范型"具有初始意义③。由于语言是呈现文体范畴化最为明晰的方
法,因而"语体"常被视为一个"集合体"来理解。语言的变革推动了中国文学文体
的现代化,而这种文体现代化表现在文体的类分及表达文学思想的现代性上。

文体的自觉是学科化的产物,儿童散文文体体制的确立离不开"分科立学"的
学科化运作。早在 1913 年,鲁迅拟将儿童文学的文体(譬如歌谣、童话、传说)设立

---

① 鲁彦,谷兰.婴儿日记[M].上海:生活书店,1935:3.

② 杨振声.中国语言与中国戏剧[N].晨报副镌,1926-07-15(9-10).

③ 爱德华·希尔斯.论传统[M].傅铿,吕乐,译.上海:上海人民出版社,1991:209.

为国民文术研究会的工作内容①。遗憾的是，这些儿童文学文体并未自觉，文体间存在着杂糅、寄居与多歧的现象，阻滞了儿童文学学科化及文体现代化的发展。究其因，这与先驱者误读儿童文学"元概念"密切相关。但从整体上看，中国儿童文学文体自觉是伴随着儿童观、儿童文学观的现代化而逐渐定型的，并朝着文体日趋多元与细化的方向发展。当然，文体的界分并非文体现代化的全部，文体互涉所衍生的艺术审美效果同样有价值。可以说，文体界分与文体互涉表现为"结构"与"解构"的图式，构成了新文学文体现代化的悖论形态。从学科界分的词义上看，"文体"既可以理解为"文之体"，又可以阐释为"文和体"。前者是单一的概念和范畴，后者则是复合或组合的体系。中国古代文论中有"体"的诸多阐发，但并没有"文体"的概念，因而无法完整、全面地阐释"文""体""文体"的内涵及关系。回到儿童散文的"元概念"，如果按照"文之体"的观念来理解，它显然属于散文范畴中的一个子类，"儿童"仅是一个限定性的词语，并不具备覆盖散文之"体"的决定性。但如果从"文和体"的结构关系看，类似于"儿童文学"内蕴"儿童的"与"文学的"两面，儿童散文属于"儿童文学"之"文"与"散文"之"体"的综合。既然是组合、综合，那么就意味着"文"与"体"是有明晰界限的。但必须明确的是，界限的划分不能以销蚀"儿童性"或"儿童的"特性为代价，并且儿童文学之"文"与散文之"体"不是简单叠加与随意组合的，要遵循"话语秩序"与"文本体式"的规约②。唯有进入"文"的系统，"体"才有明确的语言、章法、表现形式。同样，因为"体"的规约，"文"才能辨析和确立。这即是"循文释体"与"因体认文"的辩证法。对于两者之间关系的认定，现代文学批评的"辨体"与"破体"不啻为重要的方法，其旨归在于区别和融通"文"与"体"的关系。当然，如果不能与"语体"的范畴化结合起来，那么文体界分很难落到实处。

问题的复杂性在于，"文体"的"体"既有体裁、体制之义，又有体认、体味之用。两者分殊于本体论与认识论，不能类同而需要勾连。从哲学的角度看，为了识得本体，要借助知识论、认识论作为方法，但离弃本体的启悟又是不得其法的。因而，要洞悉儿童散文文体之堂奥，要在"用"的"化迹"中去窥测，运用"体用合一"的观念来解答"体不可说"的难题③。这给我们的启示是，探究儿童散文的文体自觉，有必要在儿童文学"本体"的范畴内来考量儿童散文的"体"与"用"。更进一步说，只有将儿童散文纳入儿童文学本体范畴，才能探究其知识论等范畴的意涵。非此，如果绕

① 周树人.拟播布美术意见书[J].教育部编纂处月刊,1913,1(1):1-5.
② 童庆炳.文体与文体的创造[M].昆明:云南人民出版社,1994:1.
③ 夏静.文气话语形态研究[M].北京:商务印书馆,2014:24.

开"元概念",无异于舍本逐末。一旦跳脱了儿童文学本体,在"写儿童"还是"儿童写"的问题上就会出现"两歧"性。正如林良所说,儿童散文指的是"为儿童写作的'文学散文'"①。儿童散文不仅要"写儿童",而且要"为儿童"。所谓"为儿童写作"倚重的是成人作家的主体性,这显然符合儿童文学内隐的"代际"话语的结构逻辑。

抛开儿童文学"元概念"的质的规定性,儿童写的散文是否是儿童散文呢?这一诘问直抵儿童文学概念的本体。"儿童能否成为创作主体"历来众说纷纭。冰心曾力图推动儿童来创作作品,《晨报副刊》应冰心的建议添设了"儿童世界"一栏,并向儿童征稿。关于征稿的出发点,冰心在《寄小读者》中这样阐述:"'儿童世界'栏,是为儿童辟的,原当是儿童写给儿童看的。我们正不妨得寸进寸,得尺进尺的,竭力占领这方土地。有什么可喜乐的事情,不妨说出来,让天下小孩子一同笑笑;有什么可悲哀的事情,也不妨说出来,让天下小孩子陪着哭哭。只管坦然公然的,大人前无须畏缩。"②然而,囿于当时的社会语境及儿童自身的文学水平,冰心的设想并未获得成功:"一天两次,带着钥匙,忧喜参半的下楼到信橱前去,隔着玻璃,看不见一张白纸。又近看了看,实在没有。无精打采的挪上楼来,不止一次了!"③为了推广儿童文学,赵侣青、徐迥千认为,儿童自身创作和成人替儿童创作的文学作品都是儿童文学④。这也与冰心的上述观点不谋而合,所不同的是,赵侣青、徐迥千的想法只是理念的,而冰心则是观念与实践合一。

据周博文统计,郑振铎任《儿童世界》主编(第1~4卷,第5卷第1期)时,曾刊发了数量不少的儿童创作的文学作品,其中儿童诗67篇、儿歌18篇、童话24篇、小说13篇、笑话5篇、散文2篇、故事18篇、戏剧5篇、文字游戏1篇⑤。从数量上看,相较于成人创作的文学作品而论,儿童创作的作品数量还是偏少的,且主要集中于体制短小的儿童诗或儿歌等文体。此外,还创作了数量不少的自由画,不过这些并非文学作品。让儿童投身于文学创作的实践,除了冰心、郑振铎外,身为教育工作者的叶圣陶也多有示范和实践,在《文艺谈》中叶氏就曾谈及此事。不过,叶氏并非像赵侣青、徐迥千那样明确论定儿童创作的作品是儿童文学,而是从儿童文学教育的角度来探讨这种实践的有效性。与前述不同的另一种观点是,儿童不能成为儿童文学的创作主体。中国学人明确提出这一观点的是杨慈灯,他指出:"所谓儿童

① 林良.浅语的艺术[M].福州:福建少年儿童出版社,2017:19.
② 冰心.寄小读者[M]//冰心.冰心全集(第2册)[M].福州:海峡文艺出版社,2012:14.
③ 冰心.寄小读者[M]//冰心.冰心全集(第2册)[M].福州:海峡文艺出版社,2012:19.
④ 赵侣青,徐迥千.儿童文学研究[M].上海:中华书局,1933:7.
⑤ 周博文.叶圣陶与中国现代儿童文学[M].合肥:安徽大学出版社,2018:50.

文学,决不是儿童所作的文学。"①至于这一观点的理论逻辑何在,杨慈灯却语焉不详。事实上,并不是儿童不具备创作文学的能力,而儿童创作自己的文学看似最为合适,但从儿童文学产生的机制来看,它没有超越"儿童所体验的童年或儿童式的思维",因而"逾越了儿童文学的界限"②。用郭沫若的话说即"由儿童来写则仅有'儿童'"③。这实际隐含着成人为儿童文学创作与阅读立法的观念,为儿童文学的教化隐喻功能提供了合法性的依据。

从上可知,廓清儿童文学"元概念"是儿童散文文体研究的原点。如果不能辨析"何为儿童文学",就很难深入儿童散文生成的内在机理。颇费周章的是,儿童文学的概念有描述性与结构性之别。前者是"儿童性"与"文学性"的并列关系,后者则是"两代人"话语间的结构关系。落实到儿童散文的文体发生学,前者需要理顺思想性与文体性之间的先后秩序,使之生成两者双向发力的机理;后者则要求廓清儿童与成人话语的配置及转换,在代际话语的作用中寻绎儿童散文文体发生的综合性力量。循此理路,从中国散文现代转型的语境出发,开掘儿童散文文体新变的语言因素,并将语言与思想的变革有效勾连,能正本清源地洞见儿童散文文体生成的内外根由。质言之,儿童散文文体新变没有离弃中国现代散文现代性的传统,在去除"古文义法"的基础上敞开儿童与成人的"代际"交流,从而使得个性化与自我化的文体内部增添了非同一性的双逻辑支点。而这种"对话主体"的存在扩充了现代散文的语言系统,为传达现代思想提供了有力的保障。

二、儿童散文的类型

在儿童散文这一文体中,儿童与成人的"代际"交流主要集中于日常生活。根据儿童散文中不同作家的侧重点,儿童散文可以划分为以人为记述对象、以自然为记述对象等类型。当然,在作家具体的作品中,不同的对象可能都有涉及,并非截然区分,只是侧重不同。

(一)以人为记述对象

在以人为记述对象的儿童散文作品中,作家表现的对象一般都是儿童熟悉的

① 杨慈灯.再谈怎样写童话——给好朋友们[M]//杨慈灯.杨慈灯文集(下卷).沈阳:辽宁人民出版社,2015:1964.

② 佩里·诺德曼.隐藏的成人:定义儿童文学[M].徐文丽,译.北京:中国社会科学出版社,2014:153.

③ 郭沫若.本质的文学[M]//郭沫若.郭沫若全集(文学编第19卷).北京:人民文学出版社,1992:353.

生活中的人。

梅子涵的儿童散文着重于写人物。散文集《绿光芒》①所展现的正是经历了岁月淬炼、内心咀嚼之后的生活足迹,它们长时间如影随形地伴随着作家敏感、宽容、温厚的心灵。对于不需要记住昨天,不需要时时在脑子里认真地、用心地打理着接踵而至、扑面而来的丰富生活片段,不需要与自己的念头搏斗的人来说,生活可以变得很简单。可是对于有些人来说,丰富的经历和情感如果不用文学的方式抒写出来,就不足以倾诉内心的"折磨",不足以找到一个地方安放自己"不安"的心。借宿、快递、呕吐、吃饭、看望、粽子、台风、唱歌、过年、落叶,这些都是很日常的事物,但却很少有人如作家一般,深情地去注视着、体味着这些生活点滴,去记录自己与很多人擦肩而过时心灵闪亮的瞬间。

面对他们,作家心里是有歉疚的。这是因为岁月往往会迟迟地才告诉我们,应该怎么去做。当还能接续上那些动人情境的时候,我们往往都还没有意识到应该怎样去做,也没有那样去做。人生是一条不能掉头的单行道,所以就有了无法弥补的遗憾。生老病死、聚散离合,都散落在时间的河流里。时光变迁,但是哪一时代的人,不是生活在自己的时代里,生活在各自的缺憾中? 就算是在技术得到极大发展的科幻文学里,当一切的物质欲望得到满足之后,也依然存在心底的失落。人之所以为人,也就在于每一个个体都有痛苦,无论这痛苦是来自生理还是心理,来自操持着什么工作的人,只要发生在人的身上,就不再是一个物理性的存在,都值得被了解、被"治疗"、被感同身受。

面对他们,作家心里是有恭敬的。他们是卢明华、钱忠群、王捷,是校长、快递员、保安,是天天挑着粪桶的女人,是修拉链的阿姨,是小区里的清洁工,是衡山路上交谈着的老人。人和人之间不需要畏惧,不需要仰望和居高临下。只要从人的本体去观察,仔细与他们交谈,就能看到无论什么职业的人都在为了生计执着努力,就能听到超出自己知识、技能范围的令人恭敬的生活经验。更何况,有的文章还是关于生活的"优雅",那是切成小片浇了一点麻油的大头菜再配上一碗泡饭,那是马卫 96 岁的外婆。而当我们读了《样子》,坐在地铁上,也会不自觉地去注意是否有文中那样穿越历史风霜而来的细声交谈的老人。和建筑、街道一样,人的打扮、言谈举止、衣食住行,同样也是历史的景致,不能够永远地存在,也会随着时间而变迁、消逝。从这个意义上来说,《绿光芒》中的群像,成为了通向历史深处的一个个路标。当许多生命景致随着这样的路标汇聚起来的时候,就真的变成铺满绿光芒

① 梅子涵.绿光芒[M].济南:明天出版社,2020.

的历史之路了。

而这一切的一切最终能够实现,还是需要有文学作为依托。不用文学去记录,这些人、事即使成为心底的念想,成为家人朋友相聚时的聊天内容,也很难在岁月的无情洗汰面前叠加成为一种能抵抗时间侵蚀却又被时间深深浸润的温暖力量。在这种力量面前,关于这座城市、关于许多城市、村庄,关于今天、昨天也关于明天的文字,才会成为许多人生命轨迹的见证和共鸣,才会带有由岁月而来又能穿越岁月向着未来而去的温度。因此,我们也就理解了为什么《绿光芒》会让那么多读者感动。

在吴然的儿童散文中,贯穿着边地的人们对于生活的理解。《长街宴》里,通过参加宴会的人物,吴然将哈尼族人的生活日常写了出来。在作家描绘着急的"我"、与姐姐约会的阿迪哥、唱酒歌的爷爷时,赴宴路上的旖旎风光、宴会上的丰盛菜肴以及人们在宴会上尽情打闹的场景,都呈现在了读者的眼前。中学生活的记忆,也和淳朴的人们相关(《那条河》)。早晨溪水的清流里,同学们的笑声、吵闹声、洗漱声,给校园带来了生动的气息。而唯一一次轮到为全校女生烧热水的经历,在记忆中更是显得无比鲜活。这是对纯真的少年时代的记录,也是纯真少年眼中的世界。

在女作家彭学军的笔下,儿童散文成了少女心事的承载物。通过少女敏感的视角,我们看到了许多个性鲜明的人物。家住在有着解剖室的医学院旁,红房子门口的小路成了"我"夜晚回家的必经之路(《亮起一盏灯》)。但是,夜晚路过红房子就内心忐忑的"我",却得到了同为女性的实验员的关爱。实验员办公室的灯光、手中的手电筒以及实验员鼓励的话语,都温暖了文中更为年幼的少女,显示出了颇具女性主义色彩的女性情谊。俊帅的男孩在地铁站偶遇了一个女孩,少男少女之间的淡淡情愫被作家准确地表现了出来(《在小老鼠那儿等着你》)。女孩右脸有疤,两人虽然没有说过一句话,但是男孩每天同一个时间在同一个地方候车,上车后站在女孩的左侧,用自己的方式肯定和鼓励女孩。最后一次见面时,女孩一声善意的"谢谢你",为这些短暂的相遇画上了美好的句号。

(二)以自然为记述对象

除了以人为记述对象,儿童散文创作中,许多作家会将目光投向自然界,记述动物、植物以及整个大自然在人心中留下的印象。

作家郭风擅长在儿童散文中描绘自然景色和生灵。《松坊溪的冬天》就是其自然景色描写的代表作品。文中,作家描绘了下雪前后松坊溪景观的变化。山林、溪水、鹅卵石组成了清丽的山地景色。雪后的松坊溪更是被作家描绘得如同奇境一般。作家通过比喻和白描,将雪花、雪景以及游动在溪水中的彩色溪鱼都用文字准

确地表现出来。郭风非常熟悉自然界中的生灵,用儿童散文的方式定格了人与自然和谐共处的美好瞬间。《月夜的雁群》中,月夜下栖息在荒地里的雁鸟,在作家看来是值得敬重的。《搭船的鸟》中,鸟儿不惧船上的人,人也不惊扰鸟,搭船成了人与鸟共处的生存方式。

读桂文亚的儿童散文集《亲爱的坏猫先生》[①],阅读的过程就好像阅尽了坏猫先生一生的风华,又会看到作家笔下的猫儿以几倍于人的速度迅速老去,实不忍文字的终结、分别的到来。这种感同身受,儿童往往更容易陷入其中。所以,作家在散文集的结尾并没有过多地渲染时间在猫儿身上留下的凌厉攻势,而是展示了与坏猫先生共处岁月里的更多暖心画面。比如在《九命怪猫的告白》里,曾经的爬树高手而今只能在作者的指点下才能安然爬下大叶桉树;而坏猫先生年轻时代的恋爱故事,也得到了从容叙说;还有过冬的热水袋,那是专门为高龄的猫儿准备的,既熨出了猫儿身上飞速流转的时光滴答声,也以暖烘烘的温度带着猫儿安然进入梦乡。

书中出现的猫儿生命华章的闪回,从形式上来说,恰恰吻合了猫儿的生活状态。年岁大了,猫儿的梦更多了,梦里的回忆也更多了。作家笔下的这些梦,是作家与猫儿共同经历的岁月,是她对生活的理解,也是她不愿遗失的记忆,而文字恰恰是对抗遗忘的手段。在作家笔下的街巷里,猫儿可以在王奶奶家自由走动,到阳台打瞌睡,和周先生的狗抢晚餐。除了作家,没有人会为猫儿准备热水袋,没有人会将自己的椅子让给熟睡的猫儿,没有人能知道麻雀、蜥蜴原来是猫儿"献上"的礼物,也没有人为猫儿在哈士奇面前争宠而激动,更少有人在回家的夜路上享受过猫儿大老远迎接、一路伴行的待遇。这是因为我们没有和作家一样将心中最柔软之处真的朝向它们。书中,作家是"妈妈",对作家来说,这只猫儿和孩子的区别仅在于它不会开口说话。但对着猫的背影,她不禁喊了一声它的名字"猫猫"。在它回过头来的深邃眼神中,作家已经听到了它回应的话语。"我会记得/永远记得/你回过头来问我:怎么了,妈妈?/没事儿,出去玩玩吧!/记得回家/猫猫。"[②]无论是暂时的生离,还是永恒的死别,家始终是漂泊中可以回归的港湾。对于猫的离去,作家心中是不舍的。然而这些遥远巷陌里的岁月记忆,却让读者深深记住了。

---

① 桂文亚.亲爱的坏猫先生[M].福州:福建少年儿童出版社,2016.

② 桂文亚.亲爱的坏猫先生[M].福州:福建少年儿童出版社,2016:167.

第四节　儿童戏剧

一、儿童戏剧的基本特征

"戏剧"在文学的意义上指为戏剧表演所创作的剧本,狭义上讲则主要是话剧。话剧完全是从西方引进的。现代中国,古代戏剧比如京剧以及各种地方戏没有如其他古代文学体裁一样沦为搁置,虽然没落,但仍然有市场。所以,新文学之后,戏剧是旧文学唯一能与新文学并行不悖的文体。中国现代"戏剧"概念实际上是西方"戏剧"与中国"戏曲"的合体。中国现代戏剧的发生经历了一次艰难的"戏剧革命"。柳亚子的《〈二十世纪大舞台〉发刊词》《春柳社演艺部专章》、蒋智由的《中国之演剧界》、陈独秀的《论戏曲》颠覆了国人轻视戏曲的旧观念,将其与社会改良和人生价值联系起来。继而,黄远生提出"戏剧乃复合艺术之圣品"的观点,认为剧本要兼顾"为剧场"与"为文学"的使命[①]。

（一）

《新青年》推出的"易卜生专号"和"戏剧改良专号"对于戏剧现代化的发展意义重大。胡适总结了易卜生戏剧的两大特性:一是写实主义;二是个性解放[②]。这与中国传统的戏剧有着质的区别,胡适的论述暗含了对于传统戏剧的批判,这也成了中国戏剧改革的宣言书。两者与五四思想解放和文学革命的主张非常契合,将矛头指向传统戏剧的"瞒"和"骗"。傅斯年将中国旧戏概括为"杂戏体""百衲体"[③]。欧阳予倩认为旧戏只是"一种之技艺"[④]。胡适从文学进化论的角度出发,指出传统戏剧缺乏悲剧观念和文学经济方法[⑤]。其中,也有中国旧戏的坚守者,张厚载的《我的中国旧戏观》指出"中国旧戏不能废除",因为它"是中国文学美术的结晶",要在中国提倡话剧,是"凭空说白话""绝对的不可能"[⑥]。尽管出现了新旧两派,但戏剧

---

① 黄远生.新剧杂论[J].小说月报,1914,5(1):1-2.
② 胡适.易卜生主义[J].新青年,1918,4(6):7-25.
③ 傅斯年.再论戏剧改良[J].新青年,1918,5(4):46-57.
④ 欧阳予倩.予之戏剧改良观[J].新青年,1918,5(4):37-39.
⑤ 胡适.文学进化观念与戏剧改良[J].新青年,1918,5(4):4-17.
⑥ 张厚载.我的中国旧戏观[J].新青年,1918,5(4):39-44.

的改革已是时代发展的必然趋势。戏剧本源于民间传统,被纳入皇权文化体系后,其气韵折损大半。民间化的形体被台阁化,其本有的民间化本色难以显现①。旧戏在五四时期的式微除了缺乏审美现代性外,更为重要的原因是其儒教体制与新文学整体反传统发生了抵牾。在"人的文学"的大潮下,先驱者从主题、结构、语言、人物选择等方面着眼,力图将现代戏剧改革指向"人的戏剧"上。

"五四"之前儿童剧就出现了,它诞生于中小学校,所用的剧本也多来自教师的编写,题材广泛,有古今传说、外国童话,有的来自课本,有的涉及学校生活。艺术形式也多样化,包括歌舞剧、话剧和哑剧。当然,这种儿童剧是中小学校的修身课,只是课外活动的一个环节,其剧本经常改易且尚未出版发行。这与儿童诗产生之前出现的各种儿歌等口传形态一样,难以真正进入文学史的视野。关于这一点,郑振铎在其主编的《儿童世界》中有过如下概述:"儿童用的剧本,中国还没有发见过。近来各小学校里常有游艺会的举行,他们所用的剧本都是临时自编的,我们想隔二三期登一篇戏剧。大概都是简单的单幕剧,不惟学校里可用,就是家庭里也可行用。"②儿童剧属于戏剧的一种,自然不能离弃戏剧的文体特点。可以说,儿童剧的产生离不开现代话剧运动的滋养,是在"人学"的系统中分离出来的特殊一翼。就戏剧的语言而言,傅斯年认为是"人生通常的语言"③。儿童剧的语言更要考虑儿童读者的接受状况,要采用儿童能看懂的语言。郭沫若创作于1919年11月的《黎明》真正拉开了儿童剧的大幕,该剧的思想和艺术都不同于中小学校里的儿童剧,具有现代的、文学的价值。

儿童剧、儿童小说均以"讲故事"的陈述语言为主,故事"语料"也有诸多相同的范畴,同时兼有"说理"的审美指向。在文体演进过程中,儿童剧在"歌舞"(表演性)与"对话"(口语性)中不断强化寓教于乐的语言效应。黎锦晖童话歌舞剧的出现为儿童剧增添了新的表现形式。"歌舞"介入戏剧丰富了儿童剧的语言,歌词采用诗的形式,饱含着节奏与韵律,为儿童剧剧本带来了抒情的基调,深受儿童读者和观众的喜爱。就"词句应如何的浅易,小朋友才能了解"④的问题,黎锦晖身体力行地创作童话歌舞剧,为儿童剧的国语化和儿童化作出了不可磨灭的贡献。其《麻雀与小孩》《葡萄仙子》等剧本集语言的音乐性和表演的动作性于一体,极大地彰显了儿

① 孙郁.鲁迅戏剧观念的几个问题[J].湖北大学学报(哲学社会科学版),2021(5):25-33.

② 郑振铎.《儿童世界》宣言[M]//郑振铎.郑振铎全集(第13卷).石家庄:花山文艺出版社,1998:4.

③ 傅斯年.戏剧改良各面观[J].新青年,1918,5(4):18-37.

④ 黎泽荣.黎锦晖儿童歌舞音乐全集[M].上海:上海辞书出版社,2012:274.

童剧语言的诗性特征。

范寿康将学校剧的价值概括为能够综合地陶冶儿童的感情、附带地陶冶儿童的理知和意志、使儿童生活的内容格外充实、使儿童人格的发达格外圆满、予儿童以慰藉和休养、培养儿童协作互让的精神、启发儿童表现的能力、使儿童讲口明白、使儿童行动大方[①]。周锦涛认为中国的学校剧仿自欧美,最初演剧的目的只是"点缀佳期良辰",并不是"补救死读书的弊病"。学习欧美"艺术教育"后,中国的学校剧的功能得到彰显,有助于打破沉闷空气、增加记忆力量、达到语言统一、培养合作精神、启发发表能力、辅助儿童理知、帮助学校训育、合于职业陶冶[②]。不过,范寿康和周锦涛都并未严格区分学校剧与儿童剧,因此其所说的学校剧的功能价值难以完全与儿童剧等量齐观。到了阎哲吾那里,这种情况才得以改变。《学校戏剧概论》有意识地专辟"关于学校剧与儿童剧"一章,认为儿童剧的功能主要表现在"能修炼记忆、调和声音、涵养优美的丰度、行动大方"[③]上。阎氏的《学校剧》更是对儿童剧作了专题研讨,围绕"儿童与演剧""戏剧与儿童教育""怎样制作儿童剧本""儿童剧的导演工作""儿童剧的音乐""儿童演剧的时间与场所""开办常设儿童剧场的建议"七个方面展开论述。其关于儿童剧的价值较之于《学校戏剧概论》所述,增加了培养儿童团体团结精神、统一语言、帮助学校训育等内容[④]。此后,尽管也出现了毛秋白梳理国外学校剧与儿童剧历史演进的《儿童剧与学校剧的变迁》[⑤],但依然未明确学校剧与儿童剧的价值认定,其落脚点仍然在于"儿童德性"与"儿童教育"层面,没有延伸至社会的价值功用上。

(二)

就其价值而言,在舞台的"表演"上容易发挥其广场宣传的作用。保守的教育家宁愿培养"文质彬彬"的君子,也不愿意儿童登台表演儿童剧。至于"把儿童戏剧和文学、艺术、教育之类的名词连在一起,更不是他们所能想象"[⑥]。陶行知认为儿童剧的重要性在于,不是把"儿教"当作"儿戏",而是将"儿戏"化为"儿教"[⑦]。诚如

① 范寿康.学校剧[M].上海:商务印书馆,1923:18-19.

② 周锦涛.学校剧导演法[M].上海:儿童书局,1931:7-13.

③ 阎哲吾.学校戏剧概论[M].上海:中央书店,1931:88-89.

④ 阎哲吾.学校剧[M].上海:商务印书馆,1936:50-52.

⑤ 毛秋白.儿童剧与学校剧的变迁[J].教与学,1935,1(6):174-178.

⑥ 包蕾.儿童戏剧的地位与价值[M]//仇重,柳风,等.儿童读物研究.上海:中华书局,1948:96.

⑦ 陶行知.儿戏与儿教[J].生活教育,1935,2(7):264-265.

陶行知所言,较之于其他儿童文学文体,儿童戏剧在表演上的教育意义更为突出,而且还有效地克服了"旧戏气味"。黎锦晖是儿童歌舞剧的先驱,他在儿童剧中加入了音乐的元素,极大地丰富了儿童剧的艺术教育效果。针对儿童剧的价值,他指出:"我们表演戏剧,不单是使人喜乐、感动,使自己愉快、光荣,我们最重要的旨意,是要使人类时时向上,一切文明时时进步。"①王人路认为黎锦晖的歌舞剧"在中国的小学教育上或者说儿童界里开了一个新纪元"②。然而,他让儿童成为戏剧舞台的主人公并未获得成人家长、教育者的普遍认可,甚至遭到了诸多诋毁与批评,"他是第一个叫中国的女孩子露着大腿表演歌舞的,而被一般假道学的活死人,于看了他的歌舞之后再出以无感情的毁谤和压迫"③。范大块也是儿童剧的推动者,他认为儿童剧在"表现人生、批判人生、创造人生"方面更有利于践行儿童教育的使命,而这种教育对儿童来说是全方位的:"很容易给儿童们以知识上的进益,戏剧的美妙的文字辅助了他们的语文课程,戏剧的和谐的声音,辅助了他们的音乐课程。"④以前儿童剧的提倡者和改革者从思想层面的现代化入手,考虑儿童剧的社会性、思想性、教育性,但从语言、艺术、审美层面的考虑还是不够的。当然,这不仅与中国儿童文学所置身的文化语境有关,而且与中国儿童文学所吸纳的新文学传统有关。在战争等特殊的语境下,儿童剧的思想性和艺术性之间的失衡也是不可避免的现象,语言等艺术形式让位于思想性最终还是折损了儿童剧现代探索的努力。

陶行知、王人路、黎锦晖、范大块的观念及实践强化了儿童剧参与社会的公共性,而这种公共性在抗战时期所发挥的社会功用更是被充分调动起来,"不是一个平常的戏剧表演,而是一个教育活动"⑤。"孩子剧团"的巡回演出为中国宣传抗战起到了不可替代的作用。刘渠念对儿童剧团的工作表达了由衷的赞赏:"他们不断的工作着,煅炼着自己,现在已经是一个强有力的健全的组织,虽然他们只是一群孩子们,却经常的如成人那样的工作着,为着抗战,尽了他们所有的力量。"⑥他认为儿童剧团的组织非常系统,从推选干事、安排剧务、布置灯光、开会都有明确的负责人,半年来陆续演出了十多个剧本,其中有自己创作的,例如《帮助咱们的游击队》《火线上》《打鬼》等,也有改编自儿童剧的,例如《仁丹胡子》《抓汉奸》《街头》《梦游

① 黎锦晖.旨趣[M]//黎锦晖.神仙妹妹.上海:中华书局,1928:1.
② 王人路.儿童读物的研究[M].上海:中华书局,1933:117.
③ 王人路.儿童读物的研究[M].上海:中华书局,1933:117.
④ 范大块.论儿童剧[J].新教育旬刊,1939,1(14):23-29.
⑤ 熊佛西.《儿童世界》公演感言[J].战时戏剧,1938,1(3):2.
⑥ 王人路.儿童读物的研究[M].上海:中华书局,1933:117.

北平《团结起来》等。对于这种公益的巡回演出所取得的效果,刘渠念认为这些儿童"不会忘记了做小先生,在种种方便的机会里,他们教育着别的儿童,组织着别的儿童。同时他们利用了座谈会及请外人演讲的方法来教育自己,研究演剧的基础知识,研究时事问题,研究社会科学"①。时任长沙儿童剧团团长的何茜丽认为儿童剧团为抗战所作的贡献应载入史册,"大先生们再也不会说'小孩没用了'"②。赵景深将"孩子剧团""新安旅行团"以及八路军的"小鬼"赞誉为"中国的凡尼亚"③。由新安旅行团集体讨论、张早执笔的《抗战中的儿童戏剧》梳理了当时的儿童剧目,如许幸之的《最后一课》、崔嵬的《墙》、姚时晓的《炮火中》、吴祖光的《孩子军》、张季纯的《上海小同胞》、熊佛西的《儿童世界》等。与《麻雀与小孩》《蝴蝶姑娘》《葡萄仙子》等儿童剧"多半是童话式的,剧情多半是美丽的,圆满的"不同,这些儿童剧是"拿现实的事件做题材的,所以都能使儿童们直接地了解到国家现在的危亡"④。

在全民抗战的整体语境下,主要从事成人戏剧创作的田汉也认准了儿童剧特殊的动员效应,"我们要广泛而普遍地用儿童剧来教育他们,动员组织他们"⑤。但是,田汉还是从《两年来》的演出效果看到了中国儿童剧落在时代后面的问题。儿童剧发展滞后,除了缺乏优秀的剧本及剧作家外,还在于无法处理思想性与艺术性的两难问题。对于这个难题,许幸之认为儿童戏剧家应当选取最积极的、最现实的、最有教育意味的、最能引起儿童关心和引起儿童兴趣的题材。即"一切现实的对抗战直接间接有利的题材,一切因这次解放斗争中所产生的故事或罗曼斯,一切从历史上、童话或神话上所采取来的题材,都可以把他们编制成完美的儿童戏剧"⑥。由董林肯等人推导的"立化儿童戏剧丛书",着眼于儿童教育的目的,开展剧本改编、演出等儿童剧运动,在此基础上创办立化学校,试行"教室舞台化,教材戏剧化",以达"教育立体化"之理想体系,使教育与戏剧趋于一元⑦。当然,这种儿童剧运动有着特定历史语境的作用。在和平年代,儿童剧作为戏剧的一种,作为舞台艺术,其依靠戏剧冲突推动剧情发展的文体特点依然没有改变。相对而言,儿童小说则更趋于故事的"叙事性"与"现实性",两种文体的语言要求和文体规约逐渐清

① 刘渠念.从孩子剧团说到孩子演剧[J].战时戏剧,1938,1(3):28-29.
② 何茜丽.介绍儿童剧团[J].青年生活,1939(4):14.
③ 孔海珠.茅盾和儿童文学[M].上海:少年儿童出版社,1990:442.
④ 张早.抗战中的儿童戏剧[J].戏剧春秋,1940,1(1):59-61.
⑤ 田汉.从民族战争谈到儿童剧[M]//阿英.抗战独幕剧选.上海:抗战读物出版社,1937:124.
⑥ 许幸之.论抗战中的儿童戏剧[M]//许幸之.小英雄.上海:光明书局,1939:146.
⑦ 董林肯.立化儿童戏剧丛书总序[M]//董林肯.小主人.上海:立化出版社,1948:1.

晰,文体的审美价值和思想意蕴得以彰显。

二、儿童戏剧的类型

通过上文我们能够看到,在中国儿童剧发展的过程中,有两种类型的儿童剧占据了重要的位置,那就是童话剧和生活剧。在中国儿童剧的诞生初期,黎锦晖创作的《麻雀与小孩》《葡萄仙子》等融合歌舞表演的童话剧作品的出现,丰富了儿童戏剧的表现内容和表现形式。而随着时代环境的变化和儿童戏剧的发展,更为关注现实的生活剧也开始大量涌现。

(一)童话剧

在中国儿童戏剧中,黎锦晖创作的儿童歌舞剧是典型的童话剧。黎锦晖的儿童歌舞剧无疑是成功的。研究者认为,他的这些作品"以儿童为主体,儿童是作品的主人公,由儿童演,儿童唱,表现的是儿童的生活情趣,在艺术表现形式的各个方面,包括剧情、语言、曲调、舞蹈等等,都考虑到适应儿童的生理特点、心理特点"[1]。正是通过童话剧中的"非生活本身形式"[2],儿童本身的奇思妙想得到了更好的表达。

在儿童剧《麻雀与小孩》中,一开始,麻雀是孩子眼中诱捕的对象。孩子用食物诱使小麻雀跟着自己回家。但是,当看到老麻雀遗失小麻雀后悲痛欲绝的模样,孩子不由得想到了自己。这样的情节设计,非常符合儿童本身的天性。儿童既有着捉小麻雀的顽皮心理,又有着万物有灵的原始思维,最容易设身处地为对方着想。通过孩子忏悔、反思自己哄骗小麻雀的行为这一情节,该剧让儿童观众受到精神的洗礼,建立起尊重自然生灵的认知。

在《葡萄仙子》中,黎锦晖将植物生长的过程具象化为葡萄在一年不同时间段与剧中众多角色的互动。喜鹊来借枯枝,葡萄不借,因为枯枝要用于发芽。甲虫来借嫩芽,山羊来借叶子,兔子来借花,白头翁来借未成熟的果子,当然也都未能如愿。经历了几个季节的孕育和生长,葡萄才最终为孩子们献上了成熟的果实。该剧情节连贯,一气呵成,明白易懂,角色互动性强,非常适合儿童表演,能够帮助儿童在表演中体会春华秋实的历程。

---

① 俞玉滋.黎锦晖 儿童歌舞音乐创作取得成就的原因——纪念黎锦晖诞生一百周年[J].音乐研究,1991(4):21-24.

② 吴其南.童话的诗学[M].北京:中国文联出版社,2001:28.

当代以来，儿童戏剧创作园地出现了包蕾的《小熊请客》等童话剧。《小熊请客》中，不同的动物成了不同类型的人的象征。小熊邀请小猫、小花狗、小鸡到家里做客，而想白白吃东西的狐狸意图参加宴会时则被动物们拒绝了。当狐狸找上门来，动物们用盖房子留下来的石头击退了狐狸。剧作《小熊请客》情节流畅，形象鲜明，道理明了，儿童能够很好地理解和接受。情节也较为生活化，适合儿童表演。通过扮演被赋予不同品性的动物，儿童可以身临其境地体会剧中角色所表现的不同人的性格特征。

（二）生活剧

相较于童话剧，在儿童戏剧中，日常生活题材的剧作更为关注现实生活的问题。因此，在各个时代，日常生活题材儿童戏剧的主题是有所区别的。同时，针对少年、儿童、幼儿等各个年龄段的日常生活题材儿童戏剧，侧重点也会有所不同。

宋捷文的儿童戏剧《坐火车上北京》适合低幼的儿童来扮演和观赏。剧本开头首先表现了火车开动前人群汇聚的场景。儿童扮演服务员欢迎各行各业的人员前来坐火车上北京。这一场景既能够让儿童对常见的职业有初步的感知，也能够引领儿童体会到众人向往首都北京的心情。剧作的最后，火车开动，作家把乘车与行车的情境结合了起来。从整体结构上来说，该剧动静结合，适合用于儿童的表演。

胡景芳的儿童戏剧《特殊夏令营》在改革开放后的时代环境中思考了少年成长中"自我"的形成过程。在该剧中，男孩田天、山山等是被家庭宠爱的独生子女的代表，而女孩杨立立、肖丽的言行举止则体现着积极向上的精神。这样作家就将男孩和女孩的竞争转变为两种行为方式的较量。剧中，作家根据夏令营的环境，巧妙地设计了采集食物、拾柴火、森林寻宝等环节，情节跌宕起伏、引人入胜。该剧情节的高潮发生在众人误入森林之后。经历了夏令营中同舟共济的生活，男孩和女孩之间的情感发生了明显变化，每个人的价值观也变得更为积极、健康。该剧注重对现代家庭中亲情、金钱、友谊等命题的思考，具有强烈的现实意义。

剧作《青春跑道》中的角色是年龄更长的初中生。该剧涉及学校教育如何面对互联网时代的主题。通过一个假期在互联网上的交流，班级里的同学们理解了化身为假日辅导员的马丽亚，也更加理解了自己的生活。马丽亚的孩子飞飞通过马丽亚公布在网站上的日记了解到自己的身世。原来飞飞是山村学校校长夫妇的孩子，因为校长夫妇在洪水中不幸遇难，马丽亚收养了当时尚年幼的飞飞。飞飞的生活与认知因这份网站日记发生了无法逆转的变化。虽然这部剧在创作时，互联网的应用形态还没有如今这么丰富，但是该剧却已经提出了互联网时代一些重要的教育命题。互联网正以一种不可抵抗之势侵入儿童生活与学校教育之中。

第五节　儿童小说

一、儿童小说的基本特征

顾名思义,儿童小说是以"儿童"为书写对象的现代小说类型。儿童主体的绽出扩充了小说文体的思想畛域,也带来了艺术形式的变革。这里的"现代",不仅是语义上的时间性概念,而且内蕴着一种指向未来的价值判断和历史意涵。叶圣陶的《啼声》以儿童独白的方式,彰显了"儿童"主体的在场。在小说中,新生女婴和父亲是作为"两代人"的象征而存在的:"她不仅是她,也就是人间无量数的子女和学童。我听了她的话,同时也听了人间无量数的子女和学童的话。我不仅是我,也就是人间无量数的父母和教师。我在听着,人间无量数的父母和教师也在听着。她和我都变化了,一个就是众多,众多就是一个。"①其中的"个"与"类"的转化颇有深意,儿童主体借助小说的叙事人称来指代,以"个"与"类"的结合体与成人对话:"这时候我觉得'我'和'我们'竟是意义相同,可以随便换用的两个代词了;而'她'和'他们''你'和'你们'也一样。"②在这里,儿童不再是小写的人,也不再是孤立的个体,而是具有独立精神价值的主体。

问题的复杂性在于,儿童小说关涉的"儿童"到底是书写对象还是阅读者,这是一个有争议的议题。"写儿童"与"为儿童"的两歧性衍生了儿童小说文体的混杂性。其中,"儿童视角小说"与"儿童小说"容易混为一谈。"儿童视角"的引入是对古典小说说书人"全知视角"的叙事限定,由重情节转向了重人的行为与情感。值得一提的是,"儿童视角小说"类似于一种怀旧的童年书写,常以回忆的笔法与结构来叙事,由此拉开了与成人视角小说的间距。即使是回忆性叙事中"再纯粹的儿童视角也无法彻底摒弃成人经验与判断的渗入"③。"儿童视角小说"多是借"儿童"来说成人之事,并不属于儿童文学的范畴,因而不能与儿童小说类同。为了更好地区隔儿童小说与"儿童视角小说",何卫青提出了一个新的概念"小说儿童"。这里的

①　叶圣陶.啼声[M]//叶圣陶.叶圣陶文集(第1卷).北京:人民文学出版社,1958:218.

②　叶圣陶.啼声[M]//叶圣陶.叶圣陶文集(第1卷).北京:人民文学出版社,1958:219.

③　吴晓东,倪文尖,罗岗.现代小说研究的诗学视域[J].中国现代文学研究丛刊,1999(1):67-80.

"小说儿童"特指现代文学中的儿童形象，它是叙事虚拟的人物，是"儿童想象式存在的方式"①。换言之，这种虚拟的人物并非实体儿童，只是为了叙事的需要而想象出来的人物。那么，为什么要虚构一个非实体的儿童呢？其实，这依然是"儿童视角的文学"与"儿童的文学"本质差异使然。关于这个问题，我们可以援引柄谷行人所谓"作为方法的儿童"的理论来理解。在他的观念中，"儿童"是一个历史建构的概念，"所谓孩子不是实体性的存在，而是一个方法论上的概念"②。循此逻辑，以儿童为研究视角并非完全为的是研究其本身的意义，更为重要的则是"以儿童为方法"，勾连出儿童与成人这组相辅相成概念的复杂关系。如果说"儿童"或"童年"可以是一个被创造、被发明的概念，那么是否写了儿童就真正为儿童呢？这暗合了戴维·拉德"儿童既是被建构的也能建构"③的观点，表征了在生物本质论和文化决定论之间存在着极大的话语裂隙。进一步说，作为成人他者的"儿童"是成人操控话语的前提要素，成人的话语权力依托代际的文化生产而获得。被建构的儿童是成人召唤出的一个"文化存在"，"借儿童来言说成人话语"才是其真实的目的。譬如王统照的《湖畔儿语》就透露出了"虚构性儿童"的存在，作者提及的"仿佛有一篇小说中的事实告诉我"，表明主人公小顺命运的隐喻性与普遍性，他是"底层儿童"的虚构性代表，仅是王统照批判成人社会弊病的借代。由此，被征用的儿童可以为成人话语的建构提供一种现代的认知装置，其叙事功能仅是一种借代、征引的符号，尚未创构凸显儿童主体精神的本体话语。鲁迅的《孔乙己》《社戏》《孤独者》等小说中的"儿童"不仅是一种视角参照，而且参与了作家批判国民性及再造"新人"的整体工程。但这些小说依然不属于儿童小说，其根本缘由在于它们并非鲁迅专为儿童创作的，其预设读者不限于儿童。

中国现代儿童小说的文体自觉始于五四时期，但创构专为儿童阅读的小说的设想则始于晚清。晚清时期翻译、改述域外的儿童小说主要基于科学救国、开启民智的政治变革的诉求。遗憾的是，这种译介较少考虑儿童自身的需要，"为儿童"的意识较为薄弱。针对小说"无一足供学生之观览"的现状，徐念慈提出："专出一种小说，足备学生之观摩。其形式，则华而近朴，冠以木刻套印之花面，面积较寻常者

① 何卫青.小说儿童——1980—2000:中国小说的儿童视野[M].青岛:中国海洋大学出版社，2005:13.

② 柄谷行人.日本现代文学的起源[M].赵京华，译.北京:生活·读书·新知三联书店，2006:124.

③ 彼得·亨特.理解儿童文学[M].郭建玲，周惠玲，代冬梅，译.上海:少年儿童出版社，2010:46.

稍小。其体裁,则若笔记,或短篇小说,或记一事,或兼数事。其文字,则用浅近之官话;倘有难字,则加音释;偶有艰语,则加意释。"①不过,徐念慈的这种小说观实际上仅是将儿童小说"作教科书",并未跳出教化儿童的窠臼来讨论儿童小说的观念与艺术。五四儿童小说有了更为明确的书写对象,"儿童"作为"新人"的身份被充分开掘出来,在儿童本位的推动下,儿童不仅是"人",而且还是"儿童"。淡化成人色彩、凸显儿童的本体性对于儿童小说文体的自觉有着重要的催生作用。考虑到了儿童的主体性,与之相匹配的语言、文体等形式也随之发生了转变。"用现代人的语言来表达现代人的思想"②体现了先驱者自觉的现代意识。以此类推,如果不用现代人的语言就难以表达出现代人的思想,如果不用儿童能接受的语言就难以表达出儿童的思想。这种语言与思想的同一性及关联性为儿童小说文体现代化的生成起到了决定性的作用。因而,用儿童能接受的语言来讲述儿童的故事成了儿童小说的基本方法。强调语言与思想的同向发展及双向发力也成为儿童小说文体自觉的标志。约翰·史蒂芬斯这样概括儿童小说的意识形态:"儿童小说无疑属于文化实践的领域,其存在的宗旨是将目标读者社会化……为儿童写作通常是有目的的,其意图是为了在儿童读者中养成对某些社会文化价值的正确认识,而这些价值被假定成是作者和读者所共有。"③

二、儿童小说的类型

儿童小说自发生以来,以一种迅猛的态势迅速地发展壮大起来,成为我们今天最重要且最具特色的儿童文学文体之一。长短不拘的篇幅令儿童小说在描写社会生活与个人心灵两方面都具有广阔的视野,多样的题材、丰富的内容、多变的形式使得儿童小说深受读者的青睐。根据叙事的内容和方式,儿童小说可以划分为日常生活小说、幻想小说、动物小说和类型小说这四种类型。

(一)日常生活小说

描绘少年儿童日常生活的小说,着眼于现实生活中少年儿童的活动言行。黄蓓佳的《我要做好孩子》、梅子涵的《女儿的故事》、秦文君的《男生贾里》等当代儿童文学的经典之作,都属于描绘少年儿童日常生活的小说。

---

① 觉我.余之小说观[J].小说林,1908(9):1-8.

② 杨联芬.晚清至五四:中国文学现代性的发生[M].北京:北京大学出版社,2003:4.

③ 约翰·史蒂芬斯.儿童小说中的语言与意识形态[M].张公善,黄惠玲,译.合肥:安徽少年儿童出版社,2010:8.

　　王勇英"弄泥"系列小说《巴澎的城》《弄泥木瓦》《花一样的村谣》充分体现了日常生活题材儿童小说的特征。"弄泥"系列小说的第一个美学特色就在于客家方言所营造的文字感觉及其所代表的思维方式与儿童视角、思维的互动。弄泥作为"阿娘儿"（女孩子），"十几岁落，野性足足，无点阿娘儿的乖巧样"，常常要被"阿乳"（母亲）瓜飞"打一顿才行"。"洗白落再来打"，是瓜飞在打弄泥之前常爱说的一句话。可是每次说了"洗白落再来打"却都不会让她先去洗净身子脚，而是直接就打。这次弄泥终于忍不住问："阿乳，'洗白落再来打'是不是让我先洗得白白了你再打？"[①]其实，瓜飞也只是这样一说来表达那种很想打弄泥的心情，并不需要去仔细分析这句数落人的话的字面意思，但是被弄泥问了就联想到弄泥提了一桶水在洗澡间里认真洗的情景，忍不住笑出声来。在类似于这样的情节描写中，作者试图把握说着方言俗语的儿童人物身上所体现的儿童情绪的趣味性及张力，这些场景里的幽默性或细节上的真实感，是检验小说描写成功与否的一个参考。弄泥等瓜飞骂停了，转身也学着样子骂自己的狗儿，"东游西荡，终日无粘屋，无见过狗影"。她骂得用力、认真，很有瓜飞骂她的那股威风和魄力，让瓜飞听了气也不是，乐也不是，也让父亲新生和儿四表兄都无声地笑了，小声地说"像像像像"[②]。小说中类似于这样的场景和创意还有很多，从中可以看出弄泥开朗的性格特征，有时甚至像男孩子一样大大咧咧。如果说方言对现代汉语阅读者而言已经是一种陌生化形式的话，那么将儿童的行为表现与方言运用紧密地结合起来，则是另一重陌生化的过程。弄泥对"洗白落再来打"的好奇追问，在处于弄泥生活语境之外的读者看来，确实是一种可资欣赏的美学状态。

　　小说中，这种互动状态进一步地又与性别认同和儿童成长相关联。弄泥拿了两团泥搭上去筑窑，结果窑倒了一小片。木瓦因此理直气壮地冲着弄泥说了客家传统里一句老话："阿娘（女孩）搭窑窑会倒，阿娘窑薯薯生水。"弄泥只好坐到旁边的草丛中聊天。接下去的情景颇有意味："这边的阿官儿被她们的笑声吸引，扭头看去，也跟着傻笑。木瓦看到，仰天大笑的弄泥已经长出了薄薄的一层头发。这样的她看上去比剃光头好看……木瓦给弄泥挑了一只最熟的花心薯，顺口把那句话自然地说出来：'天暖以后别剃光头了，长着短发的样更好。'弄泥愣了一下，好一会儿才感觉到捧着的红薯烫手。弄泥被烫得跳起来，踩了天骨，撞了乳渣，红薯掉在亚蛇的肩膀上，烫得他怪叫起来。大家都乱了。有好几只红薯就在一片慌乱中被

①　王勇英.弄泥木瓦[M].福州:福建少年儿童出版社,2011:38.

②　王勇英.弄泥木瓦[M].福州:福建少年儿童出版社,2011:50.

踩扁了。"①如果说,《巴澎的城》里"没有出童限的小孩眼睛能看得见很多大人所看不见的东西"②,侧重从弄泥的意识层面表现她与巴澎之间的感应和互动,那么到了这里,我们可以明显地发现弄泥、木瓦他们身上的成长跨度。这不仅表现为情窦初开的少男少女的细腻心思,更表现为女性作家对少年情事略带唯美的描写,从中可以看到成长中的童年经验和女性感觉的融合。到了《花一样的村谣》里,女孩儿的成长表现得更为明显了。

在中国儿童文学中,女性作家对女性意识的把握突出地呈现为对女孩儿"精神成长和主体性建构"过程的表现,一般也不会去强调"男/女二元对立思维方式上的性别对抗"③,对于男性多是逐步认可或欣赏的姿态。但有一个问题,成年女性作家在对各个年龄段的女孩儿心理的把握上,有的时候会在不经意间脱离那个年龄段女孩的特点,过于成人化,这其实是在角色的有限视角中,掺入了叙述者当下的感受,而让这样的抒情或描写脱离了角色的年龄特点,从小说情节来看,会变得有些不可信。在"弄泥"系列小说中,也不同程度地存在这样的问题。当作者表现弄泥作为女孩儿的思绪或情感时,有时候会与人物的年龄特点有些许的脱离。"弄泥对巴澎有着超乎常人的敏感。当巴澎从她的城门出来的那一瞬间,坐在教室里早读的弄泥总会心头一颤"④,"弄泥一般是会在一片打闹声中继续安静地沉醉在刚才浮水唱歌的意境中的那个,任身边的人怎么闹,都吵不到她"⑤,"弄泥觉得木瓦家的小院很好……有大树,绿叶,草丛;花开花落,叶枯叶荣;飞鸟停落枝头,蝴蝶纷飞戏舞;风唱虫吟,水响留音"⑥。虽然作者交代了弄泥背唐诗的情节,但是当连篇的习语、成语、书面语出现在弄泥流动的即时情感中时,还是让人有点怀疑,那个生性好玩、年龄尚幼的弄泥,在自由联想中,能否讲出这样的话。

客家方言背后的思维和文化习惯不仅有与儿童年龄相关的内容,还有与儿童性别相关的内容。例如将儿童看成是太细人(小孩儿),又如女性成人不能参与祭祖这样的大事,而太细人则没有关系。因此,弄泥可以听阿大们商议祭祖的细节,正式的祭祖仪式所有的阿娘和阿官(女孩和男孩)也可以一起跟着去。再如上文提到的搭窑烧红薯的情节,以及在衣着打扮、文化习惯等方面也有着其独特的规定

①　王勇英.弄泥木瓦[M].福州:福建少年儿童出版社,2011:204-205.
②　王勇英.巴澎的城[M].福州:福建少年儿童出版社,2011:32.
③　刘思谦.女性文学:女性·妇女·女性主义·女性文学批评[J].南方文坛,1998(2):15-17.
④　王勇英.巴澎的城[M].福州:福建少年儿童出版社,2011:31.
⑤　王勇英.弄泥木瓦[M].福州:福建少年儿童出版社,2011:56.
⑥　王勇英.弄泥木瓦[M].福州:福建少年儿童出版社,2011:158.

性。在祭祖的地方,当地的那帮阿官儿(男孩儿)认真地打量弄泥,"是阿官呀,要不怎么剃光头?""见无,有树架桠呢。是阿娘怎么会有树架桠?"有人迷糊了,"丢(当地骂人的口头语),到底是阿官还是阿娘?是阿娘又有树架桠还光头,阿官又着阿娘裤"①。这个场景和语言饶有趣味,借助于弄泥比较极端化的性别形象,作者勾勒出客家文化中儿童群体的思维方式与观念,这也是其乡土叙事的一环,连接着乡村的生活、风俗。儿童的观念并非一成不变,例如在去祭祖的路上弄泥他们的心理变化就已经开始了。"这帮习惯了在它铺周边出没的太细人(小孩儿),走到这儿时开始有点胆怯,之前的那股嚣张气焰也渐渐地自动隐没。他们说话的音量开始放小,或者不再说话。他们的脚步开始放慢、放轻,不敢乱跑。他们要么十几个成群走,要么就挨紧大人……以前他们都在桥头观看从别村来的阿娘儿和阿官儿,现在角色转换。"②这种微妙的情绪变化只有在乡村生活中才能产生,只有通过儿童视角呈现才会具有真实感,才会更有味道。也无怪乎很多成人文学作品也喜欢通过儿童视角进行乡土叙事,去寻找一种陌生化的文学表现方式。而与之不同,儿童文学的乡土叙事中,更重要的不在于成人化、奇观化的文学变形,而在于儿童感觉的真切性,因此更为质朴而易于儿童接受。

客家传统风俗、不同时期的历史经验与现代化进程中的个体境遇和感受的对话在"弄泥"系列小说中得到"在地化"的呈现。弄泥的时代,乡村里的人们还没有被规训到"以考试和上大学为唯一出路"的程度,"作业不多,学业压力不大,老师和家长都不会刻意希望他们能成为学习尖子,将来会上怎样好的大学。大多数家长只是因为老师一次次到家里去动员才把孩子送去上学,他们对孩子考试成绩并不关心,反正孩子读不下去了就回家种田"。更为重要的是"大人们认为,孩子们满山奔跑才有更好的胃口吃下更多米饭,这样才能长得壮实。他们越是玩得野,大人们心里就越欢喜,大人们觉得只有这样,孩子们长大了才会有更大的力气耕田种地,将来粮仓就不会落空"③。很明显,这与中国儿童文学中以学习成绩为衡量好孩子唯一标准的作品是有所区别的,充分体现出小说独特的地域色彩。

有学者认为,"语言不仅仅是语言,它还是一种思维方式……以方言为血脉的口语"④可以复苏现代汉语与传统相连接的灵活性、人间性、个体性及与日常事物的本真联系。王勇英"弄泥"系列小说作为日常生活题材儿童小说呈现出自己的特

---

①　王勇英.弄泥木瓦[M].福州:福建少年儿童出版社,2011:78-79.

②　王勇英.弄泥木瓦[M].福州:福建少年儿童出版社,2011:74-75.

③　王勇英.花一样的村谣[M].福州:福建少年儿童出版社,2011:31.

④　何锡章,王中.方言与中国现代文学初论[J].文学评论,2006(1):27-31.

色,一个方面的原因就是客家方言参与到了儿童文学的小说叙事之中。我们期待"以方言来思维,以方言来作为文学作品特定'腔调'"[①]的优秀作品能丰富和提升中国儿童文学品质。当然,这并不是日常生活题材儿童小说写作的唯一途径。

(二)幻想小说

在儿童小说的发展中,幻想小说越来越成为一个重要的组成部分。英国作家罗尔德·达尔、帕·林·特拉芙斯,德国作家米切尔·恩德,芬兰作家托芙·扬松,美国作家 E.B. 怀特,中国作家班马、彭懿等人的杰出创作,让我们看到幻想小说的瑰丽与魅力。

"爱尔兰惊悚大师"约翰·康诺利的《失物之书》是一本独具特色的青少年小说,也是一本"书中之书"。本书主要讲述了男孩戴维因丧母之痛而遁入由童话与故事架构起来的幻境之中,现实世界中读过的经典童话在幻境中变得陌生起来,戴维由一则童话走向另一则童话。与阿拉伯民间故事集《一千零一夜》里大故事嵌套着一层层小故事的结构一样,《失物之书》的框架故事之下也包含了若干个小故事,这些由经典童话改写而来的"故事中的故事"在自成体系的同时又推动着框架故事的进展,其开放性与生成性使文本具有了丰富而有意味的多层故事空间。

"有人在努力创造一个故事,而戴维是故事的一部分,但这个故事又是由其他故事组成的。"[②]根据《失物之书》的情节分析,小说主要有两次人物与叙述者之间的切换,第一次是由主人公戴维主导的,第二次是由守林人、骑士罗兰、小矮人等人引起的。因此,《失物之书》中存在着三个叙述层次。按照逻辑和层次重要性,我们将第一层次设置为超叙述层,第二层次设置为主叙述层,第三层次设置为次叙述层。

《失物之书》的超叙述层主要讲述了主人公戴维因丧母之痛而从现实世界逃进另一个世界的故事。这一层次中包含了两个世界,约翰·康诺利将幻想世界与现实世界的边界进行了模糊化处理,营造出一种似真似幻的叙事氛围。读者当然可以将戴维进入沉园另一端的经历当作真实发生的故事,但同时,我们也可以在小说的前六章和后两章中找到诸多幻想的痕迹。

小说中,在现实世界的巨大刺激之下,戴维逃遁到书中的世界,整个冒险经历就是戴维自己创造的一本童话书。他按照自己的内心需求改写了一则则经典童

---

① 王中.方言与中国现代文学初论[M]//谢昭新,张宝明.中国现当代文学论集.合肥:安徽人民出版社,2006:286.

② 约翰·康诺利.失物之书[M].安之,译.北京:人民文学出版社,2018:92.

话,发生在乔纳森这个人物身上的事情便是一个很好的佐证。故事中的乔纳森同样为自己编织了一个童话王国,因为恐惧狼,没有得到良好控制的恐惧便创造出了更可怕的狼人形象。在乔纳森死亡之际,创造主体不在了,被创造出来的对象——所有的路普瞬间化为齑粉。由此可见,处于超叙述层中的戴维的心理情绪实际上是整个主叙述层幻境的出发点,在戴维焦虑、不安、恐惧等情绪的影响下,故事得以展开。戴维是主叙述层的隐含作者,包含着次叙述层的主叙述层是戴维讲给自己的故事,而次叙述层的故事则是戴维针对自己的心理需求,借故事人物之口来讲述的内容。

我们可以看到,主叙述层发生的故事早已潜藏于超叙述层之中——古堡、森林、狼人、扭曲人,这些场景与形象戴维都曾在书中阅读过,并且也多次出现于他的突发性昏厥和梦境中。故事开头我们就得知戴维对各种童话十分熟悉,《格林童话》甚至是戴维例行规定中的一条,"晚上就一块儿整齐放在他卧室地毯的一角,早上就放在他最喜欢的厨房板凳上"①。这也就可以解释为什么次叙述层中的故事大多来源于《格林童话》了。除了心爱的童话故事,戴维还曾经读过希腊神话——这部分阅读经验体现在幻境中的哈比女妖身上;一首描写寻找黑暗城堡的骑士的诗歌——戴维想知道城堡里有什么,所以他自己创造的故事里出现了进入荆棘堡中的罗兰形象。而之所以次叙述层的故事都是由相助者所讲述,正是因为戴维是在利用故事疗愈心灵创伤,他潜意识中当然会把可以带来力量的故事叙述者设定为相助者。主叙述层和次叙述层改写经典童话的目的也正在于此。

孩子一直能意识到自己的伤口所在,不管那份意识在内心埋得多深。但同时他们也有自己的方式来对抗负面情绪,学会成长。正如戴维在遇见危险时告诉自己的那样,"每个故事里都有值得学习的东西"②,他也确实这么做了。我们知道森林代表着无处不在的危险,而迷失在森林里则是一个人需要寻找自我的古老象征,从戴维踏入沉园另一端的森林开始他就不得不独自面对成长过程中内心的种种矛盾冲突。其中,主叙述层和次叙述层的故事为我们充分展示了超叙述层的戴维不同阶段的心理需求和应对措施。

约翰·康诺利在接受访问时说道,这本书谈的是孩子在某个时期或时刻,对所处世界之现实的感受力会变得很强,所以免不了会充满痛苦与失落;当面对死亡的胁迫时,人类最终还是束手无策。当那一刻来临时,某种东西就失落了。小说运用

———————————

① 约翰·康诺利.失物之书[M].安之,译.北京:人民文学出版社,2018:2.

② 约翰·康诺利.失物之书[M].安之,译.北京:人民文学出版社,2018:123.

了叙述分层的方式,借助创新变奏的童话故事,来呈现主人公戴维的感受及内心世界,展现戴维的成长过程。故事通过善与恶、光明与黑暗、悲伤与勇气、失落与复得,说明人生随时会面临"失去"及"拥有"两种截然不同的境况。幻想是有力量的,这也是幻想小说的魅力所在。戴维在幻境中经历了一则又一则变调的童话故事,通过这些故事,戴维原本焦虑、不安、恐惧的心灵得到了安抚,即使扭曲人对其未来人生作出了真实而残酷的预判,他也可以从容面对,与生活达成和解。戴维终于在奇幻世界里完成了成长与蜕变,这趟冒险旅程已经告一段落,该是回家的时候了。

(三)动物小说

谈到动物小说,日本作家椋鸠十、俄罗斯作家比安基、加拿大作家西顿、中国作家沈石溪等人所创作的作品都是杰出的代表。椋鸠十的《月轮熊》《山大王》《生于天空》,比安基的《森林报》,西顿的《狼王》等作品极大地影响了动物小说的创作风向。

以沈石溪为例,我们可以看到中国动物小说的特征。沈石溪认为:"严格意义上的动物小说似应具备如下要素:一是严格按照动物特性来规范所描写角色的行为;二是深入动物角色的内心世界,把握住让读者可信的心理特点;三是作品中的动物主角不应当是类型化的而应当是个性化的,应着力反映动物主角的性格命运;四是作品思想内涵应是艺术折射而不应当是类比或象征人类社会的某些习俗。"①在《白天鹅红珊瑚》一书中,沈石溪实践了自己的"动物小说观",以专门研究鸟类的动物学家的视角展开叙述,并努力以"动物特性来规范所描写角色的行为"。

《红弟一生的七次冒险》选取了天鹅一生中七个具有关键意义的片段,包括出生、死亡、迁徙、爱情等。沈石溪把天鹅一生中所有可能遭遇的磨难和可能享受的美好时光都最大程度地浓缩、集中到这七个生命片段之中,各种偶然性与必然性交织在一起。在作者的笔下,每一次冒险都是红弟生命中的一次挑战,也代表着新生的机会。无论是在最后一秒钟啄破坚硬的蛋壳,并从乌鸦嘴里侥幸脱险,还是从沼泽中救出深陷泥潭的心爱的彩云,抑或以自己的生命为代价与既是杀妻仇人又是族群天敌的毒蛇搏斗,红弟都幸运地从命运的缝隙中胜出了,达到了预期的目的。

在《四只哨兵天鹅的生命档案》中,白肚兜、半点红、蓝翅儿、歪歪脖四只天鹅成为哨兵的原因各有不同。天鹅族群有一种独特的习性,失去了繁殖能力的"老雌鹅"将为鹅群担当哨兵的角色。这四只进入作者叙述视野的啸天鹅,它们成为哨兵

---

① 沈石溪.漫议动物小说[M]//刘鸿渝.云南儿童文学研究.昆明:晨光出版社,1996:52.

的缘故和作为哨兵殉职的经过、细节都是相当"个性化"的,体现了作者对动物主角性格命运的把握。主角们的性格命运往往又暗含了某种叙述的巧合。例如,白肚兜因为"丈夫"芝麻雄的背叛而走向生命最后一站的哨兵岗位,但最后却是为了救芝麻雄和小妖妖一家而殉职。半点红、蓝翅儿则是因为在站岗过程中与天敌的积怨而最终丧生。歪歪脖和红珊瑚虽然一个丑一个美,但在作者笔下,却都有着"母性的强烈本能",这种"母性的强烈本能"也成为叙事的动力来源。歪歪脖"苦苦追求""梦牵魂萦"的爱情,在它用自己的生命挽救首领之后,在生命的最后一刻,终于实现了。

任何的动物叙事中其实都包含着作者的价值判断、特定的意识形态倾向或者是象征意义,只是内容不同,寄寓的方式也不同。《白天鹅红珊瑚》里,叙事的缝隙中也总是穿插着叙述者"我"的理解和看法。这样的叙述方式令叙述者"我"的心理活动脱离于动物心理的拟写,不易干扰对动物自然属性、动物行为的描写,可以避免让动物有过于丰富、复杂、近乎于人类的心理活动,从而取信于读者,同时叙述者"我"的视角又可以表达作者自身的情感、倾向、态度。例如:"我很难理解白肚兜为何要扑撞黑洞洞的枪口,芝麻雄和小妖妖是它不共戴天的仇敌,何苦为救仇敌而让自己粉身碎骨呢?或许只有这样一种解释,啸天鹅头脑简单,只会直线思维,当履行哨兵职责时,根本就不会想到自己所要保护的对象与自己有何种恩怨纠葛,缺乏将私仇和公职联系起来通盘考虑问题的能力。它们真的没有人那么聪明。"[1]在对动物习性的了解中,在尽量贴近动物习性的文学叙述、文学想象中,对于其中所透露出的真善美的赞美和肯定是沈石溪动物小说明显的价值倾向。《白天鹅红珊瑚》里更是如此,"如果非要用一个字来概括天鹅,我相信所有的人都会选择'美'这个字……写天鹅不写美,就好像射击跑靶一样,总觉得没击中目标"[2]。"美"是始终贯穿于对红珊瑚的描写中的关键词,最终也成为作者对它的褒奖。穿插在天鹅的故事中的"我"的感喟、思索、体悟,让我们看到了沈石溪带有"理想主义"色彩的价值追求和审美范式。

(四)类型小说

儿童小说中也包含类型文学。如伍美珍的"阳光姐姐"系列、梅思繁的"小红

---

① 沈石溪.四只哨兵天鹅的生命档案[M]//沈石溪.白天鹅红珊瑚.杭州:浙江儿童出版社,2016:188.

② 沈石溪.白天鹅的生命世界[M]//沈石溪.白天鹅红珊瑚.杭州:浙江儿童出版社,2016:289.

豆"系列等。

梅思繁的创作专注于中西文化的比较,"小红豆"系列亦是如此。对饮食文化的体验和了解,某种程度上讲是对文化理解的表征之一。很难想象,如果作家没有在异域长期生活的经历,没有对法国文化、欧洲文化主动、深入的体察,"小红豆"系列作品是否能够诞生。阅读"小红豆"系列可以发现,原来西点的品种如此丰富,每个品种的历史如此独特,每一个制作步骤、细节如此细微、如此讲究。惊奇之后,是认知上、情感上的震撼,是心灵上关于中西文化形象的一次对话。

作为类型文学,"小红豆"系列是成功的。小说中个性鲜明的人物形象、跌宕起伏的情节布局、简洁明了的语言风格都十分精彩,为读者提供了一个引人入胜的阅读文本。在魔法蛋糕学校,一次次接连不断、推陈出新、紧张刺激的西点制作技艺比拼吸引着读者跟随小红豆一路探索留学生活,与她一起经历失落、坎坷和成功,与她同悲伤、共欢乐。

"小红豆"系列小说最珍贵的地方,是对小红豆成长过程的叙述。留学过程中的艰辛也许只有梅思繁这样努力的留学者、勤奋的探索者才能体会。虽不一定将小红豆看成作家的化身,但是她们的思想情感是相通的。小红豆做的是西点,但是其所探索的却是做事的方式、做人的道理,是怎样把每一个制作步骤做到完美、极致,怎样把每一件事做到问心无愧,怎样与周围的人相处,怎样把陌生的异邦变成精神上的第二故乡。所幸,小说为我们架构了一个超脱的世界,建造了一个"只拼技艺、不讲出生"的理想的魔法蛋糕学校,塑造了一群富有包容心的朋友,从而给更多的人带来生活会变得更美好的希望。而拒绝顺从求饶,努力地凤凰涅槃则是"小红豆"系列的精神底色,也是不同文化、不同年龄、不同际遇、不同生活情境下的读者最能产生心灵共鸣之处。就像生长在异域的一朵小花,小红豆始终记着自己出发时的初心,心智日益坚强,不断成长,走向成熟。

三、儿童小说叙事的边界

儿童小说因其对社会生活和人类心灵具有广阔的容纳度和极强的表现力,较之其他儿童文学文体,与社会历史的联系更为紧密,也更容易触及一些被视作儿童禁忌的话题。"性""暴力""死亡"等命题是否可以进入儿童文学叙事之中一直都是儿童文学阅读者与儿童文学研究者关注的重点问题。"禁忌"某种意义上既确立了儿童文学的范畴,又限制了儿童文学的发展。在"童年消逝"的时代,儿童小说的叙事边界该如何定义或许值得每一个学人深入思考。

以恐怖为例,恐怖是一个能够激发儿童强烈阅读兴趣,却因其可能带来的消极

影响,较少被儿童文学理论话语所正面接纳的美学范畴。事实上,恐怖早已存在于儿童读者的历史视野之中,我们今天所熟知的诸多民间童话故事都有一些恐怖性片段描述。以《格林童话》为例,烹煮小孩的巫婆、一遍遍唱着"我的母亲她宰了我,我的父亲他吃了我"①的男孩等形象,出现在一代又一代人童年的阅读时光里。美国心理学家布鲁诺·贝特尔海姆在他的民间童话研究中发现:童话故事触及了儿童所有的情感体验,并回答了儿童关注的最重要的问题,其中便包括对死亡的恐惧。"血腥、恐怖"的故事一定程度上满足了儿童对于神秘恐怖现象的原始欲望,并帮助儿童"克服和净化他原始单一而具有破坏性的欲望"②。

20世纪90年代以来,世界范围内陆续涌现出一批惊悚恐怖类型的儿童小说,其中广为人知的有《洋娃娃的骨头》、《失物之节》、"鸡皮疙瘩"系列、"暮光之城"系列等。这些小说深受儿童和青少年的喜爱,迅速打开了儿童恐怖小说的图书出版市场,人们对于恐怖美学的认知进一步深化。我国原创作品中也出现了"查理九世""怪物大师""潘宫的秘密""潘宫的预言""男生吹吹(尖叫版)"等一系列以惊悚、悬疑、冒险为卖点的畅销作品。"查理九世"等作品的畅销正说明:儿童读者对于恐怖叙事作品有着浓厚的阅读兴趣,并且这种兴趣仍然在扩张。

恐怖之于儿童文学是一种特殊的存在。一方面,恐怖作为一种基本的美学元素日益融入儿童文学的创作园地。另一方面,儿童文学理论界关于恐怖类型作品的研究却极为匮乏。方卫平在《论儿童文学中的另类叙事》一文中将"恐怖叙事"作为重要的叙事形态提出来,但同时他也指出,恐怖叙事因触抵了儿童文学传统叙事的边界,我们的儿童文学还是比较警惕这方面内容的③。除此以外,国内恐怖艺术理论研究的缺席也使得成人与社会在涉及儿童阅读时总是谈"恐"色变。张法在《被西方美学史写作忽略的几个问题》一文中曾指出恐怖作为现代美学的重要范畴却一直被汉语美学界忽略的事实④。恐怖理论的空白与恐怖艺术的流行之间的罅隙越发清晰地浮现于现如今的儿童阅读之中。

"讲述儿童内心最深处和一直未曾言说的恐惧——分离、遗弃、孤独和死亡,这

---

① 雅各布·格林,威廉·格林.格林童话全集[M].杨能武,杨悦,译.南京:译林出版社,2017:152.

② 布鲁诺·贝特尔海姆.童话的魅力:童话的心理意义与价值[M].舒伟,丁素萍,樊高月,译.北京:社会科学文献出版社,2015:243.

③ 方卫平.论儿童文学的另类叙事[J].文学评论,2015(7):25-30.

④ 张法.被西方美学史写作忽略的几个问题[J].首都师范大学学报(社会科学版),2003(6):77-79.

样的书可能远比一味乐观的故事更具有疗愈功能。"①孩子们在某些时刻需要一种惊悚刺激的痛感审美体验,以提高他们对自身、社会、自然界的危险性的认知和感受。恐怖叙事提供了一个过渡地带,让孩子们在此辨别自己的黑暗情绪,进而学会面对恐惧甚至嘲笑恐惧。对于儿童来说,阅读这样的作品,得到的是精神压力及负面情绪的纾解。刘绪源在《儿童文学的三大母题》中指出,在阅读作品的过程中,首先的体验阶段是"激情的宣泄""心灵的补偿",其次是"审视自我""体验环境",最后是"回味与叹息""憧憬与渴望"②。在儿童文学作品中,越是靠近第一阶段,审美价值越高,成人文学则是相反的。

当然,论述恐怖叙事被遮蔽的光芒时,也不能忽视恐怖叙事可能带来的阴影。由于恐怖艺术是对当代社会生活中被压抑的、被边缘化的东西的揭示,暴力、犯罪、血腥、死亡等敏感话题在展现给处于成长阶段的儿童时必须格外注意艺术分寸感,这也是创作儿童恐怖小说时需要解决的关键问题。真正成功的儿童恐怖小说不能一味追求惊悚可怕的叙事,以防最终演变成纯粹以吓人为目的的低俗恐怖故事,这样只会给儿童读者带来难以愈合的心理创伤。面对儿童文学中涌入的恐怖艺术风潮,优秀的儿童文学作家需要考虑到恐怖叙事"度"的问题。对此,R.L.斯坦提出了"安全恐怖"理论,也称"过山车"理论。他形象地使用乘坐过山车这一娱乐方式来比喻儿童阅读恐怖文学,两者的过程虽然都惊险刺激,但最终还是会安全"着陆"。说到底,儿童文学中的恐怖叙事需要有"度",这也是儿童小说在面对其他禁忌话题及叙事边界问题时的关键点。

第六节　儿童诗

一、儿童诗的基本特征

如果将儿歌看作儿童诗的源头,那么以儿童为读者对象的儿童诗,则有着漫长的历史。在中国古代,历代都注重搜集童谣。但正如方卫平所指出的,古代童谣"常常是社会政治生活的直接产物。尤其在明代以前,所有的童谣几乎都是政治童

---

① Julie Cross. Frightening and Funny：Humour in Children's Gothic Fiction［M］//Anna Jackson，Karen Coats，Roderick Mcgillis. The Gothic in Children's Literature：Haunting the Borders. London and New York：Routledge，2008：59.

② 刘绪源.儿童文学的三大母题［M］.上海：复旦大学出版社,2015：68-71.

谣"①。一直到明代吕坤的《演小儿语》出现，才被学界认为"是中国最早的民间儿歌集，也是中国第一部儿歌专集"②。

晚清民初，在新文学传统、文体现代化转型以及现代儿童观等因素的推动下，现代意义上的中国儿童诗出现了。杜传坤指出，"晚清民初的'学堂乐歌'开启了中国近现代儿童诗歌的创作之门……五四时期确立了以儿童为本位的儿童文学观。随着对儿歌展开的民俗学研究，辅之以儿童学的视角，'歌吟'被视为儿童的天然需要，儿歌与童话一起成为这一时期最典型的儿童文学体裁"③。近代到"五四"是中国现代儿童诗起步的阶段。俞平伯的儿童诗集《忆》、陶行知的《行知诗歌集》是中国现代儿童诗的代表。

"十七年"时期，涌现出许多创作儿童诗的诗人。艾青的《春姑娘》、田地的《祖国的春天》、邵燕祥的《芦管》、乔羽的《让我们荡起双桨》、圣野的《欢迎小雨点》、刘饶民的《大海的歌》等诗作，包含着鲜明的时代印记，展现出对自然、对生活的热爱。叶圣陶的《小小的船》、冰心的《雨后》、金波的《回声》、柯岩的《帽子的秘密》、任溶溶的《爸爸的老师》等作品则生动地表现了真实的儿童生活与奇妙的儿童想象，充满童心童趣。

新时期以来，郭风、金波、田地、圣野、鲁兵、任溶溶、张继楼、张秋生、樊发稼、吴然、李少白等诗人纷纷探索着儿童诗创作的艺术新高度。20世纪90年代以后，金波把十四行诗的形式应用在儿童诗的写作中。高洪波、金逸铭、尹世霖、徐鲁、刘丙钧、邱易东、薛卫民、王宜振等一批诗人也开始创作儿童诗，成为儿童诗作家的代表。王立春、张晓楠、萧萍、安武林、陈诗哥等一批新生代诗人，亦创作出体现中国儿童文学艺术高度的儿童诗佳作。

在西方，威廉·布莱克、斯蒂文森、米尔恩、希尔弗斯坦等堪称儿童诗创作者的代表。在日本，朱自强认为，"进入大正时期以后，日本儿童文学逐渐进入了童话和童谣隆盛的时代……在大正时期，童谣这一文体被注入新的意义而复活"，"大正时期是日本儿童文学欣欣向荣的明媚春季"④，出现了北原白秋、西条八十、野口雨情、金子美玲等著名儿童诗创作者。

从文体特征来看，不同于成人诗歌，儿童诗往往会包含一定的情节。在日常生活题材、自然题材、童话题材等各个类型的儿童诗中都有情节的叙述，且这些情节

① 方卫平.中国古代儿童诗歌理论批评掠影[J].浙江社会科学,1993(4):69-74.
② 王泉根.中国古代有儿童文学吗[N].文艺报,2018-07-04(3).
③ 杜传坤.论中国近现代儿童诗歌艺术的变迁[J].山东社会科学,2014(3):120-124.
④ 朱自强.日本儿童文学导论[M].长沙:湖南少年儿童出版社,2015:55.

因题材的不同而呈现出不同的面貌。在日常生活题材的儿童诗中,情节以对质朴生活的抓取而打动读者。在自然题材中,儿童诗也会通过情节来表现自然的四季变化。在童话题材中,儿童诗则包含了更为丰富的情节与更为生动的人物,将诗的思绪引伸向想象的深处。

二、儿童诗的类型

从题材来看,儿童诗大体可以分为三种类型,即日常生活题材、自然题材和童话题材。通过对各个类型的儿童诗的分析,我们能对儿童诗的多样化风格与强烈表现力有更为深入的了解。

(一)日常生活题材

日常生活是儿童在成长过程中最早接触到、最先熟悉的内容。因此,日常生活题材也是儿童诗的首要题材。家人是儿童在成长中最熟悉的人。儿童诗对日常生活的描绘,离不开对儿童家庭生活的表现。通过诗人的文字,日常生活中最精彩、最富有诗意的瞬间都被定格下来。

儿童与同辈交往中的心态,常常是诗人描绘的对象。在薛卫民的儿童诗《想当哥哥》里,儿童向往成长的心理具体化为想当哥哥的想法。"我想当哥哥,/当哥多神气! /哥哥是大人,/可以管弟弟——/给他讲故事,/给他分玩具。/他要不听话,/还能训几句!"①诗句准确地把握住了儿童的成长心态,这是儿童对于成长的渴求。也许有许多成人都在感慨自己的童年经历,怀想、追忆曾经的年轻岁月,但是对于儿童来说,却都盼着快快长大。这是因为长大以后的生活对儿童有着莫大的诱惑力。在他们眼里,印象最深的不是大人们上班、劳作的情景,而是大人们对自己的"神气"管教与对自己的牢牢"束缚"。因此,长大也意味着挣脱束缚、走向自由自在的生命状态。诗作中,连那条花狗也不甘落后,抢着当起了哥哥。"可惜真可惜,/我呀没弟弟。/叫来小花狗,/让它当小弟。/花狗尾巴摇,/花狗不乐意。/它也要当哥,/让我当小弟!"②这一番你争我抢生动地将弟弟和花狗充满活力的稚态生活面貌呈现在读者面前。当然,在成人与儿童相互打量时,他们其实都注目于对方身上自由自在的生命状态部分,而忽略了各自所受到的社会规训,所以才有了对对方的向往。

---

① 薛卫民.想当哥哥[M]//薛卫民.谎话是个小老鼠.麻三斤,绘.济南:明天出版社,2015:48.
② 薛卫民.想当哥哥[M]//薛卫民.谎话是个小老鼠.麻三斤,绘.济南:明天出版社,2015:49.

在家庭生活中，儿童也会有奇异的比拟。林焕彰的《妹妹的红雨鞋》《拖地板》就表现了儿童眼中才会有的意象。

妹妹的红雨鞋①

林焕彰

妹妹的红雨鞋，

是新买的。

下雨天，

她最喜欢穿着，

到屋外去游戏，

我喜欢躲在屋子里，

隔着玻璃窗看它们，

游来游去

像鱼缸里的一对

红金鱼。

妹妹喜欢穿着红雨鞋，是因为雨鞋是新的，所以趁着下雨天，她就喜欢穿着雨鞋到屋外做游戏。而在"我"的眼里，它们却化身为红色的金鱼。这是为什么呢？首先是因为雨鞋的颜色是红的，隔着并不那么清晰的玻璃窗，雨鞋的样子远远地看上去模模糊糊的，具体的形状看不清楚，只能看到两簇鲜亮的红色，在窗外不停地移动着，真的就好像两条在鱼缸里不停游动的金鱼。那么，"我"为什么不走到屋外去，和妹妹一起玩耍、一起做游戏，而是一个人躲在玻璃窗后，悄悄地看着妹妹和其他孩子在屋外做游戏呢？也许"我"的年龄略长，和年幼的妹妹一起玩在"我"看来有点儿幼稚的游戏，心里感觉不大合适。但其实，"我"心里是极向往有玩伴一起做游戏的，默默的观察体现出"我"的向往，也体现出"我"对妹妹的关爱。诗人准确把握住特殊年龄阶段儿童敏感细腻的心理，红色金鱼的意象也运用得十分巧妙。这些都让这首诗既体现了儿童的情感，又具有独特的艺术表现力，成为诗人的代表作和名篇，广为人知。

拖地板对妈妈来说是一件家务劳动，是必须完成的任务。但是对姐姐和"我"来说却并不是劳动，而是童年时代最难忘的记忆之一。在《拖地板》中，通过诗人的

---

① 林焕彰.妹妹的红雨鞋[M]//林焕彰.妹妹的红雨鞋.武汉:湖北少年儿童出版社,2018:3.

文字，我们看到了两个活泼、可爱的儿童，在家里开心地跑来跑去、尽情玩耍的场景，"帮妈妈洗地板，/是我们最高兴的时候；/姐姐洒水，/我在洒过水的地板上玩儿，/像在沙滩上走过来走过去，/留下很多脚印，/像留下很多鱼。/然后，我很起劲地拖地板；/从头到尾，像捕鱼一样，/一网打尽"①。在这首诗中，劳动已经超出了其本身的范畴，具有了一种审美愉悦的功能。在能够发现美的眼中，才能够看到洒过水的地板就如同海边的沙滩，拖地板的劳动过程才变成了捕鱼。拥有这样的审美态度，劳动就不再是一件苦差事，而变成了自觉、自发的内心需求。儿童这种对待劳动的态度是美丽的，是值得赞扬、值得学习的。通过儿童的眼睛，在儿童对待劳动态度的启发下，成人面对劳动的一切负面情绪都可以得到缓解，从而达至一种全新的心灵境界。

儿童相互的交往也是儿童日常生活的重要组成部分，只有在与其他儿童的交往中，儿童才能获得自身的成长。班马的儿童诗《一场越说越起劲越听越糊涂的对话》就通过两个陌生儿童在公交车的谈话，向读者展示了儿童的独特思维。

一场越说越起劲越听越糊涂的对话②

班马

——你叫什么名字？
——你先说你的名字！

两个不认识的娃娃，
在电车座位上拉话，
一个被妈妈带着，
另一个跟着爸爸。

——我四岁了！
——我，比你大……
显然是吹牛，
他爸爸弹了他一下。

---

① 林焕彰.拖地板[M]//林焕彰.妹妹的红雨鞋.武汉:湖北少年儿童出版社,2018:70.
② 班马.一场越说越起劲越听越糊涂的对话[M]//李仁晓,张秋生.蘑菇·风铃·小百花:少年报社 30 年精品选.南昌:二十一世纪出版社,1997:593-595.

儿童文学的文体

——我有一匹斑马，
一顿饭吃一棵树，
它只听我的话！

——我会写"诗"，
写"诗"我最快、最好，
可以写满三张纸！

（车上的大人全都厥倒，
才明白他说的是"4"）

——上个月天天下雨，
蝴蝶的翅膀关得发麻，
都不能飞了呀，
我就请它们
全到我的房间里来飞，
飞满了整个房间噢，
我只好向前伸出手，
向后伸出腿，
肚皮贴在地上，
这样——趴着！

（他立刻就在妈妈的怀里摊平，
好像背上飞着好多蝴蝶）

——就在昨天夜里，
我用掉了全身的力气，
我去救海龟的呀，
看过电视吗？
一只海龟朝天睡在沙滩上，
翻！翻！翻不过身体来……

（他强扭着脖子学海龟，
那样子够痛苦的）

可惜，这时我下车了，
没听到他怎样帮海龟翻的身。
只听到开走的电车上，
大人们哈哈、哈哈……
好像突然来了两个
有趣的相声演员。

这首诗并不长，诗人截取了他乘坐公交车时的一个片段，却为我们惟妙惟肖地展示了两个充满活力的儿童形象。诗人从儿童言行入手，着重表现儿童思维、儿童语言与成人思维、成人语言的差异。某些时候，儿童喜好吹牛，尤其是在同龄的孩子面前。所以哪怕被爸爸弹了一下，也毫不妨碍"他"吹牛的热情，更何况这时谈论的是自己最喜欢的话题。每一个儿童几乎都有着共同的愿望，那就是盼望自己快快长大，也希望自己比其他小伙伴要大，因此不知不觉地就吹嘘起自己的年龄来。同样地，能够写满三张纸的4，也是一件值得向同龄孩子吹嘘的事儿。在嘴巴吹牛以外，两个孩子的身体也没有闲着，竭尽全力地向对方展示着自己与蝴蝶、海龟的互动。但是，如果不通过这样的动作描写，两位孩子在公交车上眉飞色舞、兴高采烈地聊天的场景，也许就很难这么形象地跃然纸上。诗歌的结尾是隽永的，留了一个颇有余味的意象。也许在每个孩子成长的当下，家人和周围的人都会觉得孩子的言行举止是理所当然的，还有点儿烦。但就像诗人下车一样，在不经意间，孩子的这些语言、举动就已经悄然和我们告别了。等到那时，童年便像诗中的公交车一样，早已疾驰而去。

对儿童而言，玩耍的乐趣、对玩耍的向往等都是重要的生活内容。慈琪的《不听话的衣裳》、约瑟夫·雷丁的《日安课本》就表现了儿童的此类思绪。

<h3 style="text-align:center">不听话的衣裳①</h3>

慈琪

老师，老师

---

① 慈琪.慈琪诗歌一束[J].少年文艺(南京),2010(2):32-33.

我真的很想进教室
可是我的裤腿
不愿意离开漂亮的跷跷板
你瞧　到现在它们俩
还紧紧搂着对方

老师,老师
我真的很想去上课
可是我的帽子
一直在等待另一顶帽子的生日贺卡
上学路上总有一辆绿色的邮车
从街的这头,到遥远的另一条街上
它老爱挂在车厢后头
焦急地寻找里面
有没有朋友说过的
森林　喷泉和金色小河

老师,老师
我的确想进教室
可是我的手套
却自己到墙角抱起破纸箱里
那只可怜的小猫姑娘
它们不停地擦掉小猫咪
委屈的眼泪珠儿
又跑了牛奶店好几趟
你瞧　干掉的牛奶渍
还呆在我的手指头上

老师,老师
我保证　回家后
马上换下这身
不听话的衣裳

为什么"我"在回家后,可以马上换下这身不听话的衣裳,就好像脱去一身的盔甲?也许在诗人的眼中,只有自己的家人才能看到自己描绘的风景,才能理解裤腿和跷跷板的友谊,才会期待来自另一顶帽子的生日贺卡,才会发现"我"为可怜委屈的小猫买来的新鲜牛奶。在诗人的眼中,生活充满着值得留意的细节,有许多物品、动物和人都值得我们去倾听。如果我们细细去寻找,就能发现我们的裤腿与那么多东西有着友谊。如果我们去阅读、去理解、去想象,就能体会邮车带来的远方信件给我们留下的浪漫情怀,就能窥见文字中更广阔的人生景色。多多体会文学中其他人的生命轨迹,让心灵的触角随着他们的喜怒哀乐而舞动,我们的心也会变得敏感而柔软。猫的哭泣、牛奶的滋味、风的吟咏将一一进入心间。在诗里,不安分的衣裳似乎成了诗人逃离课堂的借口。但她真正想要逃离的,也许是知识和规则的规训;她不想放弃的,也许是天真烂漫的权利和心灵翱翔的自由。这一切,在课堂上有吗?在我们的生活中有吗?虽然我们的课堂学习、我们的日常生活并不都是这些,但只要我们像诗人一样细细地去寻找,就能够在我们的生活中发现诗人所找到的生活的诗意。

儿童诗《日安课本》中,诗人约瑟夫·雷丁通过对孩子们两种心情的描绘,用对比的方法表现了孩子们对白天和黑夜的不同态度。"有好多/好多/道晚安的童话/让人困乏;/让人迷糊,/让人打呼噜。/可哪见/那种/道日安的课本/让人清醒,/让人发笑,/让人欢蹦乱跳?"[①]这种态度进而也影响到了他们对童话、对课本的感受。道晚安的童话连接的是孩子们面对漫漫长夜时的心情。在困乏而昏昏欲睡的时刻,童话给人的感觉似乎也就没有那么美妙了,反而显得无休无止。睡眠对于孩子而言就是在"浪费"时间。而在白天,精力旺盛的孩子们有的是欢蹦乱跳的时间,有的是欣喜若狂的机会。所以在这个时候,哪怕还要看看课本也是可以的。在白天,孩子们总是能找出玩耍的方式来,总是有更为广阔的世界等待着他们去"探索"。这首诗最为巧妙的地方在于挖掘了孩子们心底对于白天和黑夜的感受,从而改变了我们关于童话和课本的旧有印象,让诗歌具有了打破惯例而形成的新奇感觉。同时,诗人也注重诗歌形式的营造,在形式铺排中突出了儿童感受的强烈。

(二)自然题材

儿童生活在家庭之中,也生活在自然环境之中。对儿童来说,四季轮转、自然

---

① 约瑟夫·雷丁.日安课本[M]//约瑟夫·雷丁.日安课本.绿原,译.武汉:湖北教育出版社,2010:4-5.

万物也是熟悉而亲近的对象。在儿童诗中,自然题材同样是重要的组成部分。诗人通过描摹儿童对自然的观察,将儿童对自然的想象倾注在万物之上。

儿童诗常常表现儿童面对季节变化时的感受。薛涛的《四季小猪》和谢武彰的《春天》从不同的视角表现了儿童对四季变化的体悟。

《四季小猪》写的是小猪在四季中的心情。在诗人眼中,小猪如孩子般天真,努力地发掘着田野上的乐趣。《小猪,你知道吗?》是全书的开篇,奠定了这本诗集的基调。"每年/草枯了/转过年又绿了/每天/石头下的泉眼/都流出干净的水来/晴天的时候/也不常看见谁出来晒太阳/谁在洞穴里过着幸福的生活/小猪,你知道吗/大地在告诉人们一个秘密——/田野下面有很多宝藏/它让枯干的草绿了/它还流出水来灌溉田野/它养活着田鼠一家。"①大地的力量让万物得以生长,为生灵提供了水和庇护之所,诗人对大地的歌咏点明了这一点。月光倒影,谁都知道这只是一个虚幻的影子,但是小猪却执着地认为,既然月亮能够带来如水的光泽,就一定能够带来水的滋润,还联想到了嫦娥的传说,以此来证明自己的想法。"小猪/你要是渴了/不必去草叶上寻找露珠/小猪/你要是渴了/你就爬到屋顶/端起一只青瓷小碗/小猪/你不笨/想想,月亮既然水汪汪的/就一定可以滴下水来/不然嫦娥在那里喝什么呢。"②浪漫的行动有时候是不需要回报的,也许当小猪从屋顶上下来,收获了满满的快活心情时,它就已经得到了回报。当把一顶帽子举过头顶,我们相信帽子里一定已经盛满了阳光浓浓的暖意。"阳光好的时候/鹦鹉喜欢梳理羽毛/我们呢/找一个不吵闹的地方/想一想过去的事情/哪些做的不好/哪些伤了别人/把一顶帽子举过头顶/用它盛满阳光吧/给他们送去/送给野兔/送给獾和田鼠/也送给狐狸一份/虽然那件事它有责任。"③小猪想起了生活在没有阳光的洞穴里的野兔、獾和田鼠,用帽子接纳阳光就是为了给它们送过去,将阳光的温暖带到地底下,带到黑暗里,甚至带到做了坏事的狐狸身边。

在《春天》这首诗中,谢武彰为我们描绘了一个颇为诙谐的场景。当听到风的报告时,春天来了。花朵急急忙忙地想去寻找春天,却不知道原来站在枝头的自己就是春天的一部分。"风跑得直喘气/向大家报告好消息/春天来了,春天来了/花朵站在枝头上/看不见春天/就踮起脚尖,急着找/春天,在哪里/春天在哪里/花,不知道自己就是/春天。"④依仗花朵,依仗很多和花朵一样的事物,春天才能显出别样

① 薛涛.小猪,你知道吗?[M]//薛涛.四季小猪.济南:明天出版社,2009:1.
② 薛涛.月亮[M]//薛涛.四季小猪.济南:明天出版社,2009:9.
③ 薛涛.帽子盛满阳光[M]//薛涛.四季小猪.济南:明天出版社,2009:13.
④ 谢武彰.春天[M]//吴珹.世界华文儿童文学选.石家庄:河北少年儿童出版社,1995:765.

的模样来。这首诗歌虽短,但其中的逻辑关系却是十分清晰且有道理的,具有引人深思的哲学意味。风应该是春天最明显的征兆了,只有当温暖的春风刮起来,气温才会稳定地上升,一切春天的事物才会萌芽。春天不是凭空而来的,是在这一步步的推进中渐渐显现出来的。世界上的很多名词都可以细细地分化为最基础的组成部分,它们需要汇聚在一起,才能形成各自最完整的内涵。

桂文亚的《蝴蝶之歌》描绘了秋日的景色,在人与景的互动中,诗歌具有了无穷的魅力。

蝴蝶之歌①

桂文亚

傍晚

刚刚下过一阵雨

太阳披上透明桔子颜色的薄衫

出来乘凉

我手里捏着我的小风筝

走进花园

远远 远远的

草地上

停满了

哇

停满了许多许多

美丽的蝴蝶

我踮起脚尖

轻轻 轻轻地

走着

不想吓着胆小的蝴蝶

只想看看她们是不是正准备

跳舞

---

① 桂文亚.蝴蝶之歌[M]//圣野.台湾儿童诗精品选评.上海:上海辞书出版社,1997:212-213.

我踮起脚尖

轻轻　轻轻地

走着

啊

静静的蝴蝶

怎么

全变成了落叶

诗的一开始,诗人就在铺垫一步步走近"蝴蝶"时的心情和氛围。秋天,南方的天气仍然微热。夕阳西下的傍晚,捏着小风筝的"我"走进花园,走入一片宁谧的气氛之中。美丽的"蝴蝶"就是在这温润的空气中,带着生气映入"我"的眼帘。她们静静地躺在那儿,丝毫没有惊奇和不安,似乎就是在等待"我"的到来。也许正是因为落叶过于美丽,美丽得如同真正的蝴蝶一样,才让"我"产生了这个"美丽"的误会。直到诗的最后一节,诗人才将实情和盘托出,原来那些胆大而又美丽的蝴蝶是秋天的礼物,是大树的馈赠,是飘落在大地之上的落叶。也许是因为诗人曾看见过树叶从枝头悄然飘落的景象,也许是因为这些落叶记载了树的生命轨迹,所以在她的心中,这些落叶也就与蝴蝶一样,具有了飞扬的、鲜活的生命。

对于习惯了现代生活的读者来说,田园乡野的景色令人神往。雁翼的《诡计多端的星》就是一首具有乡野气息的儿童诗作。

诡计多端的星①

雁翼

我怕,我怕屋里的黑暗,

引诱来窗外的星星,

于是,我拉亮了电灯,

把黑暗赶出了窗棂。

坐下来埋头计算,

那烦人的加减乘除。

但那诡计多端的星,总是

总是偷偷向我眨巴眼睛,

---

① 雁翼.诡计多端的星[M]//雁翼.雁翼儿童诗选集.上海:少年儿童出版社,1983:17.

> 指着神秘的银河岸边，
>
> 骑着牛背的牧童……

　　诗作描绘了星空下万籁俱寂的田园夜色。在诗中，加减乘除多么烦人，作业多么地耽误"我"和星星的游戏。尽管"我"不得不坐在屋里，不情愿地拒绝把星星请到家中，但这不是真心的。窗外的广阔世界，那偷偷向着"我"眨巴眼睛的星星，那在银河边游荡的牧童，对"我"都有着极大的诱惑力。这首诗点醒我们，在现代生活的网络、电视之外，还有一个广阔无垠的自然世界，儿童的成长需要大自然的陪伴。

（三）童话题材

　　与成人诗歌相比，儿童诗中还存在一种重要而独特的题材，即童话题材。在童话题材儿童诗中，许许多多的事物都有了灵性，突破了日常生活中的固有边界，在读者的眼前呈现出瑰丽的想象中的童话世界。

　　童话不仅可以是"无意思之意思"，也可以帮助作家将道理说得更为生动明白。金逸铭的儿童诗《字典公公家里的争吵》，就是此类儿童诗中的典型作品。

字典公公家里的争吵[①]

金逸铭

字典公公家里吵吵闹闹，

吵个不停的原来是标点符号。

看它们的眼睛瞪得多大，

听它们的嗓门提得多高。

感叹号挂着拐杖，小问号张大耳朵，

调皮的小逗号急得蹦蹦跳。

首先发言的是感叹号，

它的嗓门就像铜鼓敲：

"伙伴们，我的感情最强烈，

---

① 金逸铭.字典公公家里的争吵[J].语文世界，2005（9）：19.

文章里谁也没有我重要！"

感叹号的话招来一阵嘲笑，
顶不服气的是小问号：
"哼，要是没有我来发问，
怎么能引起读者的思考？"

小逗号说话头头是道，
它和顿号一起反驳小问号：
"要是我们不把句子点开，
文章就会像一根长长的面条！"

学问深的要算是省略号，
它的话总是那么深奥：
"要讲我的作用么……
哼，不说大家也知道。"

水平高的要数句号，
它总爱留在后面作总结报告：
"只有我才是文章的主角，
没有我，话就说得没完没了。"

大家争得不可开交，
字典公公把意见发表：
"孩子们，你们都很重要，
少一个，我们的文章就没这样美妙。"

"滴水汇成了大江，
碎石堆成了海岛，
大家不要把个人作用片面强调，
任何时候都不要骄傲！"

小朋友,你听了字典公公家里的争吵,

心里想的啥,能否让我知道?

这首叙事诗的逻辑一环紧扣一环,安排得很巧妙,非常引人入胜。全诗使用号、跳、要、考、条、道、了、妙、傲等字押韵,让整首诗节奏流畅、朗朗上口。诗中,每一个标点符号都在强调自己的特点和优势,强调自己在文字表达当中比其他标点符号更为重要,同时又非常贴切地表现了各自的功用。正因为标点对各自特点的强调,全诗才能逻辑完整地发展下去。有感叹号强调自己感情强烈在先,才有问号认为是自己首先引发了读者的思考。相对于问号,逗号和顿号的出现频率更高,似乎也就更有理由骄傲,因为它们将一个个句子点开。同样出现在句子结尾的句号和省略号,显得比较高傲,尤其是省略号。各种符号都有各自的作用,但是就像诗的结尾字典公公总结的那样,这些符号只看到了自己的优点,没看到别人的优点。如果要写文章,则是不可偏颇的。因为哪怕出现频率再低的符号也不可缺少,不然就达不到表达的效果。

童话题材的儿童诗,还可以让诗人借用童话的情节来思考人生的意味。陈木城的《不快乐的想法》中,诗人用拟人的手法赋予两种生物关于房子的相反看法,"蜗牛不快乐/埋怨自己每天背着/一栋又笨又重的房子/实在太累了/寄居蟹也不快乐/每天埋怨自己没有房子/一年到头忙着找房子换房子/实在太累了/寄居蟹羡慕蜗牛/有一栋那么大的房子/蜗牛也羡慕寄居蟹/常常可以换新房子/我实在太累了/我很不快乐。"[1]诗人认为蜗牛和寄居蟹都羡慕着彼此的生活状态,但由于生理的特征,它们都无法改变自己的居住情况,这就必然会导致其陷入无休止的心灵折磨中。所以,诗中的房子是一个象征,不仅代表着房子,也代表着我们生活中所面对的、所需要的很多东西。诗人借蜗牛和寄居蟹的想法表现出人类不满足的心理状态。当人将意念全部放在自己还没有获得的东西上,而丝毫不认真对待已有的收获时,心灵的痛苦就会像这首诗中所写的一样,永远不会停歇。如果蜗牛能够听到寄居蟹的想法,能够感恩自己身上所携带的房子给予自己的安全、舒适和庇护,那么它就会过得幸福。同样,如果寄居蟹也能这样去想,那么在换房子的过程中,也许会发现生活自由变动的快乐。

童话题材的儿童诗,还能在更繁复的情节中展现对社会、人生的思考。《小妖

---

① 陈木城.不快乐的想法(外一首)[J].人民文学,1990(1):91.

精集市》①中，姐姐丽西和妹妹罗拉都听到了妖精们叫卖水果的喊声。尽管极具诱惑力，但是姐姐还是抵挡住了那些水果的诱惑，而妹妹却没有经受住诱惑。水果似乎是妖怪们最有力的武器，味道鲜美，让人情不自禁地想更多地享用它们，罗拉因而也就一步步误入迷途，将自己的头发交换了出去。水果的滋味让她被禁锢于其中，久久无法从里面出来。但这时，妖精们的声音却消失了。这样看来，人类与妖精们的买卖是一次性的，只要能够从人类身上骗取它们所想要的东西，妖精们的目的就达成了。和罗拉相反的是她的姐姐丽西，尽管每天都能听到妖精们富有诱惑力的吆喝声，但是丽西却有着坚强的意志，能够拒绝妖精们的诱惑。为了妹妹，丽西必须要去找妖精们，在此过程中，她依然顽强地抵抗住了妖精们的威逼利诱，不吃水果，只为妹妹带回了用于治疗的料汁。诗中表现的手足之情弥足珍贵。此外，这首诗中来自妖精们的水果诱惑具有广泛的象征意义。面对诱惑，选择沉沦，还是保持警醒，是我们每个人都要修炼的人生课题。

《哈默林的花衣吹笛人》②讲述了一个关于诚实的故事。哈默林市遭受到残酷的惩罚，完全是因为贪婪的官员背弃了对吹笛人做出的承诺。因此，诗人在结语中强调一定要信守我们的承诺。这首童话诗里吹笛人的笛声具有无与伦比的魔力。当笛声第一次响起时，各种美味仿佛通过笛声传递出来，召唤着老鼠们奋不顾身跳进水里；在笛声第二次响起时，孩子们同样听到了无比美妙、喜悦、欢欣的音乐，纷纷忍不住跟着吹笛人走向山洞。诗人的文字充溢着对音乐及其中所包含的神秘力量的赞扬。诗人用一个部落从地狱归来的传说来收尾，留给读者莫测的神秘感和无尽的想象空间。诗作中，朗朗上口、风趣而富有力量感的文字，瑰丽、神奇的想象，都是值得我们细细品味的。

---

① 克里斯蒂娜·吉奥尔吉娜·罗塞蒂.小妖精集市［M］//托马斯·胡德，等.英国历代诗歌选（下）.屠岸，译.哈尔滨：北方文艺出版社，2019：207-231.

② 罗伯特·布朗宁.哈默林的花衣吹笛人［M］//托马斯·胡德，等.英国历代诗歌选（下）.屠岸，译.哈尔滨：北方文艺出版社，2019：125-138.

第三章

儿童文学的语言

语言不仅是一种工具,而且还是具有思想本体价值的符号。囿于理论偏误,在理解语言的形式与思想关系时学界曾出现过将其绝对"二分"的误判。例如梁宗岱的"纯诗"观就认为语言和思想仅是形式和内容的关系,是可以"二分"的。对此,朱光潜用"平行一致"①予以批评,重申思想情感与语言艺术"一体化"的思想。为了形象地阐释语言的意涵,汪曾祺曾以"剥橘子"为例来论析这种深层结构:"语言不能像橘子皮一样,可以剥下来,扔掉。世界上没有没有语言的思想,也没有没有思想的语言。"②意识到了语言的思想本体性是一项重大的理论发现,不仅提升了语言本身的品质,而且为文学的思想研究提供了重要的视角。作为哲学的"元概念",语言具有不可分性,它是思想的"符号"和"载体",但在表述思想时,语言与思想又具有"统一性"。一旦将语言与思想置于一个整体的系统,就有效地统合了本体的内外两面,从而给文学研究带来了一场深刻的革命。简言之,语言的价值不在于其仅作为一种"工具",而在于语言本身就具有思想,没有存在于语言之外的思想。这正是传统语言学与现代语言学的分野。从语言的工具论到语言的思想本体论,可以窥见人们对于文学与语言关系的理解已上升到了一个新的层级。不过,确立了语言的思想本体性标尺却并不是以拒斥和否弃语言工具性为前提的,两者不是一种简单的可取代、替换的关系。相反,如果我们能科学理性地审思两者之间的深刻关联,就能实质性地拓展文学语言研究的深度。

---

① 朱光潜.诗论[M]//朱光潜.朱光潜全集(第3卷).合肥:安徽教育出版社,1987:91.
② 汪曾祺.中国文学的语言问题[M]//汪曾祺.汪曾祺文集(文论卷).南京:江苏文艺出版社,1993:1.

作为一种文学门类,儿童文学要借助语言来构筑文学形态。语言既是工具、媒介、材料,也是儿童文学想要传达的思想及意义。研究中国儿童文学的语言问题既要从一般文学的基本特性出发,又要考虑儿童文学自身的特殊性,而这种基于儿童文学特殊性所引发的语言之思则是最贴近本体的研究路向。本着育化"新人"的旨趣,中国儿童文学的发生发展获致了思想现代性的精神气度,同时也因致力于儿童"民族母语"的习得而具有了语言现代化的基质。思想与语言的双向发力,推动了百年中国儿童文学的现代发展。

第一节　儿童文学语言本体论

中国儿童文学语言研究不是文类的语言学研究,而是兼具语言工具性与思想本体的综合性研究。由于中国古代没有自觉的儿童文学,因而中国古代儿童文学的语言研究无法为其提供直接的依据或基础。尽管如此,中国古代童蒙读物及口传文学还是构成了中国儿童文学语言研究的"前摄"背景。在古代汉语向现代汉语转换的同一性背景下,中国现当代文学的语言研究可以为之提供"一体化"[①]的方法。但是,中国儿童文学的语言自有其特殊性,因而需要在学科化的内部持守"主体性"的标尺,以此洞悉其语言现代化的生成机制与发展动力。

目前学界的相关研究多限于在儿童文学"一域"来讨论中国儿童文学的语言议题,即从中国儿童文学的特殊性来推导其语言的特殊性,而未能从中国儿童文学与现当代文学"一体性"的基石上来审思其语言的特殊性。这种盲视"一体性"与"主体性"辩证的研究,显然有悖于儿童文学"元概念"的本体内涵。就中国儿童文学的概念而言,其意涵的内核集中在"中国""儿童"与"文学"三个关键词上。具体来说,儿童性、文学性及民族性是其最显在的特质,而文学语言正蕴含于这三个相互依存的关节点上。问题的复杂性在于,"儿童"与"文学"不是简单的修饰与限定关系,在百年中国文化语境中两者构成了多元的动态关系,由此制导了思想本体与语言审美的失衡。思想的"为儿童"与语言的"去教化"彼此纠缠,如影随形。"儿童性"和"文学性"成为儿童文学的两翼,前者因儿童本体的文化价值与时代发展的主潮契

---

① 吴翔宇.边界、跨域与融通——中国儿童文学与现代文学"一体化"的发生学考察[J].文学评论,2020(1):139-147.

合而一度高扬，而后者则遭受冷遇。班马所谓"语言并非童年思维性的真正本质"①，正是基于语言之于童年思维的非先决性而得出的结论。追本溯源不难发现，"儿童性"与"文学性"的不平衡本源于其发生的机制与语境。在发生期，文学思想的深度成为中国儿童文学的标尺，"儿童性"先于"文学性"也是儿童文学生成的机制，这种机制保障了儿童文学的现代品格。换言之，只有当儿童的问题解决了才有谈论文学语言的可能。因而，从"儿童性"优先于"文学性"的角度反思语言体系的结构性困境，是中国儿童文学语言研究的必要之径。

从现代性的角度考察，中国新文学观念区别于古典文学之处主要表现在时空意识的变化而引发的看待世界和人生的态度的变化，突出地表现为基于"天人关系"的翻转，人的主体性得到确立和张扬②。这种"时空"认识的变化以及由此产生的启蒙和救亡意识，最终使中国文学完成了由传统向现代的转型。儿童文学以"儿童"主体为书写对象，成为中国新文学"新人想象"的主战场，从而在现代民族国家想象的话语谱系中获致政治认同，与成人文学一起构筑了国家机构、血缘、地缘性的纽带无法提供的集体经验、感情共鸣与信仰基石，彰显了中国社会现代性转型中文学的社会功用性。在现代意识的推动下，"文学"不仅是一种观念，而且还表现为一种制度性的力量。"文学"学科就是在这种文学制度变革中获取自身合法性的，从而参与现代社会生活及融入现代个体、阶级、民族和国家的思想大潮。文学思想及展开的艺术想象构成了中国儿童文学的两个维度。在新旧转型的框架里，思想优先还是在很大程度上为百年中国儿童文学的现代性积蓄了能量，但也造成了思想"过剩"或"过盛"的状况。

儿童文学结构性困境是儿童无法为自己立言，被动地成为书写对象。这种要借成人作家来为儿童代言的装置显然无法抑制过剩的成人话语。不过，这种"两代人"的沟通与交流却又赋予了儿童文学更为阔大的话语空间。思想性、儿童性的优先不可避免地会挤压包括语言形式在内的艺术性，而这种受缚的艺术形式反过来也阻碍了思想的传达。在儿童文学思想性与艺术性所形成的张力结构中，如果一方力量过大，或者撕裂了这种张力结构，就必然会导向一元论的窠臼。如果不能平衡儿童性与文学性的关系，任由一方强势绽出，则会撕裂前述张力结构，导向熊秉真所谓"破坏性措置"③的理论怪圈中。为此，方卫平将其归因为中国儿童文学的

① 班马.前艺术思想——中国当代少年文学艺术论[M].福州：福建少年儿童出版社,1996：476.

② 耿传明.天人关系与中国文学的现代转变[J].中国社会科学,2013(11)：140-159.

③ 熊秉真.童年忆往——中国孩子的历史[M].桂林：广西师范大学出版社,2008：8.

"早慧"①。吴其南认为这种彰显思想性的"发明装置"在发现儿童文学时也形成了对儿童文学的"殖民"②。杜传坤则以柄谷行人"颠倒的风景"理论洞见了儿童起源"被掩盖"③的真实,认为这是制导其内部思想与艺术失范的根由。从学理上看,既然思想和艺术搭建了文学形态的张力结构,那么任何一方的作用都必不可少。对于思想性来说,其之于儿童文学的价值不言而喻,尤其是对于儿童文学精神品质的提升意义重大。在特定的历史语境中,这种思想性使其没有耽溺于艺术性的化境而自我逃遁,而是融入了中国新文学所开创的人文传统中。如果一味地强调儿童文学远离现实人生,弱化其必要的思想性,也会助长儿童文学"走弱"的颓势,显然这不符合儿童文学本体的属性。

回到儿童文学"元概念"来研究语言议题,就会发现:成人与儿童"两代人"的话语冲突与互动始终贯穿于儿童文学语言发展史中。因而,从"儿童"与"成人"的对话结构出发探究语言形态的限制与张力,是中国儿童文学语言研究的又一路向。成人作家创作的儿童文学作品在语言的风格、修辞、表达方式等方面都无法廓清"为儿童"与"为成人"的混溶状态,因而如何处理两套话语系统的冲突与互动问题也就引起了学界的高度重视。杨实诚认为儿童文学语言的独特性在于它是一种艺术语言,保留着抽象概念的本性。但考虑到儿童读者的特性,又要在艺术语言的基础上施之以"审美的具体形象"④。一味地强化"儿童性"无法洞见儿童文学丰富的语言形态。简而言之,中国儿童文学的语言是成人的语言,铭刻了成人话语的印记。但儿童文学的成人话语不能完全取代"儿童语言"的预设。毕竟儿童文学有着明确的儿童读者意识,其观照的对象也是儿童。如果不考虑儿童语言的特质,单向度地施之以成人话语的表达与渗透,其结果会使儿童远离这种文学形式。

由此看来,区隔儿童与成人的话语至关重要。但问题是,儿童文学概念本身内含着儿童与成人的混杂性。尽管儿童文学的创作者是成人,但成人必须顾及儿童特性。同时,尽管儿童文学的接受者是儿童,但儿童却仅是读者而非话语的制造者。这种错位的、非同一性的机制使得儿童文学语言更加诡谲多变,话语间的博弈和较量不断发生,这正是儿童文学语言及儿童文学自身最大的特殊性。在这方面,

① 方卫平.早慧的年代——20 世纪中国儿童文学理论体系建设回眸之一[M]//方卫平.儿童文学的审美走向.北京:中国文史出版社,2007:194.

② 吴其南.20 世纪中国儿童文学的文化阐释[M].北京:中国社会科学出版社,2012:65.

③ 杜传坤.中国现代儿童文学史论[M].北京:中国社会科学出版社,2009:33.

④ 杨实诚.论儿童文学语言[J].中国文学研究,1999(2):17-22.

朱自强"双重读者结构"①与李利芳"主体间性"②的提出,为探求儿童文学内在结构及后续语言特质提供了便利。但如何在这种对话机制中抽绎其语言特性,两位学者同样没有给予进一步的方案。不言而喻,无论是显在的读者还是隐匿的读者,儿童与成人话语声音的消长使儿童文学的语言结构出现了裂隙。这种被王泉根视为"疑难杂症"③的混杂结构必然会影响儿童文学的语言走向。由于成人话语的位阶高于儿童话语,成人话语宰制的语言系统呈现出从"语言游戏"向"话语禁忌"④的陷落。为了凸显儿童文学的主体性,贺宜曾力倡"儿童化"⑤的语言本体来消融儿童文学的内在冲突。但效果并不理想,毕竟单纯从"儿童"一个维度来整合两者的融通无法真正解决上述难题。殊不知儿童化的语言本体并不限于"自然性",也有"社会性"的质素。更何况,在前述思想优先、思想过剩的特定语境下,儿童文学语言受抑制、被束缚,儿童化语言几乎无从谈起。因而,重申中国儿童文学语言的本体性不仅要在百年中国动态文化语境下考察其发生发展轨迹,而且要在思想性与艺术性、为成人与为儿童的范畴中考量其特质,以此呈现出的语言形态及品格才真正落脚于百年中国儿童文学语言的论域。

由此说来,要廓清中国儿童文学的语言特质及演进历史,有必要弄清楚中国儿童文学思想发展的历史,在语言与思想"推力"或"斥力"的视域中深入把握语言变迁之于中国儿童文学演进的影响。寻绎学术史不难发现,以往的研究存在着诸多不足与缺憾,主要体现在三方面:一是就语言来谈语言,将语言与文学条块分割,绕开了儿童文学语言本体的基座与内核;二是多从思想和语言的关系上作宏观的理论阐释,未能系统而全面地梳理语言艺术、语言观念的变化与中国儿童文学演进的互动关系;三是多从语言艺术形态的角度来探究中国儿童文学的发展演变,未能将语言的工具性与思想本体性结合起来,没有呈现出两者在现代中国发展过程中深刻复杂的关联。基于此,从语言变迁的角度研究中国儿童文学的现代演进,有助于将内部研究与外部研究结合起来,在语言变迁和中国儿童文学演进的"同构"体系中深入把握推动中国儿童文学发展的"综合性力量"。借此,将语言的"微观研究"

———————————

① 朱自强.儿童文学的双重读者结构及其对创作的影响[J].昆明学院学报,2009,31(4):17-20.

② 李利芳.与童年对话——论儿童文学的主体间性[J].兰州大学学报,2005(1):32-38.

③ 王泉根."成人化"与少年文学审美创造[J].当代文坛,1990(3):28-29.

④ 张嘉骅.儿童文学的陷落:从"语言游戏的童年"到"话语禁忌的童年"[J].浙江师范大学学报(社会科学版),2005,30(6):30-35.

⑤ 贺宜.儿童文学创作的一个关键问题——儿童化[M]//贺宜.贺宜文集(第5卷).上海:少年儿童出版社,1988:72.

和儿童文学整体的"宏观发展"融合起来，以凸显中国儿童文学的现代质地。

第二节　儿童文学语言层次

从概念的本源看，语言是一种赋义的符号。在为物赋名的过程中，词与物之间关系得以通行的条件是"相似性"。对于这种相似性的价值，福柯认为它"使人类认识种种可见和不可见的事物，并引导着对这些事物进行表象的艺术"①。借此，"一词多义"替代了"一词一义"，词汇的再生功能就体现在有限性的语言工具敞开一个无限话语空间上。但从认知哲学的角度看，语言与物之间的关系却不是一种简单的命名关系，而是一种相互指认的知识集。即语言给物赋名，而被赋予了名字、符号的物反过来也可指认其相对应的语言。不过，对物命名远非文学语言的本体使命，表意与赋义则体现了其更为深层次的诉求。

当现代汉语介入中国文学生产后，中国文学的面貌发生了巨大的改变。具体来说，这种变化既是工具形态上的，也是思想革新上的。不过，需要明确的是，现代汉语并未丧失中国语言的隐喻性、转义性。在文学作品中，弗朗索瓦·于连钦羡的那种"迂回表达的能力"②从未消逝。同样，现代汉语也是被改造过的母语。在母语现代化的过程中，新词的产生融汇了国人现代思想的智慧。譬如"自然"一词看似在中国人的哲学中是存在的，实际上是一个西方术语，是"nature"的英译。中国古代也有"自然"的语词，最典型的出处如《道德经》中的"道法自然"。所谓"道法自然"并不是说"自然"是超越"道"而存在的一个实体或境界，实际上"道"才是最高的境界。由此，"道法自然"就解释为"道"只追随自己，不受"天""地""人"三才的干扰。这里的"自然"就是"自己如此"。如是，"自然"在中国古代就不是一个名词，而是一个形容词组——"自己如此"。这种"天人合一"的思想强调万物之间的互通性，也隐含着语言对万物之间的命名、表述、赋义的自在性。正因为天人之间的感应关系，"语言将万事万物纳于自身，使之凝结为语言空间之中的事与物"③，这也成了人通过语言工具认识世界的重要方式。

但问题是，前述语言与世界万物之间"零距离"并不一定能达至如胡塞尔所说

---

① 米歇尔·福柯.词与物——人文科学的考古学[M].莫伟民，译.上海：三联书店，2016：18.
② 弗朗索瓦·于连.迂回与进入[M].杜小真，译.北京：生活·读书·新知三联书店，1998：1.
③ 敬文东.汉语与逻各斯[J].文艺争鸣，2019(3)：97-113.

的"切合"①境界。毕竟语言与事物之间无法形成妥帖的对应关系。一般语言是如此,文学语言更是如此。既然语言形式与意义世界无法构成完全的对应关系,同一语义也可以切换为不同的词汇、短语等表层结构,那么如何处理语言文字与意义之间的关系呢?罗杰·福勒主张从作家的意图反向追索语言形式,即根据"表达其意图中的深层结构而选择表层结构"②。然而,这种"反向追索"也无法真正克服言与意之间的不对位、不接洽。事实证明,徐志摩所谓"寻求唯一适当的字句来代表唯一相当的意念"③多少带有理想主义的色彩。究其实,文学语言不是为了分析、推理事物间的秩序而出场的,它无关真伪判断,最直接服务的主体就是"文学"。换言之,文学语言的科学性、逻辑性并非其主职,这生成了"意思"与"情感"表达的分野。这也难怪陈独秀在胡适《文学改良刍议》提出"言之有物"后仍有"同于文以载道之说"④的质疑。显然,胡适对母语文学现代性的重构不是要回到古语世界,而意在推动"白话文学"向"国语的文学"转换⑤。在这里,陈独秀对胡适观念的审慎质疑本源于文学具有不依附于语言工具的主体性。不过,语言与文学的区分固然重要,但如果盲视语言"体用两重性",实难理解白话文推动者以工具变革来推动思想启蒙的辩证法。

从语言本体的层面看,文学的语言内部研究不能析离"言"与"物""意"的复杂勾连。亚里士多德的"诗学"、黑格尔的"理念"、康德的"历史理性"、索绪尔的"能指""所指"等概念的提出,都与语言的表情达意功能密不可分。也正是基于语言这种表述、描摹、叙事功能,中国儿童文学得以展开人与世界万物的关系,并形成属于儿童文学特有的概念、术语及范畴。其中,思想语词与事物语词是最为主要的两类文学语词,也成了中国儿童文学关键词研究的重要视点。而通过考察概念的发生和演变来探究思想的演变发展则是关键词研究的重心。在中国儿童文学研究领域,齐亚敏的《中国当代儿童文学关键词研究》是目前唯一一部儿童文学关键词研究的论著。不过,与一般意义上的关键词研究不同,该著所列的关键词主要分为两类:一是现象关键词;二是主题关键词。这两类关键词包括"儿童观""艺术探索"

---

① 胡塞尔.现象学的观念[M].倪梁康,译.上海:上海译文出版社,1986:8.

② 罗杰·福勒.语言学与小说[M].於宁,徐平,昌切,译.重庆:重庆出版社,1991:12.

③ 徐志摩.话[M]//徐志摩.徐志摩全集(第3卷).北京:中央编译出版社,2014:29-30.

④ 陈独秀.答胡适之[M]//陈独秀.陈独秀文集(第1卷).北京:人民出版社,2013:176.

⑤ 杨经建,伍丹.从"白话文学"到"国语的文学":胡适对母语文学现代性复兴的"尝试"[J].中国文学研究,2020(4):135-143.

"畅销""阅读""成长""教育""时代""童心""父子"①等。应该说,这些提炼概括出的关键词确实与中国当代儿童文学密切相关,也贴近"当代中国""儿童文学"的语境及状况。不过,关键词研究毕竟是以"概念"本体为出发点的,非概念的词不能算作关键词。齐著所列的一些关键词并不属于"元概念",而是已经经过多次转喻或引申的关键词,这种关键词研究无法作历时的研究,也难以作意义生成、演变和发展的研究。例如"儿童观",它属于思想观念,儿童观对于儿童文学的生成、发展产生了非常重要的影响。但是,落脚于中国当代儿童文学,儿童观这一概念具有"当代性",对于此前国人的儿童观本不具有"知识考古"的义务。但关键词研究注重的是对概念的历史生成与当代演变的梳理,因而齐著就只能勉为其难地单列一节"儿童观的历史"。解决了历史生成的问题后,儿童观的当代发展应为题中之义。遗憾的是,齐著却依然纠结于"童心说""教育型""儿童本位"等"旁逸斜出"的概念、术语,并未对中国的儿童观作出一个切近"当代"的叙述。因而这些词语是脱离概念本体的、"不关键"的关键词,"和普通的儿童文学理论问题研究没有区别"②。关键词研究不是"名词解释",它要考究字词的关系性与历史性,"共时"关系与"历时"演化都不可偏废。更进一步说,关键词表面上是语言问题,实际上也是思想问题。其中,思想、文化、生活与语词之间的表征与本质之争是学界研究的热点,也为中国儿童文学关键词研究提供了较为开放的话语空间。

与此前相比,进入20世纪后,西方学界最为显在的变化是从"认识论"向"语言论"转向。受索绪尔的影响,学界普遍用语义分析来解决哲学等其他领域的问题,倚重的是语言的主体性、话语性。即如何运用语言来表述主体对于世界本质的看法。就语言的表意而言,"懂"是人际交流与对话的前提,儿童文学阅读也概莫能外。尽管阅读新文学作品的读者不是毫无阅读基础之人,但是新文学作品的创作也不能完全无视读者的接受状况。在讨论"什么是文学"时,胡适曾用浅近的话作了说明,文学的三个要件之一就是"明白清楚",也即其所谓"懂得性"③。不过,胡适的这一界定是从语言文字"达意表情"而言的,如果产生误解、"不相信"或"不感动",显然有违懂得的本义。在《什么是文学?》中,朱自清援引了胡适所谓文学的"三性",并进一步将"懂得性"概括为"条理清楚,不故意卖关子"。唯有做到这一

① 齐亚敏.中国当代儿童文学关键词研究[M].北京:中央编译出版社,2015:1-3.

② 高玉.文论关键词研究的多重维度[J].中国社会科学,2019(8):149-165.

③ 胡适.什么是文学:答钱玄同[M]//胡适.胡适文集(第2卷).北京:北京大学出版社,2013:136.

点,文学才是"好的""妙的""美的"①。在语言的表情达意方面,鲁迅的观点与胡适颇为类似,他主张学习儿童的语言,并将"明白如话"确立为白话文写作的目标,"从活人的嘴上,采取有生命的词汇,搬到纸上来"②。然而,胡适、鲁迅所论及的语言要义看似具有常识性和普遍性,但并不被所有流派视为典范,尤其是在后现代主义者看来就稍显呆板,也限制了想象的自由。

一直以来,儿童文学语言给人的刻板印象是浅易性,好像那些艰涩、难懂的语言无法进入儿童文学的话语系统。佩里·诺德曼曾指出:"儿童文学可被理解为通过参照一个未说出来但隐含着的复杂的成人知识集而进行交流的简单文学。"③简单文学容易让儿童接受,但并不意味着儿童文学就是简单文学。细究儿童文学分层的状况就不难发现,处于"两端"的少年文学和幼儿文学的语言差异最大。如果说幼儿文学注重语言的浅白、易懂,那可以理解。但对于少年文学来说,可能情况并不是这样。更何况,儿童文学与成人文学的区别,并不是以语言的"深浅""难易"作为主要标尺的。林良将儿童文学的语言理解为"浅语的艺术",曾得到了学界的充分肯定。我们可以说"儿童文学是浅语的艺术",但反过来诘问:用浅语写就的作品就一定是儿童文学吗? 显然,这里存在着并不自洽的逻辑。林良所谓的"浅语"并非一种简单、"小儿科"的语言,而是一种经过"艺术的处理"④的语言。这种经过"艺术的处理"的语言是检验作家是否具有儿童文学创作禀赋的试金石。甚至,关于"浅语"的艺术可以这样理解,儿童文学创作还须具备一种"小中见大"及"见微知著"的能力。

新时期以来,中国儿童文学经历了从"写什么"走向"怎么写"的转变。关涉语言"懂"与"反懂"的讨论也随着儿童文学主体性回归而成为学界的热点。从学理上分析,班马、梅子涵、金逸铭等人的新潮手法本源于其对模式化的"先行结构"的反叛。当儿童文学"回到文学"自身后,这些先入之见的理解范畴不再是儿童文学创作的必要条件,这必然会激活儿童文学创作的自由、开放的天性。诚如班马所说,当时新潮小说关注于艺术本体的热情超过了对儿童读者"接受"客体的考虑。不

① 朱自清.什么是文学? [M]//朱自清.朱自清全集(第3卷).南京:江苏教育出版社,1988:160-161."

② 鲁迅.人生识字胡涂始[M]//鲁迅.鲁迅全集(第6卷).北京:人民文学出版社,2005:306-307.

③ 佩里·诺德曼.隐藏的成人:定义儿童文学[M].徐文丽,译.北京:中国社会科学出版社,2014:215.

④ 林良.浅语的艺术[M].福州:福建少年儿童出版社,2017:23.

过,尽管如此,班马却认为这是一种主动性的探索,远比维持惯常接受水平空喊"看不懂"的人要更具解决问题的气质①。与"看不懂"相对应的概念范畴是"可读性"。可读性实质是读者进入文本的前提,是打开理解之门的钥匙。儿童文学作家和读者之间"相处融洽"固然重要,但将儿童文学的"可读性"推至为未来读者也是不可取的。言外之意,儿童文学尽管是指向未来的文学,但这并不意味着要以一种"未来投资"的"冒险"来隔离当下儿童读者的阅读。有感于小说离生活太近、童话离生活太远的现状,张之路巧用怪诞的方式来写比较沉重的话题。他所选的角度和位置是"不远不近",由此造成一种真真假假、虚虚实实、似是而非的氛围。然而,他还是希望"严肃的文学作品也具有可读性,尤其是儿童文学"②。回到"看不懂"的概念,那些批评探索作品"看不懂"的观点只是从作品语言"看不懂"的角度来阐发的,而对于少儿读者自身"看不懂"却缺乏必要的反思,这显然又是不恰当的。

由上可知,儿童文学并非一种浅易的"看得懂"的文学,而成人文学也非一种深刻的"看不懂"的文学。关于这一点,认为《鱼幻》"看不懂"的批评者似乎没有注意到作家班马那句话所蕴含的真实意图:"儿童文学中传统标准对'儿童水平'的颂扬,是一种美学失误。"③这即是说,这种探索对于过去俯就儿童接受水平,过于"低幼化""走弱"的思想艺术观念是一次有意义的纠偏,进而激活儿童文学"元概念"中成人作家认识事物和艺术审美能力。当然,那些打着"探索"旗号来取悦读者,或者认为"看不懂"才是探索的看法也是不科学的,其结果如洪汛涛所说把"探索"的名声弄坏了④。探绎儿童文学"看不懂"的语言书写,就会发现:早在丁阿虎的《今夜月儿明》发表后,其所表现出的"朦胧的爱情"就遭致了批评家的否定。苏叔迁就认为这是赞成早恋的"障眼法",是一种"历史的倒退"⑤。

不过,苏叔迁并没有就"朦胧"或"看不懂"的形式展开论述,其批评的立足点只是在思想层面上,也没有从语言形式与思想的关联来辩证考察"朦胧"等艺术形式问题。较之于苏叔迁,朱自强的批评往前跨越了一步,其《新时期少年小说的误区》从读者的分层角度来考察"看不懂"所制导的"创新贫血"症候⑥,但依然停留在新潮

① 班马.你们正悄悄地超越[M]//方卫平.中国儿童文学大系·理论(三).太原:希望出版社,2009:26.

② 张之路.打架的风度[M].上海:上海人民美术出版社,2009:93.

③ 班马,楼飞甫.关于《鱼幻》的通信[J].儿童文学选刊,1987(4):55-56.

④ 洪汛涛.童话一九八八[M]//方卫平.中国儿童文学大系·理论(三).太原:希望出版社,2009:74.

⑤ 苏叔迁.早恋,不宜提倡[J].儿童文学选刊,1984(5):63.

⑥ 朱自强.新时期少年小说的误区[J].当代作家评论,1990(4):91-99.

作品的语言形式层面,未能返归儿童文学"元概念"来考察"看不懂"背后的真正根由。被朱自强称为"斑马们"之一的探索作家金逸铭,也因《长河一少年》淡化情节、视角变幻、时空交叉所带来的"看不懂"而受到批评。此外,冰波的《窗下的树皮小屋》《毒蜘蛛之死》《如血的红斑》因涉及"死亡"而笼罩了一层更为浓厚的哲学意味,那种走向少年儿童内心的梦幻、虚无及生命的力量也超越了一般意义上的儿童文学。由此看来,探索性作品"实现超越"似乎忽视了儿童文学语言形式上的特殊性,进而成为作家孤芳自赏的艺术品。不过,学界也有学人为这种探索小说辩护。吴其南不同意朱自强等人对探索小说所列的诸多"误区"的说法,认为这是"拿一般儿童的标准去要求它"①,进而低估了少年儿童审美水平及少年文学的艺术品位。

关于文本与接受者之间"隔"与"通"的问题,作家梅子涵提出"儿童小说实际上是少年小说"②的观点,似可为解答该议题提供启示。之所以认定"儿童小说是少年小说",梅子涵的理由是儿童小说包罗了儿童丰盈的精神世界,不只是停滞在低幼的启蒙阶段,而恰是少年"对于幼稚的明显摆脱和对于成熟的明显跃进"的过渡性特性符合儿童小说的真实内涵。按照梅子涵的逻辑,读者或批评家大可不必谴责儿童小说采用的意识流手法或呈现的深刻哲思,因为少年读者对这种司空见惯的艺术形式已经不陌生了。如果梅子涵的观点成立的话,那么"看不懂"只针对低幼读者而言,对于少年读者情况则不一样。然而,必须正视的是,少年尽管有贯通幼儿与成人的过渡性特征,但以少年小说来替换儿童小说显然又是不合理的,儿童小说不仅描写少年,而且还描写未及少年的幼儿,将幼儿那一部分群体挪移出儿童文学的范畴是没有科学依据的。关于这一议题,陈伯吹的考虑显得更为周密,他意识到了儿童文学"普及"与"提高"的矛盾,在肯定中国儿童文学的诸多"突破"("提高")时,也表达了对于"普及"困境的诸多忧虑,尤其是对"成人的儿童文学"或"写儿童的成人文学"③趋势的警惕。

事实上,关于探索小说"看不懂"的问题不是简单的"儿童化"与"成人化"之争,而是由儿童文学语言形式创新所衍生的"新"与"旧"文学观念的论争。同时期成人文学领域的先锋小说也有类似"看不懂"的讨论,先锋小说以隐匿的"语言革命"来

① 吴其南.错位的批评——读《新时期少年小说的误区》[M]//吴其南.代际冲突与文化选择:吴其南儿童文学文论.兰州:甘肃少年儿童出版社,1994:161.

② 梅子涵.儿童小说实际上是少年小说[M]//蒋风.中国儿童文学大系·理论(二).太原:希望出版社,1988:897.

③ 陈伯吹.论儿童读物与儿童文学[M]//陈伯吹.陈伯吹文集(第4卷·理论).上海:少年儿童出版社,1998:406.

助推思想拓新,其"语言反抗"力图重组叙事话语,来维持文学话语的"独立性"①。当我们将儿童文学领域的探索小说与成人文学领域的先锋小说比较时,"看不懂"的背后潜藏着如下疑问需要进一步深入分析:班马等人的少年小说是对西方现代派的临摹,还是突破艺术规律的探索性创新? 是跟随成人文学先锋创作的余绪,还是儿童文学全新思想艺术的创构? 这种疑问恐怕不是简单的肯定或否定就能解决的,中间夹杂着两种文学归并与疏离的多种可能性。评论家批评探索小说的"晦涩"或"看不懂"的原因是"无视儿童",实际上也牵扯到了儿童文学的创作风格及社会性认识功能等问题。现实主义是否是儿童文学的创作主流原本并不是一个问题,但在强化"为儿童"等教育功能时,现实主义的创作风格、贴近现实生活的写作往往就成了"贴近儿童"的具体表现。如果从少年儿童的阅读需要的整体性看,强化当代社会问题和明确的意义指向并非其阅读期待的全部,也非缩小文本与少儿读者距离的唯一途径。现代派艺术和幻想性的文学作品淡化现实却依然能获得少年读者的喜爱,以"看不懂"来拒斥非现实主义探索的看法,显然又是站不住脚的。

自康德关于"知""情""意"三分说以来,以审美为主导的文学成为一个相对独立的概念。尽管相对独立,但文学却并非绝缘体,在不同的历史语境下文学与外部的联系始终以各种各样的形态呈现。在这种历史化的关系结构里,"结构的内聚力与吸附力使一批关系按照既定的模式正常运转,各种事物因此得以发挥其现有的功能"②。因而担心文学无法区别于其他事物而导致文学的终结纯属多虑。辨析百年中国儿童文学"物""言""意"的关联,意在超越"非文学"与"超文学"的本质主义偏误,力图切近"儿童""儿童语言""儿童文学语言"的本位,来思考"写什么"及"如何写"的原点问题。同时,返归儿童文学"元概念",尤其是在成人与儿童"代际话语"转换的基点上探求中国儿童文学语言的主体品格,以期为整体探究百年中国儿童文学与现当代文学"一体化"研究提供全新的视角。

 ## 第三节 儿童文学语言整体观

研究中国儿童文学的语言问题,不能脱溢儿童文学的本体,但也要有走出自我封闭系统的意识与胸怀。"回到儿童文学本身"并不意味着僵化地固守本位,而是要在世界儿童文学与百年中国文学的整体格局中来定位、融通。早在 20 世纪 80 年

---

① 何锡章,鲁红霞."先锋小说":文学语言的革命与撤退[J].学术月刊,2008,40(9):92-95.
② 王伟.文学性、反本质主义及空间转向[J].文艺理论研究,2012,32(5):139-144.

代,刘厚明就提出了超越自我本质主义的"推墙"①理论。落实到百年中国的境域里,如果不能洞悉中国儿童文学与现当代文学"一体化"的发生机制,不通晓语言运动、语言变革在新文学体系中的整体运作,以及儿童文学在其中所扮演的角色及功能,那么这种研究也难免会出现学理上的偏误。这启示我们有必要对儿童文学语言变革的背景、机制与过程等议题加以特别的关注,尤其是将其置于国语教育的现代学科化体制下来考察,以显现儿童文学语言发展的内在肌理。这种理论的自觉能有效规避新文学一体化概念遮蔽其相对独特的语言主体性。循此,从思想现代化与语言现代化融合的角度出发,在"说什么"与"怎么说"的轨迹中开掘中国儿童文学语言的现代品格。

"儿童"分龄的特点必然带来儿童文学内部的分层,而这种不同分层类型又具有不同的思想和语言特性。从内部分层的结构看,中国儿童文学语言呈现出多元共生的形态。早在 1920 年,就有学者根据儿童年龄的分段划定了不同的儿童文学文体。遗憾的是,当时并未细化儿童文学的具体形态。如果不加区分,不仅无法按照年龄来配置相应的儿童文学作品及文体,而且会造成语言混杂与禁忌等理论难题。具体而言,幼儿文学、童年文学和少年文学有着不同的语言特征,因而要分而论之。其中,幼儿文学与少年文学的语言差异性最大,而童年文学则因"过渡阶段"的定位而呈现语言模糊的特性。黄云生曾忧虑儿童文学的细化会导向"一排碎块"②即源于此。但"分层"并不意味着"断裂",反倒是有效地勾连"碎块化"与"整体感"更为迫切,关联着百年中国儿童文学语言的整体研究。于是,在分层、分化的基础上融通儿童文学与成人文学的关系,是开启中国儿童文学语言复合性研究的理论前提。

从"分层"向"整合"转换体现了儿童文学界明晰的学科本位意识。确实,如果不能正视儿童文学内部的分层分化,那么很难深层次观照儿童文学的外部拓展融合。有感于儿童文学分层的现状,学界出现一种以"成长文学"来填平儿童文学与成人文学之间"灰色地带"的观点。不过,需要指出的是,这种以成长的整体性取代成长的阶段性的观点势必会弱化儿童文学的独特性。从青春文学的整体背景看,少年文学可视为融通儿童文学与成人文学的"过渡性"标本。但正如白烨所认为的,按读者年龄来配置文学类型有些"粗线条",儿童文学与成人文学缺乏沟通势必

---

① 刘厚明.推倒这堵墙——编余札记之三[M]//贺宜.儿童文学研究(第 19 辑).上海:少年儿童出版社,1985:81.

② 黄云生.关于一个经典性论点的再思考[M]//黄云生.黄云生儿童文学论稿[M].桂林:漓江出版社,1996:210.

带来"并不对位"的症候①。这种"不对位"本身就表征了少年读者的多元化、过渡性的年龄状态。想要弥合儿童文学与成人文学之间的沟壑，有必要考虑少年的年龄特性，从青春、成长等议题来勾连两种文学，破除断裂和分层所带来的文学世界的隔绝。由是，有学者提出，在儿童文学与成人文学间增加一种成熟的"青春文学"，从而丰富、补充和完善"文学链"②。从概念上看，"青春文学"是那些早慧的作家创作的文学。这决定了青春文学并不等于儿童文学。其缘由是儿童文学的创作者是成人而非儿童。从读者接受的角度看，青春文学以同代人聚焦的青春作为书写对象肯定能得到少年读者的认可。但问题是，这种同代人的相互抚慰并不意味着青春文学可以替代儿童文学。成人或成人作家的"缺位"是青春文学无法回避的局限，对于儿童文学而言，这种缺位同样也是一种文化的"失职"③。无论是写校园青春还是残酷青春，单向度的青春消费显然失之放纵，而适当的成人化的参照与介入能修正上述缺憾，使之更好地为少年读者提供精神食粮。从这种意义上说，加入了成人或成人社会的参照，不仅扩充了观照视域，而且也深化了其本体的思想容量。儿童文学界对于青春文学褒贬不一，但不管喜欢与否，都无法锁闭青春文学与儿童文学的融通。诚然，少年文学中少年的人生经验和社会认知非常接近成年，青春期的故事划归到广义的儿童文学中也不无道理，只不过，这种青春期故事于儿童文学所预设的幼儿读者而言却显得不合适了。其中存在着以部分代替整体的归类逻辑，但尽管如此，立足于少年文学的中间状态来审思两种文学的关系还是恰如其分的。如果将青春文学理解为儿童文学向成人文学转化的中间形态，那么这里的儿童文学应是狭义的概念，特指幼儿文学和童年文学。之所以不包纳少年文学，是因为少年文学中含有青春文学的诸多质素，但不等于青春文学本身。随着"80后"文学的崛起，青春文学才真正从儿童文学、通俗文学等门类中分离出来，成为一个低龄化写作的、特定的文学门类。按照传统儿童文学观念，低龄化写作或儿童写作并不能算作儿童文学，因为这种"同代人"的书写模式与传统"两代人"的交流模式存在着极大的差异。低龄化写作体现了"早熟"的作家心理与稚拙的儿童本体的错位，这种错位带来的疼痛感也使他们"走到了悬崖的边缘"④。而此时再以青春文学作为"节点"来融通儿童文学与成人文学就显得不合时宜了。

① 白烨，张萍.崛起之后——关于"80后"的答问[J].南方文坛，2004(6)：16-18.

② 高玉.光焰与迷失："80后"小说的价值与局限[J].中国社会科学，2012(10)：141-158.

③ 李敬泽.儿童文学的再准备[N].人民日报，2015-07-17(24).

④ 徐妍.凄美的深潭："低龄化写作"对传统儿童文学的颠覆[M]//方卫平.中国儿童文学大系·理论(四).太原：希望出版社，2009：151.

除了内部分层而衍生的语言多样性外,与成人文学相比,中国儿童文学语言的特殊性还体现在"谁的语言"上。对于成人文学来说,"谁的语言"并不是一个需要厘定的问题。由于成人文学创作主体的包容性,"谁的语言"不言自明。但是,儿童文学却并不一样。儿童文学的创作主体是成人,而接受主体却是儿童。这种主体的代际错位必然会造成"表述谁的语言"的两歧,在"如何叙述语言"的问题上陷入两难困境①。其中必须经历儿童与成人"两代人"的沟通过程,远非成人"仿作"或"替代"儿童语言就能解决的。"仿儿童语"的出发点是考虑到了儿童的接受状况,但效果却并不理想。事实上,"演小儿语""仿儿童语"只是一种不切实际的策略,无法替代儿童语言本身。表述语言的背后是主体的话语,"意识形态借由语言生成,并且存在于语言之中"②。由此看来,儿童文学内隐着代际话语的意识形态。在研究中国儿童文学语言问题时,必须考察"隐藏的成人"与"预设的儿童"的并置共在,从两代人语言转换与话语交流的基础上破除单一性的话语政治,从而辨析复调声音的构成及背后所隐伏的话语关系。

如果说儿童文学内部分层带来了语言研究的多重空间,那么儿童文学跨学科则拓展了其语言研究的新天地。就文学内部的跨界而言,中国儿童文学的发展离不开百年新文学的引导和推动,儿童文学语言变革接榫了新文学语言运动的传统,也在很大程度上影响了新文学的语言革新。在此结构中,词义的转变实质上反映了现代中国文化与政治权利的转换。五四时期的白话文运动有效地破除了"言文不一致"的弊病,白话文所具有的"口语性"则契合了儿童文学的现代发展,"应被看作是儿童文学发生的标识"③。更进一步说即:新旧思想的更替催生了语言变革,而语言的变革又有助于新思想的传达。从文学革命到革命文学再到抗战文学,人的主题被切换为阶级主题、民族主题。这种主题的转换并不意味着人的主题的淡化,而恰是人的主题的深化及具体化。在语言大众化的推动下,儿童文学语言由五四时期"浅易化""口语化"转向"现实化""政治化"。中华人民共和国成立后,儿童文学被纳入"国家文学"的范畴,借助语言的表意功能、政治修辞表呈了儿童文学的政治文化。其中,语言的表意功能与政治意识形态的"道德内指"表现为同一性的特

---

① 吴翔宇.中国儿童文学"母语现代化"重构的逻辑与路径[J].广西民族大学学报(哲学社会科学版),2021(5):147-152.

② 约翰·史蒂芬斯.儿童小说中的语言与意识形态[M].张公善,黄惠玲,译.合肥:安徽少年儿童出版社,2010:8.

③ 朱晓进,李玮.语言变革对中国现代文学形式发展的深度影响[J].中国社会科学,2015(1):138-160.

点,出现了"洁化"叙事的语言倾向。新时期以来,儿童文学突破"教育工具论"的束缚,确认了儿童文学具有多元的价值功能和美学特征。在"返归本位"的呼吁下,儿童文学的语言形式也逐渐回归到"儿童文学是文学"的本位上来。在摆脱"成人中心论"羁縻的同时,确认了以儿童内心精神机制为基准的、具有本体意识的儿童文学语言审美体系。当然,尽管受新文学的引领,但中国儿童文学并非现当代文学的"副本",儿童文学语言也与现当代文学语言有着差异性,呈现出具有鲜明辨识度的儿童文学本体性。尤其是在童话、图画书这两类专属文体中,儿童文学语言更是自成一体。

与中国现当代文学无异,中国儿童文学语言现代化有两条相互参照的途径:一是从中国古代获取语言转换的资源,这属于民族语言内部转译;二是从域外获取内化的资源,这属于语际的转译。前者是一种"攫内"的现代转换,后者是一种"趣外"的中国式转换。两种资源"互为他者"①,对于中国儿童文学语言变革起到推动作用,反过来儿童文学语言的变革也会推动其对于两种资源的化用。因而,从外源性上廓清中外儿童文学之间的授受关系,在内源性上揭示其与中国传统资源的深刻关联,关注历史化中儿童文学民族性立场的定基作用及语言转译自身的知识谱系等诸多问题,构成了中国儿童文学语言研究的核心内容。从母语内部转译看,儿童文学的改写持守着现代性标尺,"把文言译成白话"②,在充分的"儿童化"与"文学化"后实施"国语的制作"。从跨语际译介看,儿童文学转译则恪守民族性的过滤机制,将域外资源进行中国化,内化为适合现代儿童身心发展的思想资源。与此同时,内外资源转译不是各行其道的,两者的互鉴融通对于研究中国儿童文学语言的现代化意义重大。

诚如德国学者洪堡特所说:"语言仿佛是民族精神的外在表现;民族的语言即民族的精神,民族的精神即民族的语言,二者的同一程度超过了人们的任何想象。"③从民族国家建构的高度看,统一国语与言文一致的书面制度关乎民族的生存与未来。这种价值用蔡元培的话来说即"对于国外的防御"④。尽管蔡元培没有论

① 吴翔宇.百年中国儿童文学跨学科拓展的依据、路径与反思[J].学术月刊,2020,52(7):146-154.

② 魏寿镛,周侯予.儿童文学概论[M].上海:商务印书馆,1923:33.

③ 威廉·冯·洪堡特.论人类语言结构的差异及其对人类精神发展的影响[M].姚小平,译.北京:商务印书馆,2011:52.

④ 蔡元培.在国语讲习所演说词[M]//蔡元培.蔡元培:讲演文稿.北京:中国画报出版社,2010:119.

及国语防御国外的具体方略，但他还是有意将"对外防御"与"对内统一"结合起来，致力于从语言的层面来构筑其国族想象。必须指出的是，汉语形象的确立并不是以牺牲语言变革为代价的，那种打着护卫母语形象旗号阻碍语言现代化的做法是错误的。中国儿童文学母语现代化立足"儿童发展"，深植于百年中国现代转型的动态文化语境，并与成人文学一道力证了王一川"文学是汉语形象的艺术"①的论断。中国儿童文学与现当代文学语言议题的深刻关联，不是语言"量"的机械扩充，而是母语现代化"质"的生成，进而刷新了百年中国文学的汉语形象，为百年中国文学的语言研究打开了全新的理论视窗。

---

① 王一川.汉语形象与文化现代性问题[J].文艺研究,1999(5):34-45.

第四章

儿童文学的理论

　　文学史、文学理论和文学批评是文学研究的三大板块,三者并不孤立,而是相互关联的整体系统。作为文学的一种子类,儿童文学也内含上述三大板块。由于设定了"儿童"这一定义项,儿童文学史、儿童文学理论和儿童文学批评具有了相对独立的个性及特质。然而,儿童文学并不是一个不证自明的概念,学界对此概念的界定历来众说纷纭,因而如果不能廓清儿童文学这一"元概念",实难真正把握上述三者的内涵及相互关系。在中国儿童文学学科化的过程中,专业和专职的作家、批评家、翻译家逐渐出现,儿童文学创作、儿童文学翻译和儿童文学理论批评也因学科界分而分属不同的学科和部门。彼此间的分野和界限出现后,其一体化的机制不断弱化,儿童文学也因这种"分科立学"的制度而逐渐失却了一体化的协作与关联。追本溯源,"儿童"是探究儿童文学及儿童文学理论的基点。相对于西方而言,中国学界的儿童研究较为滞后,儿童教育学、儿童心理学、儿童文化学、儿童人类学等学科体系中很难找到文学的范例。不解决儿童研究与儿童文学理论融合的问题,不仅无法明确儿童文学的本体问题,而且无法聚焦儿童文学本体来开展儿童文学理论等相关研究。

第一节　儿童文学理论的基点

　　儿童文学是否需要或拥有文学理论,这原本是一个不需要讨论的问题。作为文学大家庭的一员,儿童文学理应具备相关的理论范畴、概念与术语。然而,学界长期存在着一种弱化儿童文学理论的偏误,认为儿童文学是"小儿科",只是文学的

初级形态,儿童文学理论也就是一般文学理论的"简化"。由是,被降格的儿童文学配置出矮化的儿童文学理论,文学理论似乎很难在这种思想简易、语言浅显的儿童文学中找到"用武之地"。从"文学理论是关于文学的理论"的描述逻辑看,儿童文学是需要理论并且具备理论品格的。但遗憾的是,学界却没有廓清儿童文学与文学理论的深层关系。一种非理性的认识是,文学与理论是相互排斥的,甚至不能相容。确实,文学话语与理论话语有较大的差异,以理论话语粗暴地介入文学的阐释或批评难免折损文学的自足性。对此,桑塔格提出"反对阐释"的动因在于规约理论"阐释的自大"①。张江提醒人们警惕那种背离文本话语、以前置立场裁定文本意义的"强制阐释"②,亦可如是观。围绕伊格尔顿《理论之后》所展开的"反理论""理论的死亡""理论的终结"等讨论,则源于对"理论的帝国时代"那种"没有文学的文学理论"的反思③。在《全球化时代文学研究还会继续存在吗?》中,米勒所提出的著名的"文学终结论""文学研究从来就没有正当时"④论说,实质包含着对撇开理论单纯去研究文学的隐忧。显然,上述观点关涉了文学理论的宽度与限度,并不否弃文学理论本身,而是在尊重文学本体的前提下进行理论阐释的省思。如果不加限制地任由理论强势介入,容易越过文本衍生文学理论的过度理论化,文学性就很难得到保障。而缺失了主体性的文学显然无法为文学理论提供阐释的土壤,进而致使文学理论失效。关于这一点,儿童文学也概莫能外。

尽管文学理论的阐释是有限度的,但并不意味着要切断理论与文学之间的联系。事实上,两者是相互依存的关系:一方面,文学的生产得益于思想观念的外化,完全不依赖思想及理论的文学创作是很难想象的;另一方面,理论的发生发展也要借助文学来推动,文学为理论的阐发提供了施展的场域。进一步说,文学既是感性的、形象的世界,又是理性的、思想性的意蕴世界,这决定了文学话语与理论话语的不析离性。落实到中国儿童文学理论的语义场,"儿童"的主体性认知深刻地参与了儿童文学及理论的发生发展,对于"完全生命"的儿童的关注锚定了儿童文学的思想性。此时,儿童文学理论附着于儿童生存与发展的全过程,为儿童文学辨认方向提供了科学性的理论支撑。班马倡导一种突破"自我封闭系统"的儿童文学,意

① 苏珊·桑塔格.反对阐释[M]//苏珊·桑塔格.反对阐释.程巍,译.上海:上海译文出版社,2018:14.

② 张江.强制阐释论[J].文学评论,2014(6):5-18.

③ 邢建昌.后理论及其相关问题[J].河北师范大学学报(哲学社会科学版),2021(1):93-103.

④ J.希利斯·米勒.全球化时代文学研究还会继续存在吗?[J].国荣,译.文学评论,2001(1):131-139.

在重构儿童文学理论的主体性[①]。自此,基于儿童与成人"两代人"对话交流的儿童文学理论范型也逐渐展开。

需要指出的是,在文学文本中,思想不是直接显现的,"常被文学思潮、文学批评、文学理论等观念所笼罩或遮蔽,被掩藏于与之相关的各种观念和概念之中"[②]。这样一来,文学思想无法获得主体性的价值,其与文学理论的关系也经常扭结在一起。文学理论确实具有逻辑性、思想性的特点,但因添加了"文学"的属性而使这种理论不是特定意识形态的代称,而是指向文学领域的理论方法与学理路径。换言之,因为文学的在场,使得理论脱掉了过于概念化的外壳,重拾感性的、具体的思想经验。同样,理论的绽出有助于超越那种完全依靠单纯的感性经验获致文学性的局限,从而赋予文学活动更为深邃的科学性。包括儿童文学在内的文学都不是固化的结构,而是一种敞开的可能性的阐释世界,其意义生成有赖于文学理论的推动。

理顺文学与理论的关系有助于打破过于"文学化"或"理论化"的偏颇,在一个相互融通的基石上实现两者的双向互动。过于"文学化"会销蚀理论的有效性;过于"理论化"则会挥霍文学的主体性。从这种意义上说,任何一方都不是超然物外的"立法者",理论为文学立法需要遵循协商与对话的原则,如果将文学抽绎为概念,不仅简化了文学的丰富性,而且也确证了理论的无效。中国儿童文学长期以来"走弱"的态势,使其理论意识淡漠,"简单"的儿童文学加上"抽象"的理论后容易给人一种不对位之感。事实上,厌弃和抽空理论显然有悖于前述文学与理论相互依存的事实。儿童文学看似简单,但其发生却依赖于思想性的优先介入。儿童文学的发生源于"儿童性"的确立,只有儿童成为一个独立的主体,与之匹配的文学才具有合法性。因而,针对"儿童"主体而衍生的儿童观就显得尤为重要,儿童性的优先奠定了儿童文学发生的思想基础。这也难怪有论者会认为,中国儿童文学的发生,理论先于创作。对于儿童文学来说,文学理论不是简单的"要不要"的问题,而是一个"如何是"的议题。由是,那种拒斥儿童文学理论的看法是站不住脚的。

要科学地运用理论来理解儿童文学,必须要深刻地把握儿童文学的基本特性。否则,理论的阐释与运用是脱离对象的,想要找到适用于任何文学门类的普适性理论也是徒劳的。既然没有先验的文学理论资源可直接借用,那么可把握的只有文

---

① 班马.对儿童文学整体结构的美学思考[M]//蒋风.中国儿童文学大系·理论(二).太原:希望出版社,1988:664-665.

② 王本朝.中国现当代文学思想史的对象、理念及方法[J].甘肃社会科学,2020(5):14-21.

学本身。文学种类繁多,文学理论的方法与路径也不会趋同。儿童文学理论的生成有赖于"儿童文学"作为一种独立文学形态的自主性。在中国,儿童文学的学科化起步较晚,儿童文学长期混杂于儿童学、人类学、民俗学、教育学等学科门类,这种"寄居"的身份无法找准适合儿童文学的理论范式,儿童文学的"分科立学"势在必行。一旦儿童文学获取了独立的学科价值,儿童文学理论也将在整个中国特色文学理论大厦中得到立足之地。中国特色文学理论最为明晰的特质是本土性、民族性,"是中国现实与以西方为主的域外文化、文艺思想相互碰撞、激化、融合的产物"①。立于中国现实的土壤,中国儿童文学理论不是对域外文学理论的直接套用,而是域外儿童文学理论的中国化;同样,中国儿童文学理论也不是对古典文学理论的简单挪用,而要经过现代化转换才能使用。概而论之,无论是西方文论还是古代文论,都要与当下儿童文学理论比照并进行再阐释,对既有的理论范畴、概念、术语作符合历史语境的贯通,使之成为一种开放性的理论话语体系。这意味着"分科立学"只是开启儿童文学理论自主性的第一步,要打破因学科界分而导致的学科自我封闭,应找寻学科间对话契机、致力于"跨学科互涉"②。如果切断了学科间的交往、对话,中国儿童文学理论是有缺陷的,创构中国特色的儿童文学理论也将是一句空话。

整体来看,儿童文学批评本身就是儿童文学理论的一种实践,因而没有理论支撑的儿童文学批评不能算作真正意义上的批评。儿童文学史看似是一种历史叙事,但实质上也是文学思想和史学理论的历时性集结,离不开文学理论的组织与运作。由此看来,三者之间是一个全息的、活态的系统,儿童文学理论贯穿于儿童文学生产与消费的始终。文学创作与文学理论何者为第一性看似是一个无须讨论的问题,但在不同的历史语境及文学门类中却仍存在着争议。从文学史的源头来看,文学创作和作品是第一性的。但在百年中国的情境下,中国新文学理论优先于创作却是一个不争的事实。有论者将理论与创作概括为"鸡生蛋"与"蛋生鸡"的先后问题③,很形象地阐明了这一点。更进一步说,文学创作的主体是作家,作家是否以一定的文学理论来指导其创作是无法显性确证的,文学理论之于作家的影响肯定存在,但很难找到这种理论的清晰踪影。这无疑加大了人们理解创作与理论关系的难度。那么,这是否意味着文学理论与文学创作之间是一种无秩序的混杂关系

---

① 赵炎秋.中国特色文学理论的内部构成[J].文艺争鸣,2020(2):103-114.

② 吴翔宇.百年中国儿童文学跨学科拓展的依据、路径与反思[J].学术月刊,2020,52(7):146-154.

③ 高玉.文学理论与中国现当代文学研究[J].社会科学,2020(2):171-181.

呢？答案是否定的。一个毋庸置疑的结论是：每一次文学理论的突破都会带动文学创作的革新，而文学创作的更新则会反哺文学理论。儿童文学的发生正是基于"儿童性"与"文学性"的理论探索及突破。对于中国儿童文学来说，域外儿童文学理论的引入固然功不可没，但如果没有"儿童的发现"这一"人学"理论的落地，就很难创构指向儿童主体的文学门类，儿童文学的主体性得不到确立，儿童文学史、儿童文学批评也将无从说起。

第二节　儿童文学理论的本体

一般而论，儿童文学与儿童文学理论的发生具有同构性。儿童文学理论的生成基于人们对"儿童文学是什么"的理解，汇集了人们对于儿童文学的理性沉思与智慧。在认识"儿童"本体的层面上，儿童文学与儿童文学理论具有内在相通性。简言之，对儿童主体的认知是儿童文学与儿童文学理论共同的逻辑基点。从这种意义上说，"儿童"与"儿童观"是一个比"儿童文学"更具本体性的"元概念"，是儿童文学理论的原点。"元概念"是一个不可再分的概念，这意味着儿童文学理论必须切近"儿童"的本体，理论资源的择取、运用都要依循儿童的主体性，超逸于儿童主体性的儿童文学理论无异于无本之木。

中国古代没有关于"儿童"的自觉意识，因而谈不上有自觉的儿童文学及儿童文学理论。到了五四时期，受惠于新文学的整体推动，儿童文学承继了"为人生"的现代传统，成为一种服务于"儿童"的新型门类。"儿童性"被设定为首要条件，保障了儿童文学的主体特性。然而，在赋予儿童文学本体属性时，"儿童性"的"过剩"或"过盛"也在所难免，潜在地抑制了"文学性"的抒发，而这种受限的"文学性"又反过来制约着"儿童性"的表达。儿童文学理论界围绕"思想性"与"艺术性"的诸多讨论本源于此，也形成了旨趣不同的理论批评流派。

可以说，发生期的儿童文学理论重在概念的界定上，即围绕着"儿童是什么"与"儿童文学是什么"的元问题展开研究。按照柄谷行人"风景的发现"来看，儿童是一个"方法论"的概念，而非"实体性"的存在[①]。这与戴维·拉德所谓"儿童必然是

---

① 柄谷行人.日本现代文学的起源[M].赵京华,译.北京:生活·读书·新知三联书店,2006:124.

既被建构的也能建构的"①不谋而合。当"儿童"被理解为一个"现代"概念时,儿童文学也就被赋予了现代品格,进而与中国新文学所开创的现代传统融于一体。但问题的关键在于,"儿童"到底指代哪一个群体却不甚明了:是作为研究对象的"儿童",还是作为阅读者的"儿童";是真实的"儿童",还是虚构的"儿童"? 这些疑问都表呈了儿童文学概念的复杂性、多歧性,也为儿童文学理论与批评留下了难题。回到儿童文学"元概念",从"儿童"的层面看,"写儿童"还是"为儿童"的论争最为常见。前者看似关涉了儿童性,但写到了儿童并不意味着一定是儿童文学,那些以儿童视角写就的文学就不能等同于儿童文学;后者体现了文学的价值属性,但以文学的价值旨归来判断其是否属于儿童文学也很牵强,很多儿童文学作品没有预设"为儿童"的诉求,但并不能否定其是儿童文学的事实。此外,儿童形象的文学、儿童创作的文学、儿童阅读的文学等都与"儿童"相关,但不能一概论定为儿童文学。从"文学"的层面看,儿童文学语言、文体、形象、叙事等都具有本体性②,但这些特性并不完全与成人文学相异。除此之外,更为关键的是,对于儿童文学的文学性的认知不能采用非成人文学的逻辑来概括,而要"反求诸己"以确立儿童文学的自主性、独立性。

　　如前所述,儿童文学与成人文学都离不开文学理论的支撑。受制于儿童本位观的影响,在界定儿童文学概念时,学界存在着盲目地将儿童与成人"二分"的现象,因此制造了儿童文学与成人文学难以关联的沟壑。但凡类同于成人文学的都不属于儿童文学,相反,只要不是成人文学的则归属于儿童文学。戴渭清是较早持这种观点的学者,他曾指出:"成人有成人的文学,儿童有儿童的文学。成人文学,是成人真情之流;儿童文学,是儿童真情之流。成人喜欢欣赏成人的文学,不喜欢欣赏儿童的文学;儿童喜欢欣赏儿童的文学,不喜欢欣赏成人的文学。"③基于儿童与成人的差异,戴氏粗暴地将儿童文学与成人文学绝对"二分",由此阻隔了两种文学的交流与互通,难免深陷自我本质主义的泥潭。与戴渭清不同,郭沫若没有绝对区隔儿童文学与成人文学,他洞见了两者"于人生有益"的共同性。于是,他从思想内容与艺术形式的层面来界定"儿童文学":"儿童文学不是些干燥辛刻的教训文

　　①　彼得·亨特.理解儿童文学[M].郭建玲,周惠玲,代冬梅,译.上海:少年儿童出版社,2010:46.

　　②　吴翔宇.中国儿童文学语言本体论:问题、畛域与路径[J].湖南师范大学社会科学学报,2022,51(4):1-11.

　　③　戴渭清.儿童文学的哲学观[M]//赵景深.童话评论.上海:新文化书社,1924:96.

字；儿童文学不是些平板浅薄的通俗文字；儿童文学不是些鬼画桃符的妖怪文字。"①在这里，郭沫若采用否定的逻辑来概括儿童文学，虽然这种否定没有完全切断儿童文学与成人文学的关系，但也因其否弃的对象过于集中于"文字"层面，无法达至儿童文学本体概念的界说。

实质上，对儿童文学概念的理解牵连着"建构论"与"本质论"的理论逻辑。关于"建构论"还是"本质论"的讨论并非集中于儿童文学一域，而是渗透于整个文学系统的同一性议题。在中国文学理论界，这种讨论最早见于"大学文艺学学科和教材反思"。有感于本质主义对于文艺学教材及文学理论的先验性危害，陶东风主张将文艺视为具有"普遍规律"或"固有本质"的实体，并将本质主义的后果概括为"既丧失了学科的自我反思能力又无法回应日新月异的文艺实践提出的问题"②。对于陶东风这种"反本质主义"的观点，支宇并不认同，他指出，反本质主义只是一个理论预设，问题的关键点不在于告别本质主义，而在于"从意识形态威权主义出走"，打破普遍本质化，"重新个性本质化"③。颇为相似的是，吴炫从"主义"这一语词出发，探讨了"本质化"与"本质主义"的区别，他提醒学界"要警惕的是受权力制约把某种'本质观'作为'中心话语'去贯彻的'本质化'行为，而不是'本质主义'"④。对于上述质疑和批评，陶东风持守建构主义予以回应，"'本质主义'的对应词是'建构主义'，而不是'反本质主义'"⑤。以马克思关于"人"的本质的界定为切入口，南帆从"一切社会关系的总和"的本质概括中提出了"关系主义"的全新命题⑥。这不仅有效地消解了绝对化、抽象化的本质判定，而且还将研究者纳入该关系网络之中。在儿童文学界，关于本质论与建构论的讨论实质上隐含了"儿童文学是什么"的多歧理解。对儿童文学采取"本质主义"的看法，无疑会造成封闭的、武断的研究路径，儿童文学"古已有之说"不承认复杂多元语境的建构论，承认事先就存在着一个既定的本质，很容易导向本质主义的路上来。因而在辨析"古已有之"时，一些研究者也提出了建构主义、关系主义等重建儿童文学发生学的思路。但是，问题的复杂

①　郭沫若.儿童文学之管见[J].民铎,1921,2(4):1-9.

②　陶东风.大学文艺学的学科反思[J].文学评论,2001(5):97-105.

③　支宇."反本质主义"文艺学是否可能？——评一种新锐的文艺学话语[J].文艺理论研究,2006(6):15-23.

④　吴炫.当前文艺学论争中的若干理论问题[J].文学评论,2008(4):86-92.

⑤　陶东风.文学理论:建构主义还是本质主义？——兼答支宇、吴炫、张旭春先生[J].文艺争鸣,2009(7):12-23.

⑥　南帆.文学研究:本质主义,抑或关系主义[J].文艺研究,2007(8):4-13.

性还在于：反本质主义是一种"解构性"的理论武器，无法获致"建构论"的目标①。同样，建构主义过分倚重文学场中各种力量的博弈，容易分散或克服儿童文学理论的整体性，这又是儿童文学理论界所不乐见的。由此看来，关于"建构论"还是"本质论"的讨论，关涉着儿童文学史、儿童文学理论及儿童文学批评的整体性，影响了三者各自的系统发展及关联。如果不能辨析"本质""本质化""本质论""本质主义""反本质"等一系列概念，实难真正厘清包括儿童文学在内的现代中国文学的基本理论问题。

在儿童文学领域，无论儿童是"发现"还是"发明"的讨论，还是"儿童本位论"与"民族（社会）本位论"的递嬗，实质上都是上述理论论争的产物。事实上，一旦返归百年中国儿童文学的历史语境，其发生发展注定与百年中国的发展有着千丝万缕的关系，在这种同构的机制中，既有一以贯之的文学本质的规律，也有在不同情境下多元话语的塑造与规约。显然，单向度的推崇或贬抑本质论、建构论都是不科学的，一味地放大本质论或建构论也会弱化儿童文学自身发展的能动性。因而，创新性地融合本质论与建构论迫在眉睫。在这方面，刘绪源"在'本质论'基础上存在的'建构论'"②与朱自强"建构主义的儿童文学本质论"③的观点，看似融合了本质论与建构论的观念，在阐释"儿童文学是什么"的问题上更接近其概念的本体，但这种"立场互涉"④的相互尊重依然是一种理论的预设，而难以真实地概括儿童文学本有的特质。即使在这种融合的观念下，所呈现出的真实也只是一种效果。在文学史的组织结构中，如果以这种融合观念能真实地再现儿童文学史的客观事实，那么只要一部儿童文学史即可，其他同类的儿童文学史著似乎没有撰写的必要了。换言之，儿童文学理论不能代替丰富而感性的儿童文学本身，儿童文学与儿童文学理论之间需要重建融通的机制。

无可讳言，儿童文学发展过程中出现的理论交锋均是儿童观变革的表征或产物。其中，现代儿童观的确立是儿童文学产生的重要理论基石。西方儿童文学理论批评的基础是儿童观是"可知"的预设⑤。这即是说，如果不认识儿童、不拉近与

---

① 赖大仁.文艺学反本质主义：是什么与为什么——关于文艺学反本质主义论争的理论反思[J].华中师范大学学报（人文社会科学版），2014,53(3):75-80.

② 刘绪源.中国儿童文学史略（1916—1977）[M].上海：少年儿童出版社，2013:228.

③ 朱自强."儿童文学"的知识考古——论中国儿童文学不是"古已有之"[J].中国文学研究，2014(3):101-105.

④ 郑素华.儿童文化引论[M].北京：社会科学文献出版社，2015:12.

⑤ 赵霞.从"可知的儿童"到"难解的童年"——论儿童问题与当代西方儿童文学理论批评的演进[J].文艺理论研究，2022,42(2):97-108.

儿童的距离,成人的儿童观及儿童文学实践都是不可能的。儿童观从来都不是儿童对自己的观念,而是成人对于儿童的期待与预设,这势必会关涉儿童与成人的话语关系。围绕这一代际的结构关系的持续发问,促成了中西儿童文学理论批评的拓新。甚至可以说,这种理论批评的革新不是"可知"的儿童观推动的,而是儿童文学理论界审思"不可能的儿童文学"反向驱动的。所谓"不可能的儿童文学"是从机制与效果的错位关系来命意的。

与成人文学不同,儿童文学的生成机制中内含了代际间的沟通,而这种"两代人"的对话结构中儿童话语是隐匿的,儿童无法借助成人话语来直观地表述自己的话语,而这种隐匿了儿童话语的文学难以达至儿童文学所预设的儿童观。杰奎琳·罗丝"儿童小说之不可能"[①]与彼得·亨特"儿童诗歌是不可能存在"[②]议题的提出皆源于此。两者的质疑触及了儿童文学的结构性困境,可行的方案不是消解儿童文学的"双逻辑支点",而是要厘定儿童文学是作为"描述性"还是"结构性"概念的理论难题。作为一个"描述性"概念,儿童文学的"不可能性"集中于"儿童性"与"文学性"的错位上,双向发力因两者的紧张关系而演化为单向斥力。而作为一个"结构性"概念,儿童文学的"不可能性"则是一个系统化的阻滞问题,关涉儿童文学理论大厦的内在肌理及运行规则。

第三节　儿童文学的跨学科拓展

在论及儿童文学的独特性时,彼得·亨特指出:儿童文学隶属于"文化边陲族群",但这种边缘化的好处在于其不至于成为任何一个族群或学科的"私产"[③]。这实际上道出了儿童文学跨学科拓展的内在机制。并非定于一尊的学科属性对不同领域的学者都有很大的吸引力,使得不同学科、理论、方法在儿童文学领域有了施展的舞台。在中国儿童文学领域重提跨学科研究,有其现实的必要性。这种必要性本源于儿童文学学科分层拓展要求打破定于一格的知识范畴与边界,在学科间找寻可通约的普遍联系,以适应动态过程中的学科化的发展。要讨论跨学科拓展

① Jacqueline Rose. The Case of Peter Pan, or, The Impossibility of Children's Fiction[M]. Basingstoke: The Macmillan Press Ltd. , 1984: 2.

② Peter Hunt. Confronting the Snark: The Non-Theory of Children's Poetry[M]//Morag Styles, Louise Joy, David Whitley. Poetry and Childhood. Stoke on Trent: Trentham Books, 2010: 17.

③ 彼得·亨特.理解儿童文学[M].郭建玲,周惠玲,代冬梅,译.上海:少年儿童出版社,2010:2.

的问题,其前提在于学科的自律与自主。换言之,只有研究对象是一个独立、自主的学科体系时才有探讨跨学科的可能,中国儿童文学作为一门独立学科被确认是开展跨学科研究的前提。但问题是,在确立中国儿童文学的学科定位、品格与精神质地等问题时,却并不像其他学科那样名正言顺,在知识的学科合法化问题上有诸多争议,甚至遭遇了"窄化"或"泛化"的误读。无论是"窄化"还是"泛化"都无法实施中国儿童文学的学科化工程,直接影响了在学科化演进中的跨学科实践。究其因,这种曲解现象的症结在于对"儿童文学"本体、概念、特性等知识范畴的认知出现了偏狭,以至于在学科知识化系统中难以找到专属于儿童文学的思想资源与理论依据。对于脱胎于"人的文学"系统的儿童文学来说,如果不扭转这种现状,将无法在现代中国文学及世界儿童文学的整体格局中找到坐标,而且也将因这种"无名"状态而继续边缘化。这显然不是研究者所乐见的。

一直以来,学界始终将学科的特性视为其分科立学的理论标尺。发生问题是学科化的原点问题,学科界分的观念在"儿童文学的发现"过程中便直接地体现出来了。姑且搁置儿童文学"古已有之"还是"现代生成"论争孰是孰非的议题,单从其发生的性质看,"儿童"和"儿童文学"均是一个"现代"的概念,"从社会史方面说,儿童文学的发现已被认作中国进入现代社会的一个因素与标志"①。从表面上看,儿童文学的发现只是文学学科化中的一个事件,但这里的"发现"体现了国人对于"何为儿童文学"的本体探索,这种思想观念的更新表征着新旧转型的进程。由于之前没有儿童文学,因而这种"发现"实质上是没有传统依循的"新建"。在建构的过程中,先驱者找到了儿童文学的特性——儿童性,这对于儿童文学学科化的开启有着重要的推动力。对"儿童性"的发掘、关注及推崇是先驱者终其一生为之努力的目标,即以文学的方式助力"儿童的发现"这一现代性工程。这原本是无可厚非的,但问题的复杂性在于这种集体的共识并未从根本上廓清儿童文学之为"儿童文学"的本质问题。原因显然是多方面的,有人将其归因于中国"本身的创作根基不是很牢"②。应该说,这种观念立论的前提是儿童文学不是一个"实体"而是一种"观念"。诚然,中国没有儿童文学创作的传统,中国古代没有专为儿童创作的专业作家,也没有专供儿童阅读的读物。在"自在时代"向"自觉时代"转向的过程中,对儿童文学概念(观念)的重视程度往往高于创作,其遵循的是从理念到创作的学理逻辑。这样一来,因没有文学传统可以沿袭,对于儿童文学这一概念的理解出现诸多

---

① 王泉根.现代中国儿童文学主潮[M].重庆:重庆出版社,2000:13.

② 梅子涵,方卫平,朱自强,等.中国儿童文学5人谈[M].天津:新蕾出版社,2001:15.

分歧也就不足为怪了。除此之外,也有人将原因归为儿童文学与时代语境之间的"暧昧性"。这种暧昧性主要表现在话语的两歧上:一方面,儿童文学顺应了中国新文学"人学"的主题,在新人想象的话语实践上与"立人"乃至"立国"的主体建构内在契合;另一方面,儿童文学自带的亲近儿童自然世界的"保守性"与社会化的现实容易拉开距离①,因而难以纳入中国新文学现代性的话语体系。概而论之,上述分歧主要集中在将中国儿童文学视为一种"描述性"概念还是"结构与关系"概念的差异上。

倘若从儿童文学分科立学的合法性依据上分析,不难发现:儿童文学概念、本体属性及思想资源的独特性保障了其自立门户的特殊性。往深处探究,发生期所秉持的"儿童本位观"是儿童文学知识化生产绝对专属性的主要推手。为了匡正传统儿童观对于文学观的负面影响,中国儿童文学先驱致力于儿童主体价值的重构,"儿童本位"的内涵被内化为"儿童不是成人"与"儿童是儿童"两个最为核心的组成部分。从表面上看,以"儿童不是成人"为价值基点的现代儿童观有效地将儿童从成人的话语体系中解放出来,也有助于"书写儿童""服务儿童"的儿童文学的现代创生。但必须承认,这种非此即彼的思维观念却粗暴地将儿童与成人进行了现代"二分"②。借此,儿童获取社会合法性的身份导源于"儿童非成人"的理论预设,以此类推,中国儿童文学作为一种学科的价值定位则自然遵循着"儿童文学非成人文学"的学理逻辑。从概念界定的层面看,"儿童不是成人"或"儿童文学非成人文学"并非一种直接赋名的方式,而实质上是绕开了儿童和儿童文学的本体,缺乏"反求诸己"的本体意识,在非此即彼思维的统领下划定了儿童文学与成人文学的学科边界。其后遗症在于,这种界定强势地切断了"学科间性",容易衍生学科的自我保护主义或本位主义。"复演论"实质上也依循了前述迂回式的界定逻辑:以儿童与原人的相似,复演儿童文学与原人文学的类似,由此拉开儿童文学与成人文学的距离,将儿童文学"发明"出来。其理论误区在于"没有看到儿童文学其实是成人创造,反映着成人的思想、意识,是一种社会意识形态"③。事实上,当时也有人质疑过"复演论"。汪懋祖指出,"儿童与原人之想象,虽多相似;而其环境既已不同,故意

---

① 吴其南.儿童文学是一种保守的文学?[J].吉首大学学报(社会科学版),2019,40(5):110-115.

② 杜传坤.转变立场还是思维方式?——再论儿童文学中的"儿童本位论"[J].山东师范大学学报(人文社会科学版),2018,63(1):36-43.

③ 吴其南.评"复演说"——兼谈儿童文学和原始文学的比较研究[M]//吴其南.代际冲突与文化选择:吴其南儿童文学文论[M].兰州:甘肃少年儿童出版社,1994:24.

识之发展亦异"。他以具体例子来分析,"原人见不可解之自然现象,目为神怪,虔拜所以求福佑。儿童决无此观念,是原人富于宗教性,儿童则全乎为艺术性"①。尽管有人质疑,但以"复演论"界定儿童文学的看法还是被当时学界所接受,而由这种界定衍生的问题也影响了对两种文学关系的判断。简言之,无论是"不是成人"还是"远离成人"都不符合儿童文学概念的规定性,撇开了成人与儿童"两代人"的沟通与交流显然是不科学的。

中国儿童文学甫一创生就引起了学界的高度关注,众多成人文学的作家、理论家、批评家纷纷跨界聚焦下一代身心发展的"朝阳门类",为儿童文学的现代发展鼓与呼。即便如此,在学术体制内,中国儿童文学的学科化却并不顺利,甚至出现了中国儿童文学学科"自我封闭"的状况。而人们对于儿童文学学科"低幼化"及"浅语艺术"的误读是其中重要的诱因。考虑到儿童成长的"未完成性",成人作家在创作儿童文学时往往用浅易的语言来行文,"浅语"和"简单"成了很多人对儿童文学的刻板印象。于是,在很长时间里"小儿科"或"二等学科"成了儿童文学的代名词。这种主观的判定实质上降格了儿童文学的学科地位,放逐了儿童文学"书写儿童""服务儿童"的本体属性,也是造成其逐渐自我边缘化的重要原因。事实上,儿童文学并非"小儿科",胡德华就认为儿童文学不是"小文学",恰恰是"大文学"。这里的"大"主要体现在责任大、写作起来难度大两方面②。同时,儿童文学这种浅易、浅语并不等于简单,恰恰相反它是成人作家真正跨越身份来体验童年后的艺术结晶。对此,林良认为"浅语"是"儿童文学作家展露才华的领域"③。佩里·诺德曼则将"简单"理解为一种"聪明的方式":"这个简单的文本暗含了一种未说出的、更为复杂的集合,相当于一个隐藏的第二文本——我把它成为'影子文本'。"④"影子文本"意指简单的语言和故事之外更为阔大的阐释世界,而这正是儿童文学"做减法"背后所隐藏的"未被说出的状态"的深刻意涵。

除此之外,"纯文学"的理论预设是制导中国儿童文学自我封闭的又一动因。在中国儿童文学领域中提出"回到儿童文学那里去"源自20世纪80年代的"向内转",其目的在于将儿童文学从成人、政治的工具主义中摆脱出来。为了卫护儿童

① 汪懋祖.序一[M]//张圣瑜.儿童文学研究.上海:商务印书馆,1928:2.
② 胡德华.对儿童文学青年作者的希望[M]//《儿童文学》编辑部.儿童文学创作漫谈.北京:中国少年儿童出版社,1979:12-13.
③ 林良.浅语的艺术[M].福州:福建少年儿童出版社,2017:20.
④ 佩里·诺德曼.隐藏的成人:定义儿童文学[M].徐文丽,译.北京:中国社会科学出版社,2014:9.

文学的艺术审美性、纯粹性,学界持守儿童本位观,在"去思想""重艺术"等纯文学观念的指导下来反思"非文学的工具主义"的弊病。应该说,这种纯文学观念是中国儿童文学从自身特性中提炼出的一种指导思想,有其不可忽略的价值,但也存在着诸多局限:在强调儿童文学的审美独立性的同时割裂"自然性"与"社会性"的价值功能,简化"为成人"还是"为儿童"的价值标准,无形中抑制了儿童文学向外延展的脉息。其后果正如班马所说:"这种把儿童和儿童文学理解为与成人和成人社会是两个完全不同层次的意识上的人为界限,实际上造成了我们一味向下去追求儿童状态的趣味,一味钻进儿童王国的狭小天地的自我束缚之中。"①值得深思的是,这种推崇儿童"自然性"、与社会意识形态保持距离的纯文学构想,在一定的程度上确实能规避工具主义风险,但却以另一极端方式锁闭了与儿童主体之外事物的多维联系,进而画地为牢,使得儿童文学学科日趋本质化。因之,如果不能洞悉"太教化"与"太玄美"的相互转换,盲目执于纯文学的观念,试图以"自然""纯美""走弱"的姿态来追求所谓儿童文学的纯粹性是不得其法的,殊不知"反对政治干预文学,本身也是一种政治;反对意识形态对文学的渗透,本身也反映了一种意识形态"②。儿童文学能否介入中国社会问题的讨论、是否构成中国文化机体的一部分?这原本不是一个问题,但在纯文学的运作体系下却变得难以自圆其说了。有学者将20世纪视为"一个非文学的世纪",中国文学没有作为一个独立领域而得到自足性的发展。在政治化思潮的影响下,"仅从纯文学的角度切入,可能难以对各种文学现象作出合理的评价"③。在文化的同一性和时代的共同性主题面前,中国儿童文学并未脱逸于时代、社会和国家,而只有耽溺于儿童独立王国的儿童中心主义才会割裂现实与幻想"一体两翼"的张力关系,沦为如梁实秋所说的中国社会的"遁逃数"④。

概而论之,作为一种专门针对儿童主体而创作的文学类型,儿童文学有其专属的思想范畴、知识依据和研究方法,这些都为独立学科的确立提供了合法化依据。但由于中国儿童文学先天不足,作为一种文学门类亟须学科化,只有在中国儿童文学学科界分成型后,才能谈论其学科的主体性、学科间性等后续议题。然而,关键的问题是中国儿童文学学科化建构并不容易,首要的任务是解决寄居的学科归属

① 班马.中国儿童文学理论批评与构想[M].武汉:湖北少年儿童出版社,1990:6.

② 陈国恩."纯文学"究竟是什么[J].学术月刊,2008,40(9):88-91.

③ 朱晓进,等.非文学的世纪——20世纪中国文学与政治文化关系史论[M].南京:南京师范大学出版社,2004:3.

④ 梁实秋.现代中国文学之浪漫的趋势(续完)[N].晨报副镌,1926-03-31(69-70).

的难题,从与其他学科"两栖性质"①中分离出来。如果整体归并于中国现当代文学,其学科的自主性、主动权并不在儿童文学这里;如果完全溢出现代中国文学的整体框架,那么儿童文学又因脱离其创生的学科知识土壤而丧失了理论依据。充分注意到中国儿童文学在现代学科体制中模糊身份的事实,洞悉其与现代中国社会发展的复杂关系,是我们科学理性地审思中国儿童文学学科化演进的必要依据。

---

① 胡从经.晚清儿童文学钩沉[M].上海:少年儿童出版社,1982:1.

第五章

儿童文学的批评

　　文学批评先发声于文学创作与理论变革,参与了百年中国文学现代转型的宏大工程。借助于新文学的整体发展的推力,中国儿童文学驱动了"专属"于"儿童"的知识化生产及文学批评实践,开启了其学术化和学科建构的浩大工程。在经历了历史性转换和拓展后,文学批评推动了中国儿童文学从陈旧的文学形态与意识形态的框架中脱颖而出,其社会角色和功能在整个新的文学体系中得以彰显。按照韦勒克"批评的时代"的说法,文学批评并非文本的衍生品,而是"发现新意"[①]的再生产。这种独立于创作、文本之外的意识保障了文学批评最为基本的品质——独立思想的传播与阐释。特别是儿童文学遭遇自身界定困境时,这种批评的品格显然尤为重要。中国儿童文学批评的特殊性源于其区别于一般文学的"质的规定性"。围绕"元概念"的持续发问,衍生了指向中国儿童文学本体的标准、路径与方法。在此基础上,总结百年中国儿童文学的批评经验,确立标示中国民族化、现代性的批评话语体系,促进中国儿童文学创作的健康发展,是当前学界研究的重大使命。

第一节　儿童文学理论、批评"一体化"

　　概念的混杂与模糊阻滞了儿童文学理论的革新与发展,由此也导致了儿童文学批评的不及物,进而制约了文学批评"发现新意"。按照郭沫若的说法,中国历来

　　[①]　雷·韦勒克,奥·沃伦.文学理论[M].刘象愚,译.北京:生活·读书·新知三联书店,1984:155.

没有文学批评的传统，"批评"从 criticism 译来，其意思是"分别而判断"①。暂且不论中国古代是否存在文学批评的传统，单从批评的本义看，既然要"分别"与"判断"，就不能停留在盲目肯定或否定的层面，而更需要切近文学现场的现代思想的出场。1932 年曹白因收藏了苏联文艺批评家的木刻肖像被判入狱，鲁迅以《写于深夜里》为题予以批评。颇有意味的是，文章中出现了"一个童话"与"又是一个童话"两个小标题。在这里，鲁迅所引"童话"的概念取的是贬义，即非人道的语义。从主标题和文中的小标题来看，前者批评性的基调与后者虚幻性的文体风格显得非常不合拍，形成了一种内在错位的讽喻。鲁迅启用"有一个这样的国度"的童话笔法并非疏离时代语境，而是将当局社会视为一个"大笑话"。在揭露"大黑暗"的现状时，鲁迅跳出了一般童话的书写方式来批评，或者说以童话的方式来实践其"社会批判"的诉求："写到这里，似乎有些不像童话了。但如果不称它为童话，我将称它什么呢？"②鲁迅深谙文学"为人生"的社会功能，这种借用童话来开展社会批评和文明批评的做法并不多见，足见鲁迅文学思想的深邃与独异。

现代思想不等同于文学理论，但它却能影响批评家、作家的审美判断与价值取向，进而接近布莱勒斯所谓"连贯的、统一的文学理论"③。但问题是，这种文学理论因缺乏文学创作实践检验而难以沉积为具有普遍性的理论资源，在此期间需要长时间的理论探索与争鸣。当然，这种沉积下来的文学理论也不是一成不变的，文学理论是在不断创新中发展的，新的儿童文学理论则是不断克服旧理论的偏狭、在获得发展机遇中产生的。然而，由于中国本土儿童文学理论的稀缺，想要革新很大程度上依赖于域外儿童文学理论的引进。如儿童本位观、双逻辑结构的接受理论、童年审美文化、女性主义、结构主义、后殖民主义等西方文学理论渐次传入中国，它们不仅提供了新的方法，而且营构了全新的儿童文学理论氛围，这对于破解中国本土儿童文学理论疲乏困境有着重要的启示作用。尽管如此，对于源自西方的诸多文学理论，中国儿童文学理论界在"拿来"的过程中需要确立民族性的标尺。"唯西方"的路径依赖显然不利于中国儿童文学理论的自觉，重建中国本土儿童文学理论批评话语至关重要。

曹顺庆于 1996 年提出的文论"失语症"④并非耸人听闻，一味的以西为师、不加

---

① 郭沫若.批评—欣赏—检察[J].创造周报,1923(25):1-6.

② 鲁迅.写于深夜里[M]//鲁迅.鲁迅全集(第 6 卷).北京:人民文学出版社,2005:525.

③ 查尔斯·E.布莱斯勒.文学批评:理论与实践导论(第 5 版)[M].赵勇,等译.北京:中国人民大学出版社,2014:10.

④ 曹顺庆.文论失语症与文化病态[J].文艺争鸣,1996(2):50-58.

针砭的西化不仅销蚀着中国文论的民族性基石,而且也不利于中国文论的现代化。当然,这也不意味着要打着捍卫传统的旗号而食古不化,融通中西文论、开启中西对话仍是客观理性的方略。如前所述,中国儿童文学的现代发生主要倚靠西方儿童文学理论的支援,"复演说"的引入即是显例,其理论内核是儿童中心主义。先驱者援引复演理论来推导儿童文学的基本属性,这原本只是西方现代思潮驱动中国新文学发生的一个案例。不过,值得深思的是,这种暗合了"儿童发现"的西方人类学的观念却在"发明"儿童的同时,也造成了孤立儿童文学的后果。在儿童本位观的推波助澜下,衍生了儿童与成人绝对的"二分"。由此看来,围绕着儿童本位论的批判,"不是立场批判",而是"思维方式的批判"①。这不是一个孤例,此后中国儿童文学界关于"童心主义"的论争也导源于此,也力证了儿童与儿童观是儿童文学理论批评原点的看法。概而论之,重建中国儿童文学文论话语并不是返归"独白主义"的价值立场②,而是找准中外文论对话的契机及关节点,致力于西方文论中国化,以期建构起适应儿童文学实践的中国文论新话语。

从儿童文学内部系统看,儿童文学理论与批评要建立一体化的关联才能双向获益。但这种关联又不能局限于儿童文学一域,而要向外拓展和延伸。基于同向、同源与同质性,要准确把握儿童文学概念与理论的本体,有必要确立中国儿童文学与现代文学"一体化"研究的整体意识。在这方面,叶圣陶的《文艺谈》可谓融通两种文学理论的适例。命名为"文艺谈"显然有对整个文艺创作、批评、理论各个环节的通盘考虑,因而没有局限于对某一种文类、文体作专门的学理讨论。从表面上看,每一则"文艺谈"都独立成篇,紧扣一个主题展开论述,有的谈论文艺的学派,有的讨论作家的创作心理,还有的叙述读者接受、文艺批评、文艺的功用等。但彼此之间不是截然分离的,相反却是一个有机的整体,即构成了"全篇"与"整篇"的结构。论及《文艺谈》中"儿童文艺"的部分时,很多学者普遍认为它集中于第七、第八则。实际上,除此之外的其他篇章都涉及儿童教育、儿童心理、儿童阅读等与儿童文艺密切相关的议题。武断地切断整体的联系、不考虑其他篇目所论及的内容与理论,显然无法理解叶圣陶的思想本体。叶圣陶是"整本书阅读"的倡导者,早在1941 年他就在《论中学国文课程标准的修订》中提出了"读整本书"的主张。如果依照鲁迅"顾及全篇"和"顾及全人"的说法③,那么有必要将四十则《文艺谈》视为一个

① 杜传坤.转变立场还是思维方式? ——再论儿童文学中的"儿童本位论"[J].山东师范大学学报(人文社会科学版),2018,63(1):36-43.

② 曾军.中西文论互鉴中的对话主义问题[J].中国社会科学,2022(3):186-203.

③ 鲁迅."题未定"草(七)[M]//鲁迅.鲁迅全集(第 6 卷).北京:人民文学出版社,2005:444.

有着内在统一结构和明确主题的整体,对于其中儿童文艺的理解也必须要置于儿童文学与现代文学的整体结构之中去考察。非此,所得出只能是碎片式的理论,无法在"一体化"的系统中获取全新的认知。

概而论之,叶圣陶《文艺谈》的总题是由儿童文艺、成人文艺构成的文艺理论。如果盲目地拆开整篇的骨架,是无法得出上述结论的。相反,确立了整篇阅读和理解的方案,就会发现叶圣陶是以小学教师、文艺创作者、文艺阅读者的三重身份,来论述其对于一般文艺的理解。其中,确立作家的主体性是叶圣陶文艺理论的基石。叶圣陶坦言自己不属于什么"派"或什么"主义",这些"全部是文艺家计虑的事"。如果作家牵强顾虑太多,所创作的作品"只是型式的复制品了"①。由此他奉劝有志于文艺创作的人要"卓然独立,一空依傍,凡是有型式性质的东西一概不与接近"②。对于文艺的本质,叶圣陶认可"文学是人生的表现和批评",但反对将文艺视为"消遣品",并将"浓厚的感情"视为"文艺之魂"③。对于作家而言,要表达这种感情必须持守"真诚"的态度。叶圣陶将儿童文学视为文艺大厦的有机组成部分,并着重从"儿童的"和"文学的"两个维度展开论述,这有效地联结了儿童文学与成人文学的关系。他以一个"小学教师"的身份介入儿童文艺,始终紧扣十一二岁少年的切身体会,提出了创构儿童文艺的必要性。其核心的儿童文艺观是"决不该含有神怪和教训的质素"④。除了第七、第八两则专论儿童文艺外,叶圣陶还在第十、第十四、第三十六、第三十九则中讨论过儿童心理、儿童教育、儿童想象等之于文艺创作的关系与影响。如果将此类以"儿童"为内核的观念和前述儿童文艺专论融合起来看,就会得出如下几点共识:一是儿童特性对文艺创作的作用至关重要;二是儿童文艺与一般文艺有差异也有共性;三是儿童文艺创作与批评要遵循"为人生"的旨趣。无论是儿童文艺还是一般文艺,叶圣陶都持守着新文学的立场。对于旧文艺观及诸多文艺批评乱象,他也予以尖锐的批评,批评的目的是创构其新文学观。对此,商金林也认为这四十则文艺谈的价值在于"为新文学理论奠基"⑤。从整体上讲,叶圣陶文艺观是现实主义的观念,深受俄国"为人生"观念的影响。不过,在论析儿童文艺时,叶圣陶没有否弃想象的特殊作用,并将培养儿童的"直觉、感情和想象"定

① 叶圣陶.文艺谈一[M]//叶圣陶.叶圣陶论创作.上海:上海文艺出版社,1982:3.
② 叶圣陶.文艺谈二[M]//叶圣陶.叶圣陶论创作.上海:上海文艺出版社,1982:5.
③ 叶圣陶.文艺谈三[M]//叶圣陶.叶圣陶论创作.上海:上海文艺出版社,1982:6.
④ 叶圣陶.文艺谈八[M]//叶圣陶.叶圣陶论创作.上海:上海文艺出版社,1982:17.
⑤ 商金林.为新文学理论奠基——叶圣陶早年的40则《文艺谈》[J].文艺理论与批评,1994(5):14-22.

为文艺的重要使命①。然而,这并不表明儿童文艺与一般文艺有着质的区别,并未拆解其整个文艺观的系统。

对于儿童文学理论与批评的联动,叶圣陶的《文艺谈》并非孤例。在发生期,儿童文学作家兼及儿童文学与成人文学两域,他们有的既是作家,又是读者,集理论家与批评家于一体,这种混杂的身份反而扩充了儿童文学理论的畛域,衍生出更为宽阔的理论素养与思维。茅盾的《关于"儿童文学"》、郭沫若的《儿童文学之管见》、冰心的《笔谈儿童文学》、郑振铎的《〈稻草人〉序》、胡风的《张天翼论》等看似聚焦于"儿童文学",但却没有锁闭在狭小的视域内,而是从理论与批评的互通、儿童文学与新文学的一体化中获取资源,进而确立起儿童文学理论的主体性。这种主体性的获致保障了儿童文学理论的现代品格,并在百年中国文学的视域中确立了指向"儿童"的理论话语体系。但问题在于,儿童文学理论能帮助人们探究儿童文学的原初性,却很难构建起儿童文学的自体性。因而亟须寻找新的理论框架来兼顾儿童文学理论的本体性与儿童文学的自体性。简而论之,注重儿童文学理论的本体性,并不是否弃儿童文学的自体性,而儿童文学的自体性又不脱逸于儿童文学理论的本体性,而是始终召唤着儿童文学理论的介入与阐释,从而使儿童文学的自体性充满活力。

显而易见,儿童文学理论的构建离不开批评家的批评实践。然而,这并不意味着要以放逐作家的主体性为代价。作为"亚理论"的作家"文论"长期没有得到充分的重视,"创作谈"和"批评谈"是作家文学理论的有机组成部分。作家文论的出场对于防范批评的随意性、主观性起到了至关重要的作用,体现出作家对文学的独特理解与把握,进而建构起儿童文学与现代文学"一体化"的理论体系②。陈伯吹的《儿童文学简论》、贺宜的《散论儿童文学》、洪汛涛的《童话学讲稿》、任大霖的《我的儿童文学观》、班马的《前艺术思想——中国当代少年文学艺术论》、梅子涵的《儿童小说叙事式论》、汤素兰的《我与童话一见钟情》、沈石溪的《动物小说和艺术世界》、韦伶的《少女文学与文学少女》等,显然不是作家创作的"余墨",而是具有清晰面貌的文学理论。将作家文论置于整个儿童文学理论考察,有效地弥补了缺失作家主体性的局限,体现了作家与批评家合二为一,为文学理论阐释提供了系统性的结构及合理性的路径。

---

① 叶圣陶.文艺谈十[M]//叶圣陶.叶圣陶论创作.上海:上海文艺出版社,1982:22.
② 吴翔宇.边界、跨域与融通——中国儿童文学与现代文学"一体化"的发生学考察[J].文学评论,2020(1):139-147.

第五章

儿童文学的批评

总而言之，中国儿童文学理论本源于"儿童"主体的特殊性，围绕着"儿童文学是什么"的元问题开启了理论与批评的一体化运作。由于儿童文学本身的跨学科性，儿童文学理论必须走出自我封闭的狭小视域，致力于思想文化的创造及中国特色理论话语的建构。重建中国儿童文学理论的民族性与现代性，最为重要的是融通儿童文学与文学理论的有机联系，统合两者的本体与自体。在此基础上，寻求作家与批评家之间文学理论的共性，补全儿童文学理论主体的完整性。在百年中国的情境下，运用中国特色儿童文学理论来指导儿童文学创作与批评，从而整体推动中国儿童文学育化社会主义新人的伟大工程。

第二节　儿童文学批评的问题

20 世纪初，受西方文学批评的影响，中国文学批评逐渐走出以往诗文评的传统，开启了现代转型的新征程。鲁迅的《摩罗诗力说》是一篇系统介绍西方文学流派的批评文章，批判了中国传统文学批评的审美标准，对此后中国文学批评产生了深远影响。现代意识的确立是中国文学批评自觉的标尺。文学批评与文学创作的互动推动了中国文学的现代转型。按照郭沫若的说法，"批评"从 criticism 译来，其意思是"分别而判断"[①]。既然要"分别"与"判断"，就不能停留在盲目应和层面，现代思想的出场尤为重要。鲁迅、郑振铎、赵景深、茅盾、郭沫若、胡风等新文学先驱积极投入儿童文学批评这一崭新的领地，他们的译介、作家论、作品论、作家评传、文类研究、资料汇编以"历史在场"的方式构成了中国儿童文学批评的有机部分，并与现代文学批评一道，创建了不同于古代诗文评的新文学批评范式，完成了中国文学批评的现代转型，初步形成了创作与批评互动的文学场域和文学生态。更为重要的是，他们的批评与中国社会的转型是联系在一起的。不过，儿童文学批评还有待上升为儿童文学理论来发挥其指导文学创作的作用，那种"由批评的感性上升到理性的认知，创作文学理论"[②]的意识还有待提升。

从学理上看，中国儿童文学批评大厦的创构是从整理和辑录史料文献肇始的。在儿童文学发生的场域中，整理、翻译和创作的多线发展也开始起步。如孙毓修的"童话"丛书、茅盾的《中国寓言初编》、朱天民的《各省童谣集》、顾颉刚的《吴歌甲集》、刘万章的《广州儿歌甲集》、林兰的《民间童话集》等，即是发生期儿童文学文体

---

①　郭沫若.批评—欣赏—检察[J].创造周报,1923(25):1-6.

②　王本朝.中国现代文学制度研究[M].重庆:西南师范大学出版社,2002:63.

资料整理的"先声"。不过,这种史料整理格局较为单一,以文体分类的作品集为主,批评史料散落于各类报刊、杂志、日记、书信之中。此后,与史料匹配的批评论文集也相继出版,最有代表性的是赵景深主编的《童话评论》《童话论集》《童话概要》《童话学 ABC》《〈儿童文学小论〉参考书》。其中,《童话评论》是第一本关于童话文体的论文集。赵景深希望这本书对于教育家、社会学家、文学家、小学国文教师、师范生等都有些帮助①。同时,他还向研究者介绍了商务印书馆单行本《儿童文学概论》和《中华教育界》特号、《儿童用书研究号》等书刊,对早期中国儿童文学理论批评有着一定的指导价值。

面对中国儿童文学理论与批评混杂的局面,鲁兵曾提出"儿童文学需要建立批评"②的主张。在结束了政治一体化后,以真切的批评来指导儿童文学创作的呼声越来越强烈。新时期以来,学界对于中国儿童文学批评的关注度逐渐加强,重建中国儿童文学批评体系的提议也驶上了快车道,涌现了浦漫汀的《略说我国儿童文学理论的发展及其它》、班马的《中国儿童文学理论批评与构想》、方卫平的《中国儿童文学理论批评史》等理论著述。蒋风、胡从经、鲁兵、张美妮、金燕玉、王泉根等人在儿童文学的理论、文学批评和文献书志学等领域深入探索和研究,从学理、学科、学派等方面开展理论批评资料的整理工作。代表性的史料集有:蒋风的《中国儿童文学大系(理论卷)》、鲁兵的《中国幼儿文学集成(理论编:1919—1989)》、张美妮的《中国新时期幼儿文学大系(理论卷)》、王泉根的《中国现代儿童文学文论选(1902—1949)》、盛巽昌的《现代儿童报纸史料》、锡金等的《儿童文学论文选(1949—1979)》等。少年儿童出版社出版的"跨世纪儿童文学论丛"(6 卷)、"新世纪儿童文学新论丛书"(8 卷)以及海燕出版社出版的"新观念儿童文学理论丛书"(5 卷)等,则是系列的儿童文学理论丛书,在学界引起了较大的影响。上述理论批评资料的整理考虑到了儿童文学"分层"的特性,也初步具有了文体分类整理的意识,能用批评史料来解决创作中存在的问题。

寻绎中国儿童文学批评史,不难发现文学理论与批评一体性研究是学界比较欠缺的。对于文学批评的探究也常绕开作家主体甚至游离于儿童文学本体,单从批评家与语境、文本的多维关系来讨论文学批评的功能、标准等问题。因而,文学批评容易流于批评家经验性的审美判断,它"见证和考验的是批评家的审美经验、

① 赵景深.序[M]//赵景深.童话评论.上海:新文化书社,1924:1.
② 严冰儿(鲁兵).儿童文学需要建立批评[M]//蒋风.中国儿童文学大系·理论(一).太原:希望出版社,1988:312.

137

审美判断或境界、思想高度、精神向度,甚至包括了一点文学想象力的含义,而并非主要或纯粹意义上的学术理论水平"①。厘清儿童文学概念是开展儿童文学批评的原点,即唯有弄清楚"儿童文学是什么"这一根本问题,相关的文学批评才能真正落地。吊诡的是,儿童文学就不是一个约定俗成的概念。儿童文学是"为儿童的文学"还是"写儿童的文学",如何厘清"儿童视角的文学"与"童年的文学",科幻文学、成长文学、青春文学是否属于儿童文学,儿童创作的作品是不是儿童文学,凡此等等,无不表明儿童文学概念的开放性。于是,这一游移不定的概念难免衍生出儿童文学批评的非恒定性。

作家是儿童文学创作的主体,作家创作和"文学谈"一起参与文学意义世界的建构。"文学谈"是儿童文学作家创作经验的浓缩与提炼,是儿童文学理论大厦的重要组成部分,参与着中国儿童文学理论基本图景的绘制。它与专业批评家的文学批评一样,形塑了百年中国儿童文学理论批评的完整体系和话语品格。从"作家文论"的维度可以折射百年中国文学理论批评的发展状况。在儿童文学创作与批评的园地里,除了鲁迅等少部分人坦言"不研究儿童文学"外,大部分作家在创作的同时也发表过关涉儿童文学创作的"文学谈"。譬如少年儿童出版社出版的"文学大师和与儿童文学丛书"(10卷)及叶圣陶、冰心、陈伯吹等29位儿童文学家的回忆录《我和儿童文学》即是适例。此外,新蕾出版社出版的《中国儿童文学5人谈》、中国少年儿童出版社出版的《儿童文学创作漫谈》也是集中探讨作家创作与观念的史料。那么,这些带有作家主观色彩的创作谈是否构成了其独特的文学理论呢?康序认为,作家创作谈中那种直感式的、没有"理论"面目的、不具有理论形态却是真知灼见的言说属于文学"亚理论",体现出作家对文学的出色"思考"②。在文学理论建构的疆域中,作为"亚理论"的作家文学观念应拥有自己的一席之地。为此,须重视作家对理论的自下而上的建构,注重作家"创作谈"与其创作之间的互训,肯定作家"思考"所具有的文学理论价值及文学批评功能。

一旦文学阐释从批评家本位返归作家本位,就有效地弥补了文学内部研究缺失作家主体"环节"的缺憾,有助于作品意义阐释基于原初意涵展开。事实上,"文学谈"并非作家创作的"副产品",它包括"创作谈"和"批评谈"两种主体形式。囿于思想观念误读的局限,作家的"批评谈"未能在整个文学批评体系中发挥其应有的

---

① 吴俊.从文学批评到批评史、当代文学批评史及其学科建设问题——《中国当代文学批评史》绪言节选[J].当代文坛,2021(6):15-23.
② 康序.说说文学亚理论[J].文学评论,1987(3):165-166.

作用。殊不知作家的"文学谈"是真正的文学内部的理论与批评,具有"原生性"的"前沿理论"①。在成人文学领域,格非的"文学邀约"与理想读者观、王安忆的空灵点评法与"四不要"写作观、余华的"虚伪的形式"理念、阿来的恢复汉语的原始神性说等,都建构起了作家的文学理论。王尧与林建法主编的"'新人文'对话录"丛书、於可训主编的《小说家档案》更是复现了作家"我是怎么写……"的现场,非常引人注目。在中国儿童文学领域,陈伯吹的《儿童文学简论》、贺宜的《散论儿童文学》、洪汛涛的《童话学讲稿》、任大霖的《我的儿童文学观》、班马的《前艺术思想——中国当代少年文学艺术论》、梅子涵的《儿童小说叙事式论》、张之路的《文学对话科学》、汤素兰的《我与童话一见钟情》、沈石溪的《动物小说和艺术世界》、韦伶的《少女文学与文学少女》等,都是作家"现身说法"讨论儿童文学创作经验的著述,应予以高度重视。当真正切近作家主体,儿童文学批评就能更好地知人论世、见微知著,循此探寻作家的历史经历、当下处境、内心世界、创作方法、文学观念、人生态度等方面的细微症候,指明独特创作风格、文学思想对作家个人以及时代文学的影响,同时展现个案作家的文化选择与价值立场的具体呈现和存在问题,阐释作家面对整体划一的外在文学环境的个性应对,揭示作家文学宣言与实践之间的龃龉与冲突。有鉴于此,作家批评不是作家创作的"余墨"②,它是有别于学院批评的文学批评模式,如毕飞宇评鲁迅作品、残雪评中外先锋文学作品、余华评卡夫卡的作品等,注重创作方法、人生哲理、文学思想和审美经验的传递,以及对文学经典的独特阐释,弥补了学院批评所存在的不足,体现出批评话语的变革,表达出作家群重建文学生活的集体诉求。概而论之,作家"文学谈"突出了文学事件的公共性,"批评"是表,"创作"则是其真实的内涵。

然而,限于儿童观、儿童文学观以及以"教育学"来充当指导理论的立场,以往的史料整理及文学批评研究还无法构成切合儿童文学的美学系统,尚不能形成一种自觉的理论批评话语体系。具体而论,这种不足主要体现在三个方面:第一,批评史料整理不完整、不全面、不严谨,辑录范围主要集中于纯粹的批评史料,对中国儿童文学批评有影响的重要文学理论缺乏关注;存在着漏收、误收、错讹、欠缺注释等现象,选本意识与理论批评史料的考证还较为薄弱。批评史料依附于"文学史"或"学术史",其自成一格的史料价值未得到足够的重视。第二,未能有效勾连中国儿童文学批评与现当代文学批评的互动关系,基于儿童文学概念而展开的文学批

① 王之望.论作家的理论批评[J].天津社会科学,1989(6):64-68.
② 李庆西.谈"创作谈"[J].读书,1986(8):105-108.

评意识还不突出。对作家"文学谈"的关注不够,未能区隔其具体内涵及其之于中国儿童文学理论建构的意义。第三,理论批评史料的整理与研究融合意识不强,存在着"为史料而史料"的价值取向,缺乏对其批评谱系与理论话语体系的梳理。这似乎应证了贺宜所言:"如果说儿童文学是整个文艺战线上的薄弱环节,那么,可以说儿童文学理论批评又是整个儿童文学工作中的薄弱环节。"①为了改变这种现状,学界亟须修复儿童文学创作与批评之间的落差,必须重申中国儿童文学的性质及培育社会主义新人的作用,以期重构百年中国儿童文学的民族性与现代化的批评话语体系。

第三节　儿童文学批评的结构

在儿童文学的结构中,"儿童性"优先于"文学性"是其发生的机制,其逻辑在于,唯有"儿童"被真正地发现出来成为独立主体,那么一种专门针对"儿童"、专属于"儿童"的文学才有存在的必要和可能。"儿童是什么"体现了成人本体的期待:"儿童既是成人欲望的容器,也是生活在群居世界里的社会人"②。这种被动的预设实质上跳过了儿童本体,儿童也成为一种本质化的对象。现代儿童观的确立是与"儿童的发现"扭合在一起的。揆诸中外儿童史,不难发现儿童本身价值、精神长期处于被漠视、遮蔽的位置。正是这种非现代的儿童观使得儿童文学的生产带有厚重的非儿童的因素,成人的教化内含着遮蔽儿童主体性的权力话语。由于缺乏真正意义上的理解与沟通,成人强势地对儿童施加自己认定的观念与思想,代际的平等沟通被一种约定俗成的教化所替代,其结果是儿童与成人之间横亘了一条难以逾越的沟壑,拉大了两者之间的距离,无法实现真正的对话。

既然如此,儿童文学的发生必然是以强化儿童的思想主体性为前提的。当"儿童的发现"融入"人的发现"主潮时,"人学"系统中的长度、宽度、厚度由此扩充,从而开启了人"完全生命"的书写的新篇章。而且,思想性的优先发展无形中提升了中国儿童文学的高度,有效地抵御了其"走弱"的颓势。但与此同时,儿童文学毕竟也是一种"文学"类型,它不是思想的"副本",而是一种基于思想观念的审美创造。"文学性"的提出是基于儿童文学长期被视为教育儿童工具的事实,这种教育功能

---

① 贺宜.重视和正确地对待儿童文学[J].文艺月报,1959(4):14-15.

② 彼得·亨特.理解儿童文学[M].郭建玲,周惠玲,代冬梅,译.上海:少年儿童出版社,2010:30.

决定论限制了文学审美属性和功能的延展。在讨论《彼得·潘》时,杰奎琳·罗丝提出了"儿童小说之不可能"的理论命题,其质疑的基点是儿童文学借成人来言说儿童的逻辑,从而触及了儿童文学的结构性困境①。无独有偶,彼得·亨特也提出了"儿童诗歌是不可能存在"的类似论断,它是基于儿童诗不具备一般诗歌所包蕴的哲理性、概念性、技巧性特质而提出的。对此,凯伦·寇茨主张从身体与体验出发来开掘儿童诗的价值向度,即借助儿童诗感官系统的扩张,儿童可与物质世界、自己的本性及成人重新联结,由此形成一种"看不见的蜜蜂"②效应。事实上,无论是儿童小说还是儿童诗都内隐着其与成人文学领域相对应文体的冲突和互动关系,不能撇开这层关系孤立地讨论"不可能性"问题。这种"不可能"看似将"童年"理解为成人批评的文化符码,但实际上却是儿童文学获取自主性的先决条件。"儿童文学是文学吗"之所以成为一个问题,导源于儿童文学内隐的思想性与艺术性的失衡。与成人文学的重要差异在于,审美性并非儿童文学的第一性,文学性之外的游戏、知识、教育、娱乐等因素构成了儿童文学"起源"不可分割的内容。在此框架内,儿童的文学阅读从一开始是贯穿着成人教化的功利性色彩的。显然,这种从外部因素来探求儿童文学起源的"起因谬说",容易引起"儿童性"与"文学性"的两歧,功利目的而非审美动机的错位给中国儿童文学批评界带来诸多争议。

在成人眼中,童年时代是其无法返归的生命阶段。在审思儿童时,成人不可避免对其产生一种"分裂性"的理解:一方面希望其实现社会化的成长;另一方面则希望保留童年的自然状态。在"成长"与"反成长"的话语悖论中,儿童文学经由成人作家创作的话语空间被拓展。自然性与社会性的矛盾集中体现在儿童文学的创作与批评各环节中。如何廓清儿童与成人的话语表达、处理"为儿童"还是"为成人"的主观意图,是摆在儿童文学研究者面前的难题。在这方面,佩里·诺德曼的观点比较有代表性。他的方案是儿童文学阅读既要"快乐地像孩子一样",又要"脱离那种孩子样"③。"快乐地像孩子一样"是成人要拉近与儿童的距离,以近距离的方式来观照儿童,这样才能真正读懂和书写好儿童。"脱离那种孩子样"则主张拉大与儿童的距离,以成人的眼光和视角来看取和理解儿童。这即是儿童文学领域中"走

① 吴翔宇.代际话语与性别话语的混杂及融通——《彼得·潘》的性别政治兼论儿童文学"不可能性"的理论难题[J].贵州社会科学,2020(9):30-36.

② 凯伦·寇茨."看不见的蜜蜂":一种儿童诗歌理论[J].谈凤霞,译.南京师范大学文学院学报,2019(3):34-40.

③ 佩里·诺德曼.隐藏的成人:定义儿童文学[M].徐文丽,译.北京:中国社会科学出版社,2014:48.

近儿童"与"走出儿童"的悖论。概而言之,想开展儿童文学的真正批评,就要求批评家既要有切合儿童情感思维和心灵世界的"内在人"的认知,又要有跳出孤立而自足的儿童视界的"外在人"的凝视。

问题的复杂性在于,"内在人"和"外在人"的统一远非理论假设的那般简单。即便成人批评家比较符合儿童"内在人"与"外在人"的身份设定,但在具体的批评活动中,成人批评家也很难游刃有余地行走于自我与他者之间。成人作家与儿童对话的文化桥梁是"童年",而成人批评家还要加上其与成人作家的对话沟通这一额外的要求。但事实是,已"化身成蝶"的成人是不可能回到"毛毛虫"的世界里了,"童年"也只是成人想象或记忆的幻象。对于童年的书写或想象必然渗透成人非亲见、不贴切的经验,"儿童"或"成人"在批评家那里成为不固定的价值形态。不过,这对于儿童文学的价值而论并非坏事,它有效地规避了纯粹儿童本体的文学实践造成的价值偏狭,毕竟儿童文学并不是一种"真空"的文学形态。但是,借助成人话语来反成人话语操控的结构性特征也使得儿童文学内部出现了并不恒一的复调,"为儿童"还是"为成人"的冲突贯穿于儿童文学批评实践的全过程。

由上可知,要在"为儿童"与"为成人"之间找到契合点并非易事,尤其是对于那些在成人文学与儿童文学两域耕耘的作家、批评家来说更是如此,也由此引发了一系列关于思想性与艺术性如何平衡、统筹的论争。如梁实秋对儿童文学概念论定中"为儿童"与"以儿童为中心"的讨论,沈泽民、赵景深基于王尔德"艺术至上主义"观的对话,吴研因、尚仲衣等人关于"鸟言兽语"的论辩,龚炯、孔十穗等人围绕儿童文学应否描写"阴暗面问题"的论争等,无不与百年中国动态语境下儿童文学内蕴的特殊性密切相关。因而,中国儿童文学批评的"锚点"也应聚焦百年中国与中国儿童文学的双重复杂性及相互关系而展开。任何抛开儿童文学与动态中国语境的批评都无异于无源之水。在特定的历史语境下,儿童文学思想的涨落源自文化语境的作用力,而儿童文学的"隐匿的反抗"[1]也彰明了其艺术性的自主。

这种游离于现实与幻想、儿童与成人之间的状况,老舍曾以"脚踏两只船"为喻予以生动地描摹:"既舍不得小孩的天真,又舍不得我心中那点不属于儿童世界的思想。我愿与小孩们一同玩耍,又忘不了我是大人。这就糟了。"[2]老舍的比喻道出了中国儿童文学先驱者的心声,如何融合这种代际身份的沟壑,如何处理好现实与

① 吴翔宇.百年中国儿童文学跨学科拓展的依据、路径与反思[J].学术月刊,2020,52(7):146-154.

② 老舍.我怎样写《小坡的生日》[M]//老舍.老舍和儿童文学.上海:少年儿童出版社,1996:457.

幻想的关系,是儿童文学批评应该深入思考的重要问题。老舍的心境并非孤例,叶圣陶等人也有类似的遭遇及困境。受时代语境的影响,童话创生后并没有完全吸纳西方"无意思之意思"的范式,而是渗入了成人及成人社会的诸多现实的成分,"假借童话中的本事,暗示道德,这种利用法,最为上着"[①]。作为中国本土童话的典范之作,叶圣陶的《稻草人》就不是纯粹意义上的童话,夹杂着"为儿童"与"为成人"的两栖性。对于这一点,叶圣陶和郑振铎的对话可作如上观。叶氏带着疑惑向郑振铎请教:"今又呈一童话,不识嫌其太不近于'童'否?"郑振铎洞见了叶氏利用小说童话杂糅的文体来描摹其复杂的心境,其批评意见是:"前半或尚可给儿童看,而后半却只能给成人看。"[②]"成人悲哀"介入童话文体,使得其文体内部出现了裂隙。为了维护思想性与艺术性的平衡,叶氏所采取的"两套笔墨"看似打破了文体单一的惯性,但也由此获致了双向谛视儿童文学与成人文学的视角。有意味的是,巴金的《长生塔》也与《稻草人》的文体形式颇为相似:"它们既非童话,也不能说是'梦话',它们不过是用'童话'的形式写出来的小说……我的朋友用看安徒生童话的眼光看它们,当然不顺眼。至于孩子不懂,更不能怪孩子,因为他实在不知道三十年代中国的事情。"[③]与叶圣陶一样,巴金利用了"童话"的文体形式来折射现实,由此创作出的"童话体小说"并非纯粹的儿童文学,其背后的价值重心是成人而非儿童,或者说是兼及儿童与成人的。

前述作家的游离心境及延宕笔墨在冰心那里也有表征,值得深入思考。冰心自称是儿童的"大朋友",其创作的作品深受儿童的喜爱。与《寄小读者》《再寄小读者》"写大人的事情给儿童看"不同,《三儿》《最后的安息》《寂寞》等以儿童为视角的"问题小说"却是"写儿童的事情给大人看"[④]。尽管贺玉波认为《寄小读者》是"一本很适意的儿童读物"[⑤],但冰心却说自己是"被挤进"儿童文学队伍里的:"我没有写过可以严格地称为儿童文学的作品……写儿童的事情给大人看的,不是为儿童而写的。"[⑥]确实,成人作家要跨越自己的身份来与儿童对话并不容易,要在两代人之

① 张梓生.论童话[J].妇女杂志,1921,7(7):36-40.

② 郑振铎.《稻草人》序[M]//郑振铎.郑振铎全集(第13卷).石家庄:花山文艺出版社,1998:36.

③ 巴金.关于《长生塔》[M]//巴金.巴金全集(第20卷).北京:人民文学出版社,1993:587.

④ 冰心.我是怎样被推进儿童文学作家队伍里去的[M]//冰心.冰心全集(第6册).福州:海峡文艺出版社,2012:3.

⑤ 贺玉波.歌颂母爱的冰心女士[M]//范伯群.冰心研究资料.北京:北京出版社,1984:224.

⑥ 冰心.我是怎样被推进儿童文学作家队伍里去的[M]//冰心.冰心全集(第6册).福州:海峡文艺出版社,2012:3.

间构筑相互沟通的桥梁也非一夕之功。为了开启两代人的精神对话,成人作家被迫以"两幅笔墨"来求取话语的平衡。不过很多时候,成人作家在与儿童、童年对话时,因无法调适两种话语的张力关系而深陷左支右绌的困境中。之所以选用"通信"这种体裁,冰心的解释有二:一是有对象感,二是自由,可以说零碎有趣的事①。尽管冰心声明以儿童的口吻来写作《寄小读者》《山中杂记》,但所讲述的还是成人社会的事情,传达的依然是成人话语。批评家茅盾最早发觉了冰心创作中出现的问题:"指明是给小朋友的《寄小读者》和《山中杂记》,实在是要'少年老成'的小孩子或者'犹有童心'的'大孩子'方才读去有味儿。在这里,我们又觉得冰心女士又以她的小范围的标准去衡量一般的小孩子。"②应该说,在《寄小读者》等作品中,冰心持守"母爱""童心""自然"等创作情怀,执着于为儿童创作属于儿童的文艺作品,但尽管如此,她还是无法避免跌入"越写越不像""越写越'文'"③的套路中。

不言而喻,成人声音的加入造成了儿童文学内部和谐声音的失范,引导和影响了读者的阐释方向。成人声音的显现彰显了儿童作家自觉的"载道"意识,不过依然摆脱不了在"发现儿童"时"被儿童发现"的魔咒:"他(她)是某种社会的群体的代表,某种特定社会教育观念的载体,某种严肃历史使命的文学使者,一个由于儿童自己不会创作所以不得不聘用来生产儿童文学作品的工匠,一台儿童心理的测试仪,他甚至是发放糖果的圣诞老人,是指点迷津的牧师……总之,他什么都是,唯独不是他自己——一个活生生的有七情六欲的有独特生活阅历和情感世界的有自己独具的审美意趣的或丰满或欠缺或成熟或幼稚或快活或忧郁性格的'这一个'成年人。"④正因为成人作家、批评家与儿童的经历相差很大,关于童年的想象只能是一种个人的记忆,充其量也只是"过来人的体验",是"站在'全知'高度对'无知'的体验,予孩子自身的体验是增添了成年人的心理支配的"⑤。那么,"童年"书写是否在成人文学与儿童文学中有同质性呢?何卫青认为存在着"此时此地儿童"与"彼时彼地儿童"两种童年形态⑥。相对而言,"此时此地儿童"的童年书写较为接近儿童文学的童年书写,但是却较少地出现在成人文学的作品之中。而"彼时彼地儿童"

---

①　冰心.我的文学生活[M]//冰心.冰心全集(第2册).福州:海峡文艺出版社,2012:327.

②　茅盾.冰心论[M]//茅盾.茅盾全集(第20卷).合肥:黄山书社,2012:192.

③　冰心.笔谈儿童文学[J].少年文艺,1978(6):86-88.

④　汤锐.现代儿童文学本体论[M].南京:江苏少年儿童出版社,1995:226-267.

⑤　杨实诚.儿童文学美学[M].太原:山西教育出版社,1994:57.

⑥　何卫青.近二十年来中国小说的儿童视野[J].四川大学学报(哲学社会科学版),2003(4):134-139.

的童年书写尽管常见,但它在中国现当代文学中并非主流的文学现象,往往通过回溯的方式来对人性和生命进行怀想,是一种较为含蓄、委婉、迂回的对现实社会的观照,很难直观地反映现代中国的社会进程。因而,这种童年书写的特点也限制了中国儿童文学与现当代文学关联的视域,很难据此深度楔入现代中国发展"现代性"的整体体系中。谭桂林认为童年母题文学与儿童文学是两个"不同质"的概念,"外延有着一定的交叉叠合的关系,但其内涵却有着自己质的规定性"。在他看来,童年母题书写是作家对自我人格生成历史的深刻反思,成人的介入较为普遍。而儿童文学则尽量排除成人因素渗入[①]。童年书写承载了较为鲜明的成人即时即地的印记,而这种外在力量反过来会减缓和遮蔽我们对于童年的认知。这即是哈布瓦赫所忧心的丧失部分童年实质为代价的"童年缩减"[②]。当然,在儿童文学中成人因素是否介入、介入的程度是可以讨论的问题。尽管成人作家意识到教化并非儿童文学的本质使命,但也难免会在儿童文学作品中渗透情感。谭桂林所谓"尽量排除"在很大程度上保留了成人因素渗透的可能。童年书写是成人返归童年的一次情感之旅,是基于现实而想象或建构出的童年景象。而儿童文学则是两代人围绕着童年的情感对话,这里的童年既可以是建构出来的,也可以是现实的。

应该说,如何在儿童世界和成人世界之间找到平衡,避免"太教育"或"太艺术"的偏狭一直是儿童文学作家、批评家关注的核心议题,由此也产生了主张"思想性"或"艺术性"的不同的创作与批评流派。其中,"童心主义"及"教育儿童的文学"代表了思想性与艺术性的两极,集中地表征了基于"元概念"的中国儿童文学批评的进路。事实上,这种游移于"太教育"与"太玄美"之间的矛盾是中国新文学"启蒙"与"纯美"两种文学观念的具体表征[③]。盲视两者的张力结构无法真正理解中国儿童文学或现当代文学发展的内在理路,也无法真正洞悉两者之间析离或融合的复杂关系,在此基础上的文学批评也无从谈起。

第四节　儿童文学批评的方法

儿童发展事关国家和民族的未来。作为服务于儿童的文学门类,儿童文学的

　　① 谭桂林.论中国现代童年母题文学的反思品格[J].中国文学研究,1989(3):49-54.
　　② 莫里斯·哈布瓦赫.论集体记忆[M].毕然,郭金华,译.上海:上海人民出版社,2002:86-87.
　　③ 陈思和.启蒙与纯美——中国新文学的两种观念[M]//陈思和.笔走龙蛇.台北:业强出版社,1991:23.

重要性体现在对儿童教育、童年关怀、母语意识等方面的影响上,进而在很大程度上决定了一代代国人的品德、修养与观念,在"争取下一代"的伟大工程中扮演着举足轻重的角色。然而,与当下儿童文学创作的繁荣相比,中国儿童文学的批评却特别薄弱。中国儿童文学创作与理论批评体系的建设总体上需要一种统筹意识:如何有效承继已有的理论传统,如何在新的历史语境下开掘新的批评资源,并且使这些资源能促进百年中国儿童文学的健康发展。这种统筹意识的落脚点并非理论和批评本身,而是百年中国儿童文学书写童年所展开的广阔现实。

一般而论,理论批评与创作是相互作用的,正如陈伯吹所说:"在'繁荣创作'的同时,必须要并肩齐进地'建设理论'。而建设理论的目的,仍然是繁荣创作。也只有在创作繁荣的景气中,积累经验,总结经验,成为有条理性的、系统性的经验教训,上升转化为理论。理论研究指导创作,创作以自己的实践证明理论,并修正理论。从而理论愈丰富,愈完整,创作也就愈繁荣愈提高,它们在儿童文学事业上具有内在的联系,起着相互影响的作用。"①贺宜也说过:"要发展和繁荣我国的儿童文学,必须同时注意加强儿童文学的理论和评论工作。"②然而,中国儿童文学创作与理论批评的失衡现象较为明显,中国儿童文学界亟待创构标示"中国"的批评理论话语来重建中国儿童文学的民族化、现代化道路。如何总结百年中国儿童文学发展的历史经验与人文价值,如何在众多话语集结的中国儿童文学发展中确立中国本土理论体系和话语方式,重绘具有时代性、前沿性、思想性的百年中国儿童文学的历史图景,如何以中国特色的理论批评话语来指导中国原创儿童文学创作实践,并发掘培育中华民族未来一代精神生命成长的理论资源,是中国儿童文学理论工作者的重要理论视点和研究方向。

在百年中国社会发展的历程中,儿童文学与新文学之间具有"一体性",切断两者融通与互动的做法会制导"不在历史中"的偏误③。因而,探究中国儿童文学批评话语的建构应充分考虑其与现当代文学批评之间的互通性。进一步说,对于百年中国儿童文学批评的整体研究可以通过文献整理与理论研究相融合来实现。其中,文献整理是基础,理论研究是深化与拓展。将"目录学""考证学"与"文献学"融合于一体,注重历史的复杂性与批评本身的复杂性,重点关注儿童文学批评与百年

① 陈伯吹.谈儿童文学工作中的几个问题[M]//陈伯吹.儿童文学简论.武汉:长江文艺出版社,1982:16.

② 贺宜.为了下一代[M]//叶圣陶,等.我和儿童文学.上海:少年儿童出版社,1990:135.

③ 吴翔宇.边界、跨域与融通——中国儿童文学与现代文学"一体化"的发生学考察[J].文学评论,2020(1):139-147.

中国社会语境的互动关系。在对中国儿童文学批评史料进行搜集、整理的基础上，牵引出一条文学批评与历史社会互相对话、互相影响、互相塑造的脉络，建构起中国儿童文学创作与批评整体化、中国儿童文学批评与中国现当代文学批评一体化研究的宏大视野，呈现动态、立体的中国儿童文学批评史发展图景及批评话语系谱。

基于文化语境与时代召唤的同一性，中国儿童文学的发展呈现出向现当代文学靠泊的倾向。对此，班马将这种趋势概括为"缺失本体根基的浮游"[①]。这里的"本体根基"，班马特指的是儿童文学之为儿童文学的根本属性："儿童性"。他从中国哲学"一""根"等概念中归纳出"儿童文学比成人文学要更为悠远"的结论[②]。在儿童文学出现"离逸"本体的关口，他质疑的是儿童文学定于现实主义"一尊"而导致的儿童性的折损，并将批评的矛头指向所引入的成人文学的文学评论价值意识。正是基于这种非本体的评论意识，生成了新时期以来探索小说艺术形式的诸多批评。班马将其归结为"成人审读"下的误读，是一种"成人代言"的非本体（儿童）阅读接受效应的主观估测。不妨说，以现实主义作为评析儿童文学的单一价值标准是有偏狭的，它忽略了文学多样化及儿童文学的本体属性。班马的上述评述本身就有矫正儿童文学走向单一化的考虑，一旦儿童文学靠泊于成人文学，势必会冲淡和消解儿童文学的特殊性。不过，班马所谓儿童文学的"本体根基"主要落脚于儿童生命感中"亦真亦幻"的一面上，而并未整体地概括出这种"真幻文体"的具体内涵及"真""幻"之间的关系。

对于班马的上述理论缺憾，方卫平重审了"本体"这一哲学概念，认为班马的上述观点更为集中于"审美本体论"的层面，而对于儿童文学的"认识本体论"则缺乏全面、辩证的观照。方卫平不认同班马将儿童文学的困境归咎于"主流批评界"的说法，认为儿童文学批评的标准必须返归儿童文学"元概念"基点，"探索和创造新的艺术可能的信念仍未缺席"[③]。确如方卫平所言，进入"后探索"时代，儿童文学并没有走向纯粹而单一的现实主义大道，而是在继续探索的冲动下"再出发"。梅子涵也认为20世纪90年代"现实主义"的提法仅表达的是对某类作品的肯定，而未必如班马所说是对其他创作思潮的否定。对于班马所谓"靠泊"成人文学，梅子涵并未如班马那么悲观地阐发"靠泊"的结果，而是从"对儿童文学狭隘、闭塞、单一观念

---

① 班马.缺失本体根基的浮游与无奈靠泊[J].儿童文学研究,1996(1):15-22.

② 班马.儿童美学"一"的本体性与开放度[J].儿童文学研究,1997(3):46-51.

③ 方卫平.儿童文学本体建构与九十年代创作走势——与友人班马对话[J].儿童文学研究,1996(2):7-12.

和格局的打破动机"①来论定其可能性的价值。这样一来,儿童文学不再游离于文学的大背景之外。与此同时,在肯定融通两种文学的同时,梅子涵也反对将儿童文学当作一个整体来讨论本体性的观点。对于那种"靠泊"成人文学的儿童文学作品而言,如果不分而治之则会陷入如梅子涵所说的"美学失衡"的困局,而分而治之的结果则在一定的程度上销蚀了儿童文学本体的系统性、完整性。这种悖论贯穿于中国儿童文学批评的始终,是应该进一步深入探讨和反思的理论问题。

上述论争实质上涉及儿童文学"元概念"的内在构成及批评发展的理解问题。为了进一步廓清儿童文学的本体性,学界并没有孤立地去论述和阐释,而是援引了"成人文学"这一他者话语来作为参照。受制于时代背景,儿童文学在原动力上曾借助于成人文学的引领。从百年新文学的发展脉络来看,成人文学对于儿童文学的引领作用确实不可低估。但是,正是这种依赖的被引领关系使得儿童文学发展的本体性存在着发育不足的现象,这也成了批评界必须正视和反思的关节点。为了厘定儿童文学的本体性,学界在搭建其与成人文学桥梁的同时还要进一步理顺"儿童性"与"童年性"的关系。刘绪源认为"童年性"是一个题材的概念,而"儿童性"则是一个思维方式的概念。在他看来,前者在成人文学作家的童年生活书写中经常出现,但作品并不是专门写给儿童看的;后者是一种切近儿童思维和表达的独特方式,是指向儿童文学本体的。为了凸显儿童文学的儿童特性,刘绪源提出了这样一种观点:"儿童文学就是成人文学——或者更准确点说,儿童文学就是文学。"②之所以罔顾两种文学的差异,将两者等同起来,刘绪源的逻辑原点是成人文学的概念是虚假的,是儿童文学界创造出来的词汇。区别两者的好处是强调了儿童文学的儿童特性,但坏处是使儿童文学远离了文学。与刘绪源要解决儿童文学特征而强调其与成人文学的关系不同,班马则基于缺失而离逸于自身本体艺术价值推导出儿童文学存在向成人文学"靠泊"的倾向③。概而论之,刘绪源认定儿童文学即同于"成人文学"的一体,而班马则认为儿童文学应拥有相当区别于成人文学的"儿童美学"本体根基。刘绪源与班马的分歧,不是儿童文学与成人文学"要不要"关联的问题,而是理解两者关系时"如何是"的问题。为了进一步论述其观点,刘绪源又提出了"双重标准",即在衡量儿童文学时,既要用成人文学的标准,又要合乎儿童性

① 梅子涵.评读《缺失本体根基的浮游与无奈靠泊》[J].儿童文学研究,1996(4):38-41.

② 刘绪源.明天的研究向哪里深化——与诗人班马对话[J].儿童文学研究,1996(1):23-25.

③ 班马.开发自身本体的"儿童美学"艺术价值——与刘绪源对话"成人文学"评论意识[J].儿童文学研究,1996(2):13-17.

的标准[①]。刘绪源这种从"通"与"隔"的角度来处理两种文学而制定的"双重标准"，实质上并未真正理顺"关系性"与"特殊性"的先后关系，这种模糊而无序的标准显然难以达至对于儿童文学本体性的把握，这也是其受到其他学者诟病和批评的本源所在。

按刘绪源的思维逻辑，一旦儿童文学真是成人文学，那么儿童文学之为儿童文学的本体特性就被淹没和遮蔽了，与此相关的围绕儿童文学特性而展开的批评实践也随之失效，这显然是不科学的。王泉根一反刘绪源"从他者关系中确立"的思维，转而从"自身建构行为"[②]出发来确证儿童文学在文学版图、人文学科领域的生命特性和生存权利。事实上，无论是班马的"特殊性"，还是刘绪源的"关系性"，都不能片面而单一地予以强化，结合起来辩证地去理解才是切近儿童文学本体的理性的方案。王泉根的"自身建构行为"只是以儿童文学的本体为落脚点的理论创构，实际上也未能解决前述在理顺了何者为第一性后的融合问题。对于刘绪源混杂儿童文学与成人文学的差异性，或将参照系置于成人文学话语体系的观点，班马认为其偏误性在于放弃了儿童文学与成人文学之间"取位"所在的最本质的参照[③]。此前班马首倡的"走出自我封闭圈"意在开拓儿童文学更为广阔的天地，但这种跨越自我本体的追求并不是以牺牲儿童文学的本体属性为代价的。

中国儿童文学与现当代文学的关系，既要确立"一体化"的视野，也要有持守"主体性"的批评标准。具体来说，中国儿童文学批评的内核是指向"儿童"与"文学"，在此基础上开展的批评实践也是"现代"及"中国"的。从整体上看，重建百年中国文学视域中儿童文学批评话语体系是一个复合的系统工程，其学术路径至少包括如下两个方面：首先，要对百年中国儿童文学批评的历史进行"场域还原""过程复原"与"精神探原"。李欧梵认为，传统是有谱系的，将文学理论放置于得以产生的文化环境中有望洞悉理论批判背后的"政治"与"历史"[④]。按照这种观点，将有"历史"与"政治"的儿童文学理论批评置于百年的历史发展进程中考察，由此形成的理论批评史是立体多维的历史，其中既关涉"短时段"的文化机制，又有"长时段"历史的动态轨迹。其次，在"史料化的批评"与"批评化的史料"融合的框架下，勾勒

① 刘绪源.再说"双重标准"——兼论研究现状并致班马学兄[J].儿童文学研究,1996(3)：19-24.

② 王泉根.共建具有自身本体精神与学术个性的儿童文学话语空间[J].儿童文学研究,1996(4)：32-37.

③ 班马.对儿童文学主流评论界缺乏本体建构力之我见[J].儿童文学研究,1996(4)：42-44.

④ 李欧梵.批判的系谱——《美国现代批评经典译丛》总序[J].当代作家评论,2005(5)：40-45.

出中国儿童文学批评发展的行进轨迹、内在规律、话语谱系等重要议题,以呈现中国儿童文学理论批评的学术特征、思维形态及推动中国儿童文学发展的影响。立足于"一体化"与"主体性"融合的基石,探究百年中国儿童文学理论批评术语、概念、方法、范畴、标准、史观的嬗变,并将这种嬗变与现代中国发展演变的动态语境结合起来,在百年中国文学批评的整体格局中重构中国儿童文学理论批评发展的历史图景。

第五节 儿童文学批评案例

一、童话批评案例1:《彼得·潘》的性别政治

英国作家詹姆斯·马修·巴里的童话《彼得·潘》是在其多篇短篇童话的基础上整合完成的。1902年出版的小说《小白鸟》首次出现了彼得·潘的身影。1904年,剧本《彼得·潘,不愿长大的孩子》发表,继而在伦敦和纽约上演。在《彼得的山羊》等童话中,彼得的形象逐渐具有了连续性和整体性的特点。不过,在整合前述形象时,巴里却并非以简单的拼贴来扩容儿童成长的"量",而是着力于其思想形态及艺术美学"质"的生成。这种创造性的融合生成了谈凤霞所说的"含混"与"张力"[1]的悖论美学。应该说,这种隐藏的混杂不仅体现在人物形象的思维过程及行为意向上,也蕴含于性别的意识形态之中,并深植于儿童文学内在结构的深层肌理。因之,对于《彼得·潘》的解读不仅要考察文本内部体系的多维性,而且要从隐藏的社会意识形态的运作中来廓清儿童与成人话语的复杂关系,从而更切近文本的深层结构及儿童文学本源,以期从一个侧面来思考英国学者杰奎琳·罗丝基于《彼得·潘》所提出的"儿童小说之不可能"的理论命题。

(一)性别界分:从"发现"到"遮蔽"

性别问题的提出是建构在社会文化结构中两性关系及角色配置的基础上的。在以婚姻为契约的家庭体系中,劳动及分工是家庭成员获致主体身份的重要标尺,由劳动分工所建构的家庭及社会角色就成为探究性别政治的切入点。《彼得·潘》里达林一家是英国中产阶级家庭的缩影,"男主外,女主内"是这个家庭劳动分工与

---

① 谈凤霞.隐藏的含混与张力:重释《彼得·潘》兼论儿童文学的悖论美学[J].西南民族大学学报(人文社会科学版),2018,39(6):182-191.

性别差序的显在形态。达林是一家证券公司的职员,达林太太是全职主妇,其三个幼小的孩子并未被赋予家庭及社会角色。在劳动分工与社会身份配置的框架内,三个孩子的身份认同迷失于固化的家庭伦理与传统的性别模式之中,成为"消失于文本中"的"迷失的孩子"①。

问题是,儿童文学如果离弃了儿童主体或对儿童成长的观照,或者缺失了童年与成年复杂关系的构建,实难返归儿童文学"元概念"所界定的本体。作家巴里深谙此道,他并未切断童年与成年的整体性,而是采用靠近儿童读者及文本中人物的"降级书写"②来重构儿童的主体价值。为了恢复被遮蔽的儿童主体性,巴里选取了一个与现实世界绝对隔绝的"永无岛"。谁能去、如何去都掌握在"永远长不大"的主人公彼得手里。在这里,以"永远的儿童"身份出场的彼得是无性别表征的,而温迪的出现才使得性别的"二元矩图"以完整的样貌呈现。为了构筑现实世界与幻想世界的通道,童话设置了"离家"模式:在一个繁星满天的夏夜,达林先生和达林太太出门赴宴而狗保姆又被锁住,温迪和弟弟迈克尔、约翰跟随彼得从伦敦飞到了远离英国的海岛。在这里,"永无岛"是托尔金"第二世界"、风间贤二"异世界"③的典型标本,为性别政治的运作提供了延伸现实视域的舞台。

从镜像理论的角度来看,温迪最初是一个充满幻想的孩子,天天和弟弟们一起玩耍,没有明确的性别意识,"一个儿童,就其存在于自身并且为自身存在而言,很难意识到自己是一个有性别的人"④。但自温迪离家到永无岛做了孩子们的"小母亲"始,其性别意识与家庭角色被重新设立。与彼得·潘带领男孩子们在礁湖玩游戏、和印第安人进行虚拟战争、与胡克船长作战相比,温迪活动的空间极其狭小,"真的,除了有时候在晚上带一只袜子上来补,整整一个礼拜,她都没有到地面上来。就说做饭吧,她的鼻子就老是离不开那口锅。"⑤在身体被归置于家庭空间后,温迪逐渐从精神的层面来找寻归宿。彼得是激活其性别意识的他者。只有当温迪合理地调和与彼得的家庭身份关系,她才能成为名正言顺的母亲。然而,彼得始终沉浸在无性别的儿童镜像里,温迪所希望塑造的妻性身份无法在彼得那里获得合

① 杰克·齐普斯.作为神话的童话/作为童话的神话[M].赵霞,译.上海:少年儿童出版社,2008:8.

② Barbara Wall. The Narrator's Voice:The Dilemma of Children's Fiction[M]. New York:St. Martin's Press, 1991:15.

③ 彭懿.西方现代幻想文学论[M].上海:少年儿童出版社,1997:330.

④ 西蒙·娜·波伏娃.第二性[M].陶铁柱,译.北京:中国书籍出版社,1998:309.

⑤ 詹姆斯·巴里.彼得·潘[M].杨静远,译.天津:天津教育出版社,2007:89.

法性的条件。由此她成了无性的母亲(处女母亲),即被阉割了性别差异的"家庭天使"。如果说温迪性别意识的萌生导源于打破儿童原初镜像的离家行为,那么在永无岛的家庭重建中却未确证其身份归属。她只能在时空的循环无限中重复着母亲达林太太的性别身份,深陷"发现"其性别意识的同时又"遮蔽"了其主体性的逻辑怪圈。

为了凸显这种宿命的残酷,文本设置了达林太太与温迪相互参照的性别循环链。达林太太是维多利亚时代推崇的贤惠的妻子、慈爱的母亲。巴里对她着墨不多,大多数情况下,她是失语和无声的,留给读者的印象是安静地坐在火炉边上缝衣服。她需要在孩子们入睡以后,"搜检他们的心思,使白天弄乱了的什物各就各位,为明天早晨把一切料理停当"①。她并未走出被固化、被配置劳动分工的命运怪圈,只是顺从地扮演着主流社会赋予女性的身份。事实上,即使将达林太太赞誉为"家庭天使",这也只是男性话语运行的策略:"把她们降低为男性的附属品,而满足了父权文化机制对女性的期待和幻想。"②温迪也没有逃离这种命定的魔咒,有论者指出:"永无岛上的时间在帮助她为回到原来的现实世界做准备。"③在永无岛,温迪完成了从女孩到女人的转换。然而,这种从童年向成年的成长历程却并没有使其找回被疏离的主体性。当彼得在外面受了伤,头上裹着绷带回来,温迪的劳动职责是"抚慰他,用温水洗他的伤口"④。至于彼得的海外冒险经历,她则置若罔闻,在彼得豪迈的讲述中演变成一个空洞的旁观者符号。无独有偶,彼得的冒险故事无一例外地符合男性的身份定位,在其身上有着达林的身份印记,溢出了儿童本有的身份阈限,呈现出与彼得"反成长"并不匹配的、混杂的"阈性特征"⑤。这样一来,虚构的"永无岛"与现实的社会结构具有了同构性,性别政治在其中获取了通约的话语符码。应该说,童话构筑了界限分明的性别术语、范畴,这种性别界分为处于镜像阶段的儿童提供了获取主体认知的途径,是成长的要义。然而,不可避免的是,这种界分实质上却强化了文本内部的性别刻板印象,在彰显男性社会性别政治的同时也销蚀着作为"完全生命"的儿童主体的基石。

① 詹姆斯·巴里.彼得·潘[M].杨静远,译.天津:天津教育出版社,2007:6.
② 邱运华.文学批评方法与案例[M].北京:北京大学出版社,2005:233.
③ Coleena Fanjoy. Eat Me, Drink Me: Examining the Ways that Twentieth-Century Heroines Outgrow the Prescribed Feminine Spaces of Victorian Fantasy Literature for Children [M]. Fredericton: The University of New Brunswick's Press, 2007: 108.
④ 詹姆斯·巴里.彼得·潘[M].杨静远,译.天津:天津教育出版社,2009:6.
⑤ 维克多·特纳.庆典[M].方永德,等译.上海:上海译文出版社,1993:148.

概而论之,以男女性别的分野来遮蔽儿童性是《彼得·潘》文本内部所传达出的性别政治。对于儿童而言,从儿童的镜像中走出来是成长的第一步。需要警惕的是,当其脱逸出传统"母本"而迈向成人世界所规约的性别设定时,其儿童性则被更高层级的"母性""父性"所淹没,陷入了另一种层次的主体迷失。对于温迪的这种迷失,凯伦·科茨将其概括为"母者之失"①的悲痛。当然,需要进一步追问的是,这种主体迷失的根由到底是"自导"还是"他导"的?对于温迪和达林太太这类"家庭天使"而言,妻职和母职是其理想与归宿。一旦这类女性放弃了主体性而屈从于男性话语,他们只在生理性别上属于女性,"女儿性"及"母性"都被弃置,所面临的是在男性话语辖制的家庭领域活动。在为梁实秋翻译的《彼得·潘》写序时,叶公超道出了性别政治运作下女性主体意识迷失的事实:"虽然多半的女子仍情愿先孥她们前半生的眼力去掩盖她们生长的表记,这当然不能不说是男子的罪恶。"②如果说温迪离开家到永无岛生活有彼得的"他导"作用,那么到了永无岛的身份认定则多是其疏离于儿童性的"自导"的结果。即便是温迪长大以后,她依然没能说出一个"不"字,她的小女儿也被彼得带到了永无岛,再后来则是其外孙女被带走,一代代女性的命运在循环不断地延续。由此看来,男性中心的性别政治之所以能畅行无阻,很大程度上是女性与男性"共同体"合谋的结果。

从家庭的劳动分工到社会角色定位,都是社会及人类文明发展的产物。童话并非脱逸于社会、现实的纯粹想象物,现实与幻境的切换、游移表征了童话世界所内隐的意涵。《彼得·潘》"男主外,女主内"的性别界分是性别刻板印象在劳动分工上的固化安排,深刻地楔入了文本内部的深层结构。它不仅是男权话语的产物,还体现了"对两性劳动价值的不同认定及夫妻双方在家庭权力关系中的不同位置"③。在增添了性别政治的意识形态后,文本内蕴的成人与儿童话语的对话体系被注入了更为复杂的情态。即在儿童与成人的代际主轴内纳入了性别关系的复合要素,进而扩充了文本的思维畛域。对于性别界分的反思,并不是批评"以谁"为参照标准,而是要揭开受蔽的话语机制,突破单向度的性别对峙体系,从二元对立的本质主义中走出来,走向代际政治与性别政治交互的深层。

① 凯伦·科茨.镜子与永无岛:拉康·欲望及儿童文学中的主体[M].赵萍,译.合肥:安徽少年儿童出版社,2010:31.

② 叶公超.《潘彼得》序[M]//巴利.潘彼得.梁实秋,译.上海:新月书店,1929:1.

③ 王晶,师吉.女性主义对构建和谐家庭性别分工模式的思考[J].中华女子学院学报,2008(4):59-64.

(二)位置与声音:身份焦虑与空间政治

在论及儿童性的发现与遮蔽问题时,佩里·诺德曼道出了儿童文学作家书写的含混性困境:"同时赞美和贬低童年欲望及知识,因此既保护儿童不受成人知识的伤害,又努力教给他们成人知识;它既保守又颠覆;它既颠覆它的保守主义,又颠覆它自己的颠覆性。"[①]言外之意,儿童文学作家在植入成人话语时并不是显性和单向度的,有时甚至是错位和悖反的。这种颠覆性的话语本质上符合儿童文学生产的不对位性,儿童身份的遮蔽与彰显反映着成人童年观的主体方向。《彼得·潘》的复杂性恰恰体现在性别政治支配下儿童身份的显现与隐匿。

毋庸置疑,巴里并非忽视童话创作中儿童身份的发现、找寻及缺失等关乎儿童文学本义的要素。对于位置的想象与描述隐含了作家对于空间的运作,是性别政治操作的主要表现形态。落实到《彼得·潘》,"空间结构"主要包括两个层面的内涵:一是男性与女性、儿童与成人作为虚拟整体的空间状态;二是作为集合体的儿童内部空间分层、分立的状态。针对这种空间状态的复合结构,后现代地理学将其阐释为"序列的、树状的与格子的关系"[②]。在这种多重的空间的框架中,关涉儿童身体、位置、声音及在此基础上童年向成年的过渡、对话等议题获致了丰富多元的演示空间。《彼得·潘》并不是超现实、超历史的文本,文本集结了多重语义、多种话语的共生关系。要廓清性别政治的运作机制,关节点在于弄清楚谁在定义、定义的标准是什么、谁成为描述和界定的对象。如前所述,温迪的离家是女性自主性道路的开端。其中彼得对于温迪的诱惑起到了他导的作用,不过,人鱼和仙子的许诺固然有很大的诱惑力,但温迪还是犹豫不决。最终起作用的是"当母亲"的角色设定。一旦想象中的家变为现实,温迪便耽溺于自己臆造的性别设定里。她睡梦里的"家"的幻象秩序井然、平静祥和;"玫瑰花儿向里窥看,小小婴孩向外张望。"[③]事实上,温迪这种"母性气质"并非其主体意识的折射,而是本源于男性权力话语对于女性价值的预设,"人们是通过从社会影响中学习'表演'他们的性别来构建自己的

① 佩里·诺德曼.隐藏的成人:定义儿童文学[M].徐文丽,译.北京:中国社会科学出版社,2014:254.

② 米歇尔·福柯.不同空间的正文与上下文[M]//包亚明.后现代性与地理学的政治.上海:上海教育出版社,2001:19.

③ 詹姆斯·巴里.彼得·潘[M].杨静远,译.天津:天津教育出版社,2007:83.

性别角色"①。在这副女性气质的面具下,潜藏着温迪对于新家的幻想及对男性的认同,这也在无形中强化了彼得无限膨胀的男性话语。在前往永无岛的路上,迈克尔、约翰和彼得玩起了"跟上头头"的游戏,温迪提醒约翰要对彼得客气点。弟弟们茫然不解,温迪警告他们说:"要是他把我们扔下不管了,我们怎么办?"她认为必须依靠彼得才能找到回家的路,还不忘对弟弟反复强调,"没有他,我们怎么认得回去的路呢?""可谁给我们找吃的,约翰?""就算我们能得到食物吧,要是他不在旁边照应,我们会撞上浮云什么的。"②一连串的质问表征了温迪对彼得的顺从与依赖,并自觉将自己置于一个被拯救的客体地位。

　　身份问题是性别政治的原点。身份的找寻贯穿于儿童成长的全过程,是一个"永不完结,永远处于过程之中"的"生产"过程③。彼得的童年宣言"我是刚出壳的小鸟"原本是不带有性别标识的。这种未经思索的自我身份认定也隐含着彼得"根本不知道他自己是谁、是什么"④的事实。巴里赋予了彼得与生俱来的儿童性,但当这种自足的儿童性进入社会结构时却衍生出身份认同的焦虑。温迪、叮叮铃、虎莲以及永无岛的孩子们都认为彼得"永远做儿童"的状态是得了某种病,都可怜他,在心理层面早就将其驱逐出了常人的行列。对此,彼得是无所顾忌的。尽管彼得在抢地盘、作战中所持的高贵姿态与好风度震慑了对手,但却无法解答胡克等人所疑惑的"何以是"和"为什么是"等身份难题。童话以留白的方式省略了彼得去永无岛的动因,至于彼得的性格,读者也只能通过其名字显出"古怪的傲气"⑤来窥测。彼得身上具有稚气和傲气两个维面的气质,两者同向互动,有效地铭刻了性别刻板印象。即使是两人出现分歧时,彼得的性别还是占了上风:"你是一位妇女,不行。"⑥"妇女"一词的命名是彼得实施性别政治的话语策略,"延续文字的古老示意性特权"⑦,当这种命名被推至公共空间时,就具有了"官方性质"⑧,其结果是被取名者温迪"奴役似的被迫对一个符号的认同"⑨。在赋名的过程中,彼得完成了一场升格的

　　① 罗伯塔·塞林格·特瑞兹.唤醒睡美人:儿童文学中的女性主义[M].李丽,译.合肥:安徽少年儿童出版社,2010:86.

　　② 詹姆斯·巴里.彼得·潘[M].杨静远,译.天津:天津教育出版社,2007:36.

　　③ 罗钢,刘象愚.文化研究读本[M].北京:中国社会科学出版社,2000:208.

　　④ 詹姆斯·巴里.彼得·潘[M].杨静远,译.天津:天津教育出版社,2007:118.

　　⑤ 詹姆斯·巴里.彼得·潘[M].杨静远,译.天津:天津教育出版社,2007:9.

　　⑥ 詹姆斯·巴里.彼得·潘[M].杨静远,译.天津:天津教育出版社,2007:110.

　　⑦ 周蕾.视觉性、现代性与原始的激情[M].张艳虹,译.桂林:广西师范大学出版社,2003:268.

　　⑧ 皮埃尔·布尔迪厄.文化资本与社会炼金术——布尔迪厄访谈录[M].包亚明,译.上海:上海人民出版社,1997:91.

　　⑨ 张一兵.不可能的存在之真——拉康哲学映像[M].北京:商务印书馆,2006:204.

成长仪式。相对应的,温迪不加辩解的默认则坐实了其边缘者的身份。自此,几乎在所有需要发挥个人才智和能力的时刻,冲锋在前的都是以彼得为首的男性。在和胡克船长的决斗中,巴里用很大的篇幅来描绘激烈、刺激的战斗场面,当然温迪并未出场。只是在该篇章的结尾,巴里才轻描淡写地交代:"温迪当然没有参加战斗,不过,她一直睁着发亮的眼睛注视着彼得。"[①]在类似的公共领域,温迪始终是缺席的,她心安理得地接受男性之于自己的安全感,仰视着能够给予她帮助、把她从危险的境地中解救出来的男性。只有当战事结束后,温迪的性别才被赋值,等待她的是安排孩子们在海盗的舱铺上睡下,紧紧搂着在梦中哭泣的彼得,给予他温柔的抚慰。由此,在配置男性与女性职责、权力时,文本的社会空间的话语生产得以完成。

然而,在上述看似泾渭分明的性别话语的一体化运作背后却存在着诸多"裂隙"。这种不协调的"非同一性"为文本性别政治和空间话语生产带来了困扰,不过,这种多元、矛盾的话语消长还是指向了两性对话意图的实践。彼得和温迪的身上都有多面性,汇聚了儿童的主体及成人的影子。彼得最为主导的心智是拒斥长大,因而他不接受印第安人对其"伟大的白人父亲"的称谓,他也不承认是模拟家庭的父亲,其理由是"做他们真正的父亲,我就会显得很老"[②]。吊诡的是,他却处处扮演着父亲的角色,以武力和霸权的方式支配着孩子们的行动及意志。最为残忍的是他以自己不想长大为由来阻止其他孩子长大,"眼看就要长大的时候——这是不合规定的,彼得就把他们饿瘦了,直到饿死"[③]。彼得以自己男性的权力驯服了温迪及家庭的其他成员,其驯化的方式是通过确立自己"男性模范"来实现的。按照心理学家的说法:"男性模范、男子气概,从来就不是孩子们在课堂上通过老师和课本学会的,而是通过模仿文学故事和各类艺术作品中的模范,在玩耍、历险和生活中练就的。"[④]作为孩子们的领袖,彼得身上那种无处不在的"英国绅士"精神有着很强的号召力。在与印第安人的对峙中,这种冒险、果敢的精神占了上风,土著人对彼得匍匐在地的顺从即是显证。在其精神的引领下,永无岛的孩子们自觉归入彼得"后裔"的行列,直到长大后才离开永无岛,才恢复社会人的身份。

① 詹姆斯·巴里.彼得·潘[M].杨静远,译.天津:天津教育出版社,2007:180.
② 詹姆斯·巴里.彼得·潘[M].杨静远,译.天津:天津教育出版社,2007:116-122.
③ 詹姆斯·巴里.彼得·潘[M].杨静远,译.天津:天津教育出版社,2007:57-58.
④ Herbert Sussman. Victorian Masculinities: Manhood and Masculine Poetics in Early Victorian Literature and Art[M]. New York: Cambridge University Press,1996:14.

在儿童身份定位问题上，佩里·诺德曼将"主体位置"的召唤视为"为人的方式"①。与男孩相类似的是，女孩从开始学说话就成了主体。温迪向达林太太"家庭天使"型皈依是性别政治施加压力的结果，其诸多意识及行为与达林太太无太大差异。缺乏经济独立是达林太太及其"后裔"们无法获取身份认同的重要根由。在系领带情节中，达林便利用这种物质依赖警告达林太太："要是这只领结系不上我的脖子，我今晚就不去赴宴；要是我今晚不去赴宴，我就再也不去上班；要是我再也不去上班，你我就会饿死，我们的孩子就都要流落街头。"②关于因物质依赖而转换为精神依赖的根由，巴里借小男孩尼布斯母亲的话"我真希望拥有我自己的支票簿"③揭示了这一事实。达林太太传递给温迪最大的文化基因是"母性"，当彼得以"给我掖好被子""给我们补衣裳、缝衣兜"④为由劝其到永无岛时，温迪根本抵挡不了这种"充当母亲"的诱惑，死心塌地跟随他到一个陌生地方生活。不过，在温迪"母性"十足的表象外，依然持存着并未熄灭的性别意识。这主要体现在她对待彼得的混杂的情感倾向上：既有显在的母爱又有潜隐的性爱。在彼得这个无性男孩面前，温迪这种混杂的情感隐匿地生长，在叮叮铃、虎莲等女性出现后被激活。只不过在这两重意识的消长过程中温迪始终控制着表面上的平衡，没有撕裂或撑破性别伦理的文化结构。必须指出的是，这种平衡和克制恰恰是温迪"家庭天使"塑造道路上的"裂隙"，是未锁闭的延宕与犹疑，深刻地反映了一个超性别生长的女孩复杂缱绻的性别意识。

可以说，彼得与温迪制造了两种性别话语：父亲的话语与母亲的话语。按照学者厄休拉的说法，"父亲的话语"是客观的、明晰的，它"拉开距离——在自我与他人间制造缺口"，而"母亲的话语"则注重"连结"，用琐碎的语言搭建起对话的通道，"传递信任与包容的力量"⑤。两种话语相互运作，形构了指向男性中心的性别政治。在这种男女性别一体化运作的权力话语体系中，依然存在着并非完全接榫的"缺口"。也恰恰是这些"裂隙"使得儿童话语在一体化的性别政治体系中超逸出来，为探究文本深层的儿童性及儿童话语提供了路径。

① 佩里·诺德曼，梅维丝·雷默.儿童文学的乐趣[M].陈中美，译.上海：少年儿童出版社，2008：285.

② 詹姆斯·巴里.彼得·潘[M].杨静远，译.天津：天津教育出版社，2007：18.

③ 詹姆斯·巴里.彼得·潘[M].杨静远，译.天津：天津教育出版社，2007：64.

④ 詹姆斯·巴里.彼得·潘[M].杨静远，译.天津：天津教育出版社，2007：38.

⑤ Ursula K. Le Guin. Dancing at the Edge of the World：Thoughts on Words, Women, Places[M]. New York：Grove Press, 1989：163.

(三)儿童文学本体难题:"不可能性"与性别批评的反思

在《儿童文学的乐趣》一书中,佩里·诺德曼并不认同杰奎琳·罗丝"儿童小说的不可能"的观点,他质疑将"童年"理解为成人批评的文化符码,而将其视为可打通历史与当下关节的现实,从而赋予了儿童文学本有的价值①。由于创作者是成人而非儿童的事实,儿童文学无法消弭成人话语的渗透。事实上,任何文本都隐藏着意识形态,只不过"大多数为儿童写作的作家没有意识到他们是置身于一个意识形态框架中进行着写作活动"②。从儿童文学的内在机制来看,儿童与成人的"代际"关系构成了其主要的话语秩序。在《彼得·潘》中,性别政治内隐于代际政治的深层,两者互为表面,扩充了文本的内涵。显然,这种双重的话语结构有助于洞见儿童文学阐释"完整的主体性"③时的复杂过程。性别理论本着"所有写作,不只是妇女写作,都带有性别"的原则,着重强调"意识形态的印记和性/性别系统的文学效果"④。从性别角度切入《彼得·潘》,意在揭示性别政治的组织形态与话语实践,以此重审长期被代际政治所遮蔽、贬抑的性别意识形态,为整体探究儿童文学的成人书写机制提供全新的视野和方法。

回到杰奎琳·罗丝的《以〈彼得·潘〉为例,或论儿童小说的不可能性》,其所谓"儿童小说之不可能性"的关节点在于,以成人为主导意识的儿童小说如何才能导向和抵达儿童主体,这即是其质疑的根本问题。罗丝运用性别批评及后殖民文化批评等理论方法对《彼得·潘》进行了"美学细读"和"文化解码"⑤,并探讨了儿童文学批评的文类性与自洽性。无独有偶,曾翻译过《彼得·潘》的梁实秋也对儿童文学"为儿童"的旨趣表示怀疑:"安徒生的童话,王尔德的童话,都很受读者的欢迎,而这些读者大概十分之九半是成年的人,并非儿童。故我所谓儿童文学并非为儿童而作的文学,实是以儿童为中心的文学。"⑥姑且不论这种质疑的出发点何在、是

---

① 佩里·诺德曼,梅维丝·雷默.儿童文学的乐趣[M].陈中美,译.上海:少年儿童出版社,2008:39-40.

② 谈凤霞.约翰·斯蒂芬斯.当代国际儿童文学研究动态——与约翰·斯蒂芬斯教授访[J].昆明学院学报,2019,41(4):1-9.

③ 乔以钢,王帅乃.中国儿童文学的性别研究实践及其反思[J].中国现代文学研究丛刊,2017(5):17-29.

④ 张京媛.当代女性主义文学批评[M].北京:北京大学出版社,1992:264.

⑤ 方卫平,赵霞.文化视角与童年立场——当代西方儿童文学研究中的文化批评[J].文艺争鸣,2011(7):109-113.

⑥ 梁实秋.现代中国文学之浪漫的趋势(续完)[N].晨报副镌,1926-03-31(69-70).

否合理,但此类"不可能性"的质疑却关乎儿童文学本体的基本问题:儿童文学到底是什么,儿童文学的读者到底是谁,儿童文学中儿童话语与成人话语的关系怎样。

就《彼得·潘》的文本意蕴而论,读者与作者、作品规范之间的不可互换性造成了衡量标准的"不确定性"①。这主要表现在两个方面:一是在充斥着殖民、性别、政治等成人话语的文本中是否能保障儿童话语的在场;二是文本的预设读者到底是儿童还是成人,是否存在着两者的"中间状态"。这种"不确定性"问题的提出,实际上关涉了儿童文学"为儿童"还是"为成人"的价值判断,也关乎儿童"自然性"与"社会性"的权重、游移与关系。与成人文学相比,儿童文学的特殊性在于成人作家与儿童接受者"代际"的"非同一性"②上。无论成人作家如何"俯就"于儿童、体验"童年",都无法完全消弭这种代际的隔膜。关键的问题是,在文学生产与消费的过程中,这种成人与儿童"代际"的沟通需要诸多条件,成人作家的"想象童年"与儿童的"实体童年"也不是完全对位的,由此带来了戴维·拉德所谓"被建构的"和"能建构的"孩子之间的裂缝③。这样一来,要弥合这种代际的鸿沟,成人作家或叙述者必须以"两套笔墨"来调适紧张的话语关系。对此,罗丝却并不认为巴里有上述"两栖"的考虑,而是一意孤行地实施着"没有儿童读者参与"④的成人虚构。那么,可否由儿童创作儿童文学来克服这种"非同一性"所制导的困境呢?这种方案也行不通,原因是儿童无法脱离"儿童所体验的童年或儿童式的思维",因而"逾越儿童文学的界限"⑤。

必须指出的是,固然儿童文学不可避免地附带着成人创作者主观构想的成分,但是成人话语介入故事构架及讲述是有限度的。而且在童话的内部结构中,如果成人话语无限膨胀而撑破了其内在的张力结构,不仅消解了成人话语的力量,最终也会造成儿童文学本体结构的倾塌。尽管《彼得·潘》存在着成人与儿童话语的失衡现象,但其内蕴的话语张力始终没有瓦解。彼得"永远做儿童"的姿态拒斥了童

① 申丹.叙事、文本与潜文本——重读英文经典短篇小说[M].北京:北京大学出版社,2009:69.

② 吴翔宇.边界、跨域与融通——中国儿童文学与现代文学"一体化"的发生学考察[J].文学评论,2020(1):139-147.

③ 彼得·亨特.理解儿童文学[M].郭建玲,周惠玲,代冬梅,译.上海:少年儿童出版社,2010:29.

④ Jacqueline Rose. The Case of Peter Pan, or, The Impossibility of Children's Fiction[M]. Basingstoke: The Macmillan Press Ltd. , 1984:2.

⑤ 佩里·诺德曼.隐藏的成人:定义儿童文学[M].徐文丽,译.北京:中国社会科学出版社,2014:153.

年必然向成年跨越、成长的神话,这实质上也否弃了"每个儿童的内心都有一个渴望挣脱的成人"的预设。缺失了儿童"反儿童性"的品格,彼得撤去了儿童世界与成人世界精神往来的通道,由此也从反方向抵制了"每个成人内心都有一个渴望回归的儿童"之于儿童话语的干预。从表面上看,儿童话语与成人话语的"文化中间地带"①看似不可能闭合,但成人话语在彼得这个封闭的儿童主体系统面前还是显得无能为力,无法僭越其自设的边界。这正是《彼得·潘》没有消解其儿童文学属性的本质原因。往深层探究,彼得式的儿童话语的确立并不是先验的,而是构筑于性别、民族、殖民等一系列的成人话语体系之上的。关于这一点,《彼得·潘》与《鲁滨逊漂流记》《格列佛游记》《爱丽斯漫游奇境记》等幻想冒险题材的作品有着诸多相似之处。所不同的是,无论是彼得永无岛的现实冒险,还是其精神层面的幻想运动,其身体和精神都没有成长,都停歇于现实与幻想的延长线及深处。即便如此,这种贯通于童年与成年两域的奇幻书写所预设的读者不仅包括儿童,也吸引了无数童心未泯的成人读者。

与成人文学相比,儿童文学的独特性在于其拥有混含儿童与成人两重话语的"双逻辑支撑"②。两重话语的比重、显隐本源于文本内外意识形态的运作,由此也内在地呈现了基于代际、性别、伦理而衍生的位置与权力问题。从儿童文学的生成机制看,《彼得·潘》是一部叠合了儿童话语及成人话语的儿童文学作品。在彼得与温迪模拟的家庭模态中,性别政治的运作楔入了儿童成长性的命题中,从而使得彼得形象的意涵并不限于刘绪源所概括的"独立童年"式的"顽童母题"③。彼得"永长不大"的范型并不是先天产生的,而是本源于成人家庭否弃的结果:"相信我的母亲会永远开着窗子等我,所以,我在外面待了一个月又一个月才飞回去。可是,窗子已经上了栓,因为母亲已经把我全忘了,另有一个小男孩睡在了我的床上。"④基于对家庭人伦关系的报复,彼得锁闭了其内在精神的成长性状,绝弃了童年向成年过渡、转化的意识。这种绝对化的儿童状态契合了儿童本位框架下"儿童非成人,儿童是儿童"⑤的"二分"逻辑。但是,这种绝对化的分殊"既是导致童年成为特殊研

---

① 张军平.谁是《彼得·潘》的读者:儿童小说之成人书写[J].外国文学评论,2017(4):178-192.

② 唐兵.儿童文学中的女性主义声音[M].武汉:湖北少年儿童出版社,2003:19.

③ 刘绪源.儿童文学的三大母题[M].上海:华东师范大学出版社,2009:151.

④ 詹姆斯·巴里.彼得·潘[M].杨静远,译.天津:天津教育出版社,2007:131.

⑤ 杜传坤.转变立场还是思维方式?——再论儿童文学中的"儿童本位论"[J].山东师范大学学报(人文社会科学版),2018,63(1):36-43.

究领域的可能条件,同时也是后者所产生的结果"①。换言之,彼得坚守儿童的本位,以自溺的方式逃离成人世界规则的束缚,也由此拒绝了包括性别政治在内的成人话语的塑形作用。不过,彼得的这种拒斥不是取其反,而是以一种凝视他者的方式来审思儿童性本身。这种正名的前提是其与成人之间的差异性。文本唯有对这种自我儿童性深信不疑时,彼得的执念及在此基础上的不同声音才有存在的价值,文本跨越儿童话语而延展至多元话语交织的体系才具有了合理性。在解决了"为什么要"的问题后,《彼得·潘》以什么作为区隔"为儿童"与"为成人"的标准,或者说文本到底怎样界定儿童文学的自然性与社会性,却是一个同样值得思考的,乃至更深层次的问题。

抛开理论的迷思,儿童文学尽管复合着诸多成人话语色彩,但其直面"童年"及"儿童"的成长与反思是永恒的主题。陈伯吹曾指出彼得是"永生的象征",代表了巴里的"永生理想"②。《彼得·潘》将童年的动态过程置于"离家"与"返家"的结构模式中,并以主人公"反成长"的姿态来展示童年的横断面。如果说温迪最后的返家表征了其社会化的成长,那么彼得坚守永无岛则意味着走向幻想的更深处。借助于第一世界与第二世界的通道,彼得和温迪的人生经历了升格或降格的不同过程,而这种自然人与社会人的对立、转换纳入了作家童年建构的始末。这种努力有效地修复了作家书写的儿童主体与儿童读者的隔膜,从文本内外的虚构与现实关系中返归于童年的本位,洞悉了汇聚着不同话语诉求的力量博弈如何参与性别政治在文本中的运作,从而达至追索童年奥秘的目的。

事实上,如果我们返归儿童文学的"元概念",就不难发现儿童文学这种文类因其"儿童的文学"而被研究者视为一个"描述性"的概念。然而,由于儿童文学的创作主体是成人而非儿童,就使得儿童文学在传达儿童话语时不是同代人的直白,而是隔代的转述。这种需要成人来反成人的生成机制无疑会制导儿童话语传达的障碍与隔膜。然而,也正是基于这种代际的生产与消费关系,儿童文学不止于描述性的概念层面,而跃升至"结构与关系"的概念层级。关于这种动态的结构关系,费伦所概括的"某人在某个场合出于某种目的对某人讲一个故事"③可作如是观。在叙事、文本与阅读层面的全方位交流体系里,儿童文学创作不仅深植于儿童与成人代

① 艾伦·普劳特.童年的未来——对儿童的跨学科研究[M].华桦,译.上海:上海社会科学院出版社,2014:35.

② 陈伯吹.巴蕾和他的理想——潘彼得[J].学生杂志,1945,22(6):51-59.

③ 詹姆斯·费伦.作为修辞的叙事:技巧、读者、伦理、意识形态[M].陈永国,译.北京:北京大学出版社,2002:14.

际关系的结构中,而且拓展至其所置身的社会文化语境,从而使得儿童文学从"纯化"的道路上走出来,走出狭小的本质主义的自闭视野,走向多元复合的广阔天地。

二、童话批评案例2:论林格伦童话的忧伤色彩

儿童文学发展到 20 世纪,"童话外婆"林格伦创立了一种美学新品格。她以一系列"顽童"形象——长袜子皮皮、小飞人卡尔松、淘气包埃米尔、疯丫头马迪根,突破了世界儿童文学原有的边框,为儿童文学的发展注入了新的生机。林格伦开创了一个真正意义上的顽童时代。她的作品热闹欢快,长久以来相关研究也一直集中在"顽童""游戏精神""狂欢化""荒诞化""喜剧性"等方面。俄罗斯的北欧文学研究专家柳德米拉·勃拉乌苔论及林格伦的童话时曾说:"在林格伦的童话世界里弥漫着善良和爱,充溢着神奇,往往还充溢着冒险、游戏和幽默。这样的世界对孩子来说是最相宜的所在了。"[①]这番评价显然是非常贴切的。然而,太阳之下阴影深沉。细读林格伦的作品我们会发现里面不仅有欢乐,还有着深深的忧伤,这一点在她的童话中尤其明显,但研究者对此却少有关注。

相比于贴近现实的儿童小说,童话广阔的幻想空间能更自由、更清晰地折射出作家对于生活和生命某种本质内涵的体味和感悟。本节通过分析林格伦最具代表性的五部童话作品——《长袜子皮皮》(1945—1952 年)、《米欧,我的米欧》(1954年)、《小飞人卡尔松》(1955—1968 年)、《狮心兄弟》(1973 年)、《绿林女儿》(1981年),以窥探一个欢乐与忧伤并存的童话世界,挖掘其所拥有的丰富的童年美学面貌与内涵。

(一)笑与泪交织的童年与人生

童话是一种贴近"真实"的文体,往往比现实主义的叙事更容易触摸到生活的本质。追寻林格伦的一生,我们可以发现,她的童话正是她个人生命的一种呈现。

1907 年,林格伦出生在瑞典斯莫兰省一个温暖的大家庭。父亲萨默尔·奥古斯特开明、友善,跟孩子们关系非常亲密,经常给他们讲故事,林格伦最初感受到的爱便来自父亲。林格伦本人认为,父亲对于自己人格的形成和创作都有很大影响。显然,她继承了父亲的开朗幽默与讲故事的才能。

此外,林格伦的出生正赶上瑞典妇女运动,在这样一个时代环境与幸福童年中

---

① 柳德米拉·勃拉乌苔.反顾你的童年时代——林格伦访问感得录[J].浙江师大学报(社会科学版),1990(4):103-107.

成长起来的林格伦是刚强的、不羁的。年轻时的林格伦喜爱着索德格朗的诗句："我不是女人。我是中性。我是个孩子，是个仆人以及一个大胆的决定。"叛逆而勇敢的皮皮便是根据她心中童年时代的自己创造出来的。

这个林格伦创作生涯中最重要的形象诞生于她陪伴女儿卡琳的温馨时光，那时瑞典关于儿童教育的讨论正进行得如火如荼。在这样的氛围中，林格伦让皮皮在童年的世界里"造反"了。《长袜子皮皮》作为林格伦的处女作，洋溢着自由不羁的精神，这与作家童年的欢乐底色是相吻合的。我们在皮皮身上可以窥见林格伦超凡的想象力、先进的教育理念和对孩童的热爱。然而，总是肆意笑闹的皮皮却也曾在寒冷漆黑的深夜孤独地凝视着窗前的蜡烛，她身上的这一缕悲伤又是来自何处呢？

当谈及皮皮的创作背景时，我们聚焦于瑞典的儿童教育变革，很容易忽视二战仍在胶着的时代大背景，瑞典虽然没有直接被卷入战火，战争的阴影却不曾离开作家的心头。况且，就在《长袜子皮皮》完稿不久，林格伦还经历了一场家庭战争（丈夫出轨）。对于林格伦来说，生活并不总是阳光灿烂的。

1927 年以前的林格伦拥有一个幸福的童年，明媚的微笑时时荡漾在她年轻的脸庞上；从 1927 年开始，生活向林格伦揭开了晦涩的那一面。19 岁的她未婚生子，不得已躲到丹麦哥本哈根生下儿子，由于没有经济能力只好将孩子寄养于当地，她则只身前往斯德哥尔摩谋生。在最艰难的日子里，林格伦忍受着思念的煎熬，同时又时刻担心着儿子没有母亲的陪伴会感到孤单。正是那一段日子给她的生命染上沉郁的底色。多年后，林格伦自白并不爱儿子的生父，并这样评论生命中这一重大事件："没这事我大概也能成为作家，但不会这么出色。"[1]告别了无忧无虑的童年时代，林格伦成年后的这些苦难同样极深地影响了她的创作，为她的作品赋予了另一种色调。

我们可以看到，林格伦的童话主人公很少拥有健全的家庭环境，皮皮和狮心兄弟算是来自单亲家庭，而卡尔松和布赛则是无父无母的孤儿。可以说，这些孤独的儿童与她不得不将自己的孩子寄养的生活体验有着密切关系。反倒是她的儿童小说中很多主人公是在一种亲密的家庭环境下成长起来的。这两种截然不同的描写某种程度上都源于作家对家庭生活的经验与印象，只不过一部分来自童年，一部分来自成年。

1939 年 9 月 1 日第二次世界大战爆发，从那天起，过去从不定期写日记的林格

---

① 王晔.她们曾这样活过[N].文艺报,2017-05-10(6).

伦开始写"战争日记"第一页。在战争日记里,她收集了各方面的剪报:新闻稿、社论和报道,对世界状况的焦虑令她彻夜难眠。除此以外,她还记录了每个节日可以吃到什么,密切关注女儿卡琳和战争中其他孩子的身心健康。在和平最终到来之前,她已经写了22本日记。林格伦对战争、暴力的厌恶,对和平、安宁的热爱完全体现在《米欧,我的米欧》和《狮心兄弟》这两本童话中。在描写黑暗势力时,她形容道:"提到这个名字(恶魔骑士卡托)时,周围的空气立即冷若冰霜。长在院子里的那棵很大的向日葵立即枯萎而死,很多蝴蝶折断了翅膀,永远也不能再飞翔。"①战争摧毁的不仅是物质世界的美好,还有人们心灵的美好,对儿童生命更是影响深远。

从1952年开始,林格伦不得不面对亲人们相继离世的境况。先是丈夫,再是母亲、父亲和哥哥,甚至连儿子也先于她离开。死亡的阴影笼罩在林格伦的身边,加剧着她的痛苦。因此,她的多部童话均涉及死亡这个话题:《长袜子皮皮》中皮皮的父亲在海上遇难生死未卜;《米欧,我的米欧》中飞向火把的米丽玛妮在烈火中葬身又在母亲织的布里重生;《绿林女儿》中马堤斯深受斯卡洛·帕尔去世的刺激,不停重复着"他一直在我身边!现在他不在了!"②发表于1973年的《狮心兄弟》中,林格伦更是直面死亡。林格伦表示:"最终,每个人都是孤独的生物,没法依赖别人……日子过得那么快且那么难。当你正经受那些困苦时没意识到,可当你回顾并记起,你会觉得'天哪,我是怎么熬过来的'……作为单身妈妈和拉士一起回到特别闭塞的小小的维莫比是需要力量的……维持和斯托罗的婚姻也需极大的力量……每个人都以同样的方式被试炼,可自己对自己了解甚少。"③

我们知道,作家的创作与他的个人生命体验密切相关。林格伦自己曾做过这样的表述:"世界上,只有一个孩子能给我以灵感,那便是童年时代的我自己。"④童年的生活体验赋予了林格伦积极的人格力量与创作的欢乐底色。而往后的岁月里,未婚生子、与儿子分离、在孤独中和贫穷抗争、丈夫出轨、战争记忆、亲人离世等又变成了皮皮窗前孤零零的那支蜡烛、卡尔松胡乱编造的各位亲人、布赛坐着的公园靠背椅、斯科尔班向往的南极亚拉、罗妮娅眼中朦胧伤感的自然景色。童年时的快乐生活、长大后的苦痛难言都以改头换面的形式走进她的童话,进而又走入千千

① 阿斯特丽德·林格伦.米欧,我的米欧[M].李之义,译.北京:中国少年儿童出版社,2009:48.

② 阿斯特丽德·林格伦.绿林女儿[M].李之义,译.北京:中国少年儿童出版社,2009:205.

③ 王晔.她们曾这样活过[N].文艺报,2017-05-10(6).

④ 柳德米拉·勃拉乌苔.反顾你的童年时代——林格伦访问感得录[J].浙江师大学报(社会科学版),1990(4):103-107.

万万儿童读者的内心。

林格伦脸上坚定的微笑是真实的,埋藏于心底的抑郁也是真实的,在她的生命与作品中笑与泪的距离并不遥远。生活给予林格伦的伤痛,经她默默地消化之后转变为作品里或深重或隐蔽的哀愁。与林格伦有着 30 多年友谊的传记作者玛卡列达·斯特罗姆斯泰特认为:"直到她大胆地深挖自己、直面自己比较暗淡的感情,她的作品才有了个性:异常强烈的感情冲动,在欢笑与忧愁、惧怕与无畏之间摇摆。"①

(二)欢乐与忧伤并存的童话世界

林格伦是一位乐于涉足多种写作领域、尝试多种表达方式的创作者,其童话的风格大体也可以分为两种——欢乐和忧伤,其中《长袜子皮皮》《小飞人卡尔松》的基调是欢乐的;《米欧,我的米欧》《狮心兄弟》《绿林女儿》的基调则是忧伤的。但无论风格如何,她笔下的童话主人公身上都存在着某种忧郁气质。

1.欢乐背后的落寞与感伤

林格伦笔下的皮皮和卡尔松作为最典型的顽童形象,一直以来备受关注。这两个形象分别来自《长袜子皮皮》和《小飞人卡尔松》,正是这两部童话更新了儿童观、审美观以及儿童文学的评价标准。然而除了彰显主体意识、解放自由天性的游戏精神,这两部作品中还蕴含着更为丰富的情感意涵。

皮皮是作家心中理想的儿童,不受管束、伸张正义、高兴快活,但她的身上却深藏着孤独。她一个人生活,看似无忧无虑,可面对他人的诘难时却反复强调:"我妈妈是天使,我爸爸是黑人国王。"②这句话在作品中一共出现了三次,而文中一开头就交代了皮皮的妈妈很早就去世了,爸爸在航海时遇到风暴失踪了很久。爸爸真的还活着吗?在没有任何消息的时候,"我妈妈是天使,我爸爸是黑人国王"更像是一句虚无的自我安慰。当皮皮和两位伙伴从霍屯督岛归来,阿妮卡和杜米回到了有爸爸妈妈等候着的亮着温暖灯光的家里,而皮皮则独自一人走向覆着深雪、漆黑冰冷的维拉·维洛古拉。临睡前阿妮卡和杜米发现皮皮孤零零地坐在蜡烛前面:

> "要是她往这里看一眼,我们就跟她使劲儿招手。"杜米说。
>
> 可是皮皮还在用做梦一般的眼睛看着前方。

---

① 玛卡列达·斯特罗姆斯泰特.林格伦传——童话外婆的精彩人生[M].李之义,译.北京:中国少年儿童出版社,2016:212-213.

② 阿斯特丽德·林格伦.长袜子皮皮[M].李之义,译.北京:中国少年儿童出版社,2009:2.

她把灯熄了。①

童话结尾处,猝不及防却又妥贴自然地荡开一种深刻入骨的孤寂感。

皮皮身上还笼罩着一种近似悲剧的气息。皮皮曾拿出抑制成长的"天书药片"给两个小伙伴吃,这里明确体现出作家本人"成人反成人化"的倾向,林格伦正是透过皮皮释放出以她自己为代表的成人想永远做孩子的渴望:"绝不能长大,大人没什么可羡慕的……大人没有一点儿乐趣。他们总是有一大堆麻烦事情……反正都是一些没意思的事。"②然而悲剧在于,无论多么不情愿,阿妮卡和杜米也终会长大适应社会生活,皮皮的愿望便只能是孩童时代的一场游戏罢了。相比于林格伦心中理想的皮皮,"英俊、绝顶聪明、不胖不瘦、风华正茂"的卡尔松似乎更贴近儿童形象,他机智却又顽劣,活泼却又懒惰,既有儿童讨人喜爱的一面又有儿童令人头疼的一面。但是卡尔松和皮皮一样,也会在只言片语间不经意泄露出他的落寞与渴望。当小弟问起卡尔松在外祖母家过得是否愉快时,卡尔松假装自己也有外祖母与假期:"太愉快了,简直无法用语言表达","因此我不想讲"③。卡尔松孤身一人,没有任何亲人,他能意识到自己的孤独,但绝不会软弱地表现出来,而正是他的孤独使得他性格中更添了锋芒与棱角。无论他与小弟多么亲密,家庭缺失所带来的抑郁始终无法消解半分:

> 在这个钉子上还挂着一张画,画的一角有一只小红公鸡,这是卡尔松自己的画。小弟还记得,卡尔松是世界上最好的公鸡画家。他曾经画过一幅"一只很孤单的红色小公鸡肖像"画——画的题目是这样写的,比小弟一生所看到的任何公鸡都要孤单的小红公鸡,但是他没有时间仔细看,马上快三点了,他很忙。④

小弟视卡尔松为最好的朋友,但是卡尔松的孤独他无法分享,他有自己的家庭生活,他也有自己的孤独寂寞。某种意义上,卡尔松就是小弟孤独的化身。林格伦

① 阿斯特丽德·林格伦.长袜子皮皮[M].李之义,译.北京:中国少年儿童出版社,2009:264.

② 阿斯特丽德·林格伦.长袜子皮皮[M].李之义,译.北京:中国少年儿童出版社,2009:258.

③ 阿斯特丽德·林格伦.小飞人卡尔松[M].李之义,译.北京:中国少年儿童出版社,2009:151.

④ 阿斯特丽德·林格伦.小飞人卡尔松[M].李之义,译.北京:中国少年儿童出版社,2009:201-202.

在《小弟与屋顶上的卡尔松》中运用了大量篇幅讨论卡尔松是否真实存在,几乎所有人都认为卡尔松是小弟的一个臆想,虽然小弟后来证明了卡尔松的存在,但卡尔松的存在却只对小弟有意义。卡尔松更像是一个孩子内心的渴望,即使这个孩子有着良好的家庭环境、爱他的亲人伙伴,但是他内心仍然是缺少陪伴的。他的野性、他的破坏欲、他的无拘无束、他的"坏孩子"一面不被容许也无人倾听,因此,卡尔松的存在便是为了弥补这种缺失。

皮皮和卡尔松作为林格伦作品中最重要的两个形象,他们身上既有"冲破束缚张扬自由的天性",又有对"母爱和家庭社会的温暖"的渴望,正体现了儿童文学中的"爱的母题"与"顽童的母题"①。二者既是对立的,又是互补的。同时,这两个形象存在着某种内在联系,在皮皮之后被创造出来的卡尔松显然不是皮皮的简单复制,卡尔松的身上少了些许皮皮身上的"神性",却多了些许属于童年生命的感伤气息。可以说,卡尔松的孤独是对皮皮身上那一缕忧伤的放大与强化。

2.孤独忧郁的情感基调

不同于大众对林格伦的印象,玛卡列达·斯特罗姆斯泰特认为"失落、悲伤和阴郁"才是林格伦本人也是她整个童话的基调。这种"失落、悲伤和阴郁"在《米欧,我的米欧》《狮心兄弟》《绿林女儿》这三部作品中表现得最为明显。

(1)孤独的追寻之旅

或许与早年被迫和儿子分离有关,或许与漫长岁月里亲人相继离世有关,林格伦的童话中有不少孤儿形象,同时具有很强的孤独感,甚至连《长袜子皮皮》和《小飞人卡尔松》都不例外。孤独是人一生中的必经之旅,对于幼小孩童来说更是一种深刻的体验。

《米欧,我的米欧》创作于1954年。柳德米拉·勃拉乌苔认为这部作品"叙述一个孩子灵魂深处的孤独感与恐惧感,同时告诉成人:什么叫作孩子"②。故事的基调是伤感的。一开始,布赛手中握着金苹果孤单地坐在泰格纳尔公园的靠背椅上,下着小雨的黑暗中,男孩望着周围灯光明亮的房子伤心极了。故事的结尾处,再次回到了开始时的场景。尽管布赛多次强调"他在遥远之国",但成人读者很容易发现事实:布赛从始至终都只是坐在公园的椅子上做了个温暖的梦,在梦中他有了深爱着他的父亲、忠诚于他的伙伴,而现实中的他只是一个默默注视着他人屋中灯火的

①　刘绪源.儿童文学的三大母题[M].上海:复旦大学出版社,2015:191.

②　柳德米拉·勃拉乌苔.反顾你的童年时代——林格伦访问感得录[J].浙江师大学报(社会科学版),1990(4):103-107.

孤儿,这也是为什么遥远之国的一切冒险结束后伤心鸟仍在孤独地唱歌。

"如果我们不是那么渺小和孤单就好了。"①在布赛和伙伴丘姆-丘姆踏上拯救之旅后,丘姆-丘姆时常会发出深重的叹息,这其实是孩子在面对险恶世界时的恐慌与无助,也是童年难以回避的内在忧伤和孤独,现实生活中的孤儿和受到漠视的孩子会更加深刻地体会到这种感觉。林格伦以成人作家的目光凝视着儿童的悲伤,然而儿童面对成长与命运必须独自艰难跋涉,成人即使想要护全却也无能为力,因此,这何尝不是作家自己的"渺小和孤单"。

(2)不可避免的死亡

一直以来,死亡都是儿童文学中比较禁忌的话题。但在儿童的成长过程中,死亡是无法完全绕开的重大事件,幼年时关于死亡的启蒙对未来人生的影响不可轻忽。《狮心兄弟》就是一部以死亡为主题的童话。

儿童心理研究发现年纪较小的孩子倾向于把死视为一种托生,他们认为死后可能变成一朵花、一只鸟,也可能迁居到另一个星球去,在那里继续生活。狮心兄弟的故事遵循着这个逻辑,实际上有三层结构——现实世界、南极亚拉和南极里马。南极亚拉和南极里马显然都是死亡之国,在作者的笔下,它们充满了神秘色彩。"死是不可避免的",这种观点在故事的最初就已经很明确了。斯科尔班知道,他肯定会死去。关于他的童话,首先要变成使他能够继续活下去的安慰性童话,进而使他勇敢地去死。光明美丽的南极亚拉不过是一种死亡幻想,现实世界存在两种可能性:一是斯科尔班和约拿旦一起死在那场火灾中了;二是斯科尔班获救后并没有如他所愿地死去,南极亚拉和南极里马的一切不过是出于对哥哥的极度思念而幻想出来的。

虽然书中抛出了美丽的死后世界,但死亡本身浓重的悲哀却挥之不去。这也是为什么斯科尔班在历险过程中时时遭受着恐惧和悲哀的折磨。故事的最后兄弟俩虽然取得了胜利,但黑色的大鸟依旧盘旋着发出哀婉的叫声,"悲伤,一切都显得很悲伤,我想我永远也不会再高兴了"②。

(3)成长中的分离

儿童在成长的过程中,伴随着自我意识的逐步形成和发展,内在的冲突便不可避免地出现了。冲突的累积与激化导向悲剧的产生,因此自我意识与成长冲突也

① 阿斯特丽德·林格伦.米欧,我的米欧[M].李之义,译.北京:中国少年儿童出版社,2009:109.

② 阿斯特丽德·林格伦.狮心兄弟[M].李之义,译.北京:中国少年儿童出版社,2009:220.

是儿童文学中重要的主题。

《绿林女儿》写于林格伦晚年时期,从情节上来说这是一个完满的故事,但整体氛围却是忧伤的。主人公罗妮娅小时候无忧无虑,父母的爱和优美的大自然给了她一个健康快乐的童年。然而随着自我意识的觉醒,罗妮娅渐渐了解到绿林生活的真实面目。与毕尔克的相遇相知进一步促使她反思以往非黑即白式的价值观。对于命运与情感的思考,使得罗妮娅常常备受折磨,"真是奇怪,人的忧愁和快乐总是伴随在一起"[①]。以往美丽宁静的自然景色在她眼中也添了许多朦胧愁绪。善与恶、爱与恨之间的分界于她而言不再那么明显了。

罗妮娅和马提斯的情感是书中非常重要的一条线索。林格伦童话中成人的身影一般是躲在孩子们身后的,而这部童话却将父亲推到了台前。起初,没有谁比马提斯更爱罗妮娅,罗妮娅对马提斯的爱也超过了其他的一切。然而随着罗妮娅的成长,她再也无法绝对信任父亲的权威,与父亲之间出现了隔阂。父女间放狠话、互相伤害,矛盾不断升级,就像是每一个孩子成长中必不可少的环节——自我意识走向独立的同时伴随着与父母的分离,这种心理上的分离带给罗妮娅强烈的焦虑与抑郁,也带来了作品忧伤的氛围。

值得注意的是,《绿林女儿》中出现了一种《米欧,我的米欧》和《狮心兄弟》中都曾出现过的叫声悲伤的生物,《米欧,我的米欧》中它们叫作伤心鸟,《狮心兄弟》中它们是黑色的大鸟,《绿林女儿》中则叫作夜魅。它们每每出现在主人公们感到悲伤的时刻,它们的鸣叫声恰如林格伦童话中忧伤色彩最好的注解。

(三)轻与重之间建构的童年美学

童年是一切儿童文学艺术活动的逻辑起点和美学内核。童年是纯真美好的,但也不乏各种负面情绪,如果说幽默是林格伦的创作风格,那么她童话里的忧伤却是童年感觉的自然流露。林格伦的童话深刻理解童年生命和童年精神,为我们呈现出欢乐与忧伤交织的独特童年美学。

林格伦在谈及自己的创作理念时,一贯首先强调作品的真实性,她认为:"纵然是进入童话的非现实世界……我也力图做到真实。我写作品,我唯一的读者和批评者就是我自己,只不过是童年时代的我自己,那个孩子活在我心灵中,直活到如

---

① 阿斯特丽德·林格伦.绿林女儿[M].李之义,译.北京:中国少年儿童出版社,2009:124.

是儿童文学中重要的主题。

今。"①林格伦对于真实性的强调在创作实践中表现为对童年幽微深处的探索。每一个人的童年都是欢乐与忧伤并存的。

在皮皮和卡尔松的身上，林格伦为我们展现出童年世界里的快乐。他们是如此贴近儿童的世界，他们热烈地追求自由，他们充满着蓬勃生命力。正如刘绪源所言："林格伦作品的最大成功之处，正在于她能敞开博大的充满童趣的心，毫不掩饰地、直率乃至放肆地表现'顽童'的任性与调皮。"②然而，在"直率乃至放肆地"探索童年的快乐的同时，林格伦有意或无意地刻画了皮皮和卡尔松忧伤的瞬间。这份忧伤在儿童读者阅读时可能不易被察觉，但的确是存在的，也正是这一缕基于现实体验的忧伤使得皮皮和卡尔松的快乐更具张力与重量，完整地还原了一个真实的童年。

在布赛、斯科尔班和罗妮娅身上，林格伦为我们展现出另一种童年。我们知道，并不是所有人都拥有一段无忧无虑的童年时光，也许有些孩子是布赛，自出生以来便是孤儿；也许有些孩子是斯科尔班，不幸地被病痛牢牢捆绑；也许有些孩子是罗妮娅，注定与最爱的亲人分道扬镳。在林格伦的笔下，这些彷徨无依的童年被细腻地刻画，儿童生命中的伤痛与挣扎被温柔地呈现。作为儿童文学作家，林格伦在这样阴郁的底色中更多思考的是如何为孩子们点亮指向未来的那一盏灯。布赛进入遥远之国遇见了父亲，满足了他对父爱的心理需求；斯科尔班哪怕在南极亚拉死去也将在南极里马重生，抚慰了疾病与死亡带给他的痛苦；罗妮娅最终离开了父亲却也拥有了两个家，化解了她成长过程中的焦虑与不安全感。儿童实际生活中那些挥之不去的忧伤与那些无法实现的渴望在作家的幻想世界中得以呈现与满足，即使是沉重的童年，也有飞翔的力量。

真实的童年生命底色是驳杂的，林格伦的童话把握住了这一点。她笔下的孩子各有各的性格，各有各的活法，他们开心快活，他们也痛苦伤心，他们是真正活在童年的孩子。李利安·H.史密斯在《欢欣岁月》中曾这样说过："他（马克·吐温）所反映的并不是一个时代，而是普遍的，永恒的，不变的少年心。它虽然紧密地结合在密西西比河，不过却是世界的一部分。"③林格伦亦如此，其作品虽深深扎根于20世纪瑞典斯莫兰省的童年生活，却拥有超越时空的经典性。

20世纪80年代初，任溶溶先生将林格伦的作品翻译到中国，这些作品一经出

---

① 柳德米拉·勃拉乌苔.反顾你的童年时代——林格伦访问感得录[J].浙江师大学报(社会科学版),1990(4):103-107.

② 刘绪源.儿童文学的三大母题[M].上海:复旦大学出版社,2015:183.

③ 李利安·H.史密斯.欢欣岁月[M].傅林统,译.台北:富春文化事业股份有限公司,1999:53.

版便迅速俘获了我国少儿读者的"芳心",中国的儿童文学界和理论界也开始将目光投向林格伦。新时期以来,我国原创儿童文学发展繁荣,在童年美学层面尝试了许多有价值的创作实践,童年的地位日益凸显,林格伦的作品为我们带来了新视野,对"顽童型"审美类型的开拓更是功不可没。然而,那些童年感觉、童年生命和童年关怀的最深处,我国原创儿童文学却鲜少真正触及。

以顽童形象来说,我们很容易想起杨红樱笔下的马小跳,她的作品开始关注起我国当代中低龄儿童所身处的这个世界,对当代儿童文学童年美学建构具有独特的意义。但是,马小跳与五·三班肥猫身上只有一味的"调皮",仿佛他们的童年从未出现过任何阴影。并且他们这种调皮是没有多少区分度的,很难看出马小跳与其他调皮的孩子有什么不同,也很难看出25本书里马小跳的内在精神有何变化,这使得她的作品难免有一种轻飘感,在刻画现实的力度上有所欠缺。

说到底,儿童文学创作需要深入儿童生命的核心,"到达最为深层、最为根本的地方,重新成为从前的那个孩子,就会经由潜意识,与具有普遍性的儿童相逢"[1]。林格伦童话中的欢乐与忧伤,是对儿童的体察,也是对自我的表达,在"轻"和"重"两个不同审美向度间寻求一种平衡,让我们看到了儿童文学更为丰富的可能性。

太阳所达之处必然伴随着阴影,林格伦的童话在给我们带来欢乐的同时也触动着读者内心隐秘而晦暗的角落,她对于阴影的捕捉和表现使得其作品忧伤而意味深长。这种忧伤色彩既来源于林格伦自身"失落、悲伤和阴郁"的生命体验,也来源于她对儿童生命的尊重热爱与现实生活之间无可避免的冲突对抗,即全力保护却无法让孩子实现真正的自由与解放。每一个生命都有根除不了的孤独和忧伤,但林格伦并没有止步于对忧伤的单纯呈现,她借助幻想来弥补现实的不足,让所有的不幸与悲伤在她的童话中都找到了转变的可能。作家充分运用想象力,塑造出一个又一个鲜明的童话形象,不落痕迹地连接起幻想的维度与现实的维度,悄然无声地抵达童年生命的深处,给予每一个孩子飞翔的翅膀。

当然,最重要的是,无论轻松快乐,还是忧伤孤独,林格伦的身体和童话里都住着一个孩子。正如她所讲述的一个梦——"我梦见我要在火车上遇到最高首长。这可是件大事,一定很隆重。但是当他走来时,他的个子很小很小,像个孩子。我只得用手抱着他穿过斯德哥尔摩。"[2]就这样,林格伦拥抱着自己的童年走进了每个

①　朱自强.儿童文学的本质[M].上海:少年儿童出版社,1997:325.

②　玛卡列达·斯特罗姆斯泰特.林格伦传——童话外婆的精彩人生[M].李之义,译.北京:中国少年儿童出版社,2016:352.

孩子的童年。

三、儿童小说批评案例:《猫头鹰恩仇录》"凯尔特神话"的阈限写作机制与功能

凯尔特文化在 20 世纪中期欧洲的复魅回归,驱动了英国幻想儿童文学的兴盛。从启蒙主义到工业革命初期,由于清教主义者和保守资产阶级的倡导,"幻想"长期被视为理性与道德的另一面而被加以限制。"新时代运动"的寻根潮流重新强调和发掘了潜藏在"二希"之下的凯尔特文明,并试图将凯尔特抬升到足以同西方文明两大源头相提并论的高度[①],其文学上的标志之一是重拾因鼓吹理性与科技而遭至否弃的幻想力。英国幻想儿童文学以重写神话的形式复现凯尔特所推崇的"灵性世界观",柴郡作家艾伦·加纳的长篇幻想小说《猫头鹰恩仇录》(*The Owl Service*,1967)可视为典型。加纳将威尔士神话融于幻想文学,利用神话与现实的动态关系表现儿童文学"为儿童"与"为文学"的逻辑本体。在处理神话与幻想小说的关系时,加纳并非将神话简单图解和改编,而是充分利用了"阈限写作"的机制与功能。神话与仪式构成了"内容"与"形式"的关系。因此,"阈限"理论介入幻想小说,为洞悉幻想儿童文学的深层结构及审美意蕴提供了新的方法与路径。

(一)凯尔特复魅中的幻想:从"教训"到"神话"

凯尔特传统在 20 世纪迎来复魅潮流,幻想文学对神话资源的青睐使两者产生了交汇。由此,神话在幻想文学中的流变塑造着英国儿童文学"第二个黄金时期"的显著特征。自儿童被"发现"以来,儿童文学的发展在儿童观的牵引下一度伴随着"为教育"还是"为娱乐"的争议。尤其在 1750—1860 年,幻想更多地作为一种"协商"[②]手段而存在,以达成"教育性"和"娱乐性"的平衡。在资本主义工业化的推行下,英伦三岛一度迷失在科学与技术的陷阱中,完全将理性至上视为圭臬,同时造成对幻想的压制。马克斯·韦伯将此类行为运动称为"世界的祛魅"(the disenchantment of the world)。在《以学术为业》中,韦伯认为科技的进步不仅促进了人类的理智化过程,同时楔入了西方文化中持续千年的除魅运动[③]。在早期资本主义社会的现代化转型过程中,基督教新教试图减除神话与巫术的成分来建构理

---

① 叶舒宪.现代性危机与文化寻根[M].济南:山东教育出版社,2009:99-100.

② Colins Manlove. From Alice to Harry Potter: Children's Fantasy in England[M]. Christchurch: Cybereditions Corporation,2003:18.

③ 马克斯·韦伯.学术与政治[M].冯克利,译.北京:商务印书馆,2018:16-17.

性的绝对权威。为了稳固发展,精英阶层把文学中所有的魔法手段"都当作迷信和罪恶加以摈弃"[①],倡导对儿童居高临下进行教导的"严肃文学""劝善文学""教化小说"和科普类图书[②]。幻想小说与童话被视为禁忌,伴随而来的是"教育性"在与"娱乐性"的博弈中彻底胜出。然而,"唯理派"实则陷入了逻辑与现实的双重困境。一者,对"理性"的绝对崇拜在宣扬"祛魅"的同时也缔造了"理性"无所不能的"神话"。工业文明的超速推进将英国带入不具有任何目的的"物化世界",引发了维多利亚人的"信仰困境"。幻想从道德的传声筒中脱离出来,开始以贴合现实的潜隐状态在童话与小说中怀念过去,在裂隙中给予人们精神的抚慰。二者,两次世界大战的阴影在现实层面给盲目的理性崇拜敲响了警钟,战乱带来的生存危机使人们看清了科技的另一面。为了缓解恐惧,人们转而走向了私人性质的幻想领地,以此反抗人性的异化,呼唤人与自然共生的生态观念。究其本质,理智化是神圣性的反面,它是祛魅或驱除神圣化之道具,它所带来的必然是信念伦理和价值理性的解体,是一个实质理性不断萎缩、工具理性不断扩展、责任伦理成为主旋律的演变过程[③]。因此,当理性至上的空想泡沫破碎时,随之传来的便是让文学"复魅"的呼喊。

由文学的"复魅"引发的文化变迁突出表现在对"魔法与剑"等幻想元素的召唤,这与"新时代运动"的寻根思潮产生了交汇。新一代的信仰者开始追逐"二希"文化之外的"异教思想与知识体系",其中包括以巫术、女神及自然崇拜、中世纪史诗、神话传说等为代表的原始信仰,"反传统"性质的凯尔特文明在此时受到了人们的大力推崇。作为英国三岛文化的一脉,凯尔特文明一直潜隐在传统"二希"文明——古希腊文明与古希伯来文明的遮蔽之下。工业革命期间,即便英伦三岛均是全球经济流通与资源掠夺的受益方,但是三岛内部的文化冲突始终如影相随,主要表现为南部的英格兰人与北部的苏格兰人、西北的爱尔兰人之间的离心张力[④]。随着复魅思潮的兴起,盎格鲁·撒克逊人文化因与工业化进程联系紧密、宣扬人类中心主义而破坏自然、灭绝生物等特征遭到了普遍质疑。同时,凯尔特文化以其"推崇巫术与魔法""恢复人与自然的原始亲缘关系"等观念获得了人们的支持,并

① 马克斯·韦伯.新教伦理与资本主义精神[M].丁晓军,译.北京:生活·读书·新知三联书店,1987:79.

② 舒伟.从工业革命到儿童文学革命——现当代英国童话小说研究[M].北京:中国社会科学出版社,2015:66-67.

③ 王泽应.祛魅的意义与危机——马克斯·韦伯祛魅观及其影响探论[J].湖南社会科学,2009(4):1-8.

④ 叶舒宪.现代性危机与文化寻根[M].济南:山东教育出版社,2009:99.

在文学、艺术等多个领域生根开花。第一个把独木舟推下水的人是伊迪丝·内斯比特,《砂妖精》(*Five Children and It*,1902)开辟了书写"日常巫术"(everyday magic)幻想小说的新形式①。到了 20 世纪中期,凯尔特元素与儿童文学进行了更为深入的对接,幻想为其提供了有利的"位置",丰富了解决最顽固的失败和恐惧的可能性②。以艾伦·加纳、苏珊·库伯为代表,他们将凯尔特神话与幻想小说进行嫁接,试图通过历史的回声来塑造一种"新传统"。苏珊·库伯的《大海之上,巨石之下》(*Over Sea*,*Under Stone*,1965)与艾伦·加纳的《猫头鹰恩仇录》分别是对凯尔特神话"亚瑟王传说"(*The Legend of King Arthur*)与《马比诺吉昂》(*The Mabinogion*)的现代书写,他们接续了 J. R. R. 托尔金、C. S. 刘易斯等人对"第二世界"的构建,在神话传说的"历史回溯性"中充实幻想儿童文学的表现形式。

C. S. 刘易斯、J. R. R. 托尔金等人在 20 世纪初期创作的"魔戒三部曲"(*The Lord of the Rings*)与"纳尼亚传奇"系列(*The Chronicles of Narnia*),开启了英国儿童文学书写本土神话的风潮。艾伦·加纳、苏珊·库伯等人均在前者的基础上对神话传说开展了更新的尝试。其中,艾伦·加纳的作品被路易莎·史密斯认为是对神话"最微妙和最复杂的使用"③。幻想在加纳作品中表现出一种"越界"倾向,这与传统宗教所规制的幻想不能涉入现实相违背。反观"纳尼亚传奇"系列,三个孩子通过衣橱进入了充满魔力的第二世界,衣橱象征着连接幻想与现实的纽带;"魔戒三部曲"以及《霍比特人》(*The Hobbit*,1937)等作品则彻底搁置了现实世界,主人公虽然有矮人、精灵、巫师等具有历史文化气息的非人角色,但是故事均发生在与现实世界相区隔的"第二世界"。也就是说,幻想世界与真实世界之间有着明确的界限。与刘易斯和托尔金不同,艾伦·加纳的幻想小说更加注重历史材料和古老神话之间的融合,他通常让儿童主人公在了解神话背景的同时进入神话结构内部,亲自参与到相关的时空冒险之中。作为柴郡的本土作家,加纳自幼受到威尔士与盎格鲁·撒克逊文化的交互影响。经历过高等教育之后,艾伦·加纳逐渐对"祛魅"的理性派失去信心,成为了复兴凯尔特文化阵营的一员。随着《宝石少女》(*The Weirdstone of Brisingamen*,1956)、《苏珊的月亮手镯》(*The Moon of Gomrath*,1963)等作品的发表,艾伦·加纳有意淡化了现实与幻想无法相融的传统

---

① 彭懿.西方现代幻想文学论[M].上海:少年儿童出版社,1997:267.

② T. E. Apter. Fantasy Literature:An Approach to Reality[M]. London:The Macmillan Press Ltd.,1982:6.

③ Louisa Smith,Peter Hunt. International Companion Encyclopedia of Children's Literature[M]. London and New York:Routledge,2004:452.

教义,并且将凯尔特神话作为故事背景,利用神话去"试图解释一些事情"①。一方面,这类儿童小说以威尔士山村为背景,故事中的人物、语言、环境均带有威尔士的民族色彩,以儿童视角展现了民族性与现代化的张力;另一方面,幻想的"越界"构建了幻想与现实的新型关系,现实世界与原始神话产生了时空的交互与重叠,幻想世界甚至主动"入侵"现实世界。在融通幻想与现实的同时,儿童的"内宇宙"受到了关注,作家开始以动态视野展现青春期儿童在成长过程中复杂的心理变化。

当然,幻想的"越界"并不意味着幻想儿童文学可以脱逸出儿童文学元概念的"本体"意涵,从而造成幻想的"失控"。如杰克·齐普斯所言,具有实验性质的童话拥有颠覆性的潜力,但这种"颠覆"的程度必须有限②。也就是说,作家在儿童文学中表现幻想的同时仍须考虑"幻想的限度",此处的限度就是要以现实为依托。儿童文学是倚靠"儿童的"与"文学的"双层逻辑的文学,幻想儿童文学借用神话资源自然也需要符合儿童文学的生产机制。具体而论,在对神话和传说故事进行转化时,一味地迎合儿童的喜好容易造成"文学性"的流失,削弱文本的现实性。对此,佩里·诺德曼提出"弥补"式的改编策略,在引进异文化时,让它们变得更加熟悉、更容易接近③。因此,作家在创作幻想文学时,仍须处理好"幻想"与"现实"的关系问题。

艾伦·加纳认为,将神话引入儿童文学不是源于神话的叙事性,而是反映现实的隐喻性:"神话不是逃避,也不是娱乐,而是一种接受现实的尝试。"④在《猫头鹰恩仇录》中,加纳始终以克制的笔法表现幻想与现实的交融,他巧妙地将凯尔特神话《马比诺吉昂》中的三角关系嫁接于三个孩子身上,有意安排主人公对于魔法侵入现实的讨论,神话人物的悲剧与三个孩子的结构性关系超越了哈罗德·布鲁姆所言的"模糊的极限"⑤而呈现出真实性。换言之,从神话传说中汲取思想性的儿童文学借助幻想的形式揭示个人对主体性的需求,通过儿童的视角反思传统与现代的复杂关系,并代表了人们对更深层次的现实与永恒真理的普遍追求。不同的是,这种"儿童的视角"区别于对童心的"真空"崇拜,而是植根于现实的。这即是说,幻想

① Alan Garner. Coming to terms[J]. Children's Literature in Education,1970,1(2):15-29.

② Jack Zipes. Fairy Tales and the Art of Subversion[M]. London and New York:Routledge,2011:105.

③ 佩里·诺德曼,梅维丝·雷默. 儿童文学的乐趣[M]. 陈中美,译. 上海:少年儿童出版社,2008:536.

④ Alan Garner. Coming to terms[J]. Children's Literature in Education,1970,1(2):15-29.

⑤ 哈罗德·布鲁姆. 影响的焦虑[M]. 徐文博,译. 北京:中国人民大学出版社,2019:17.

不可能独立于看起来令人沮丧的"真实"世界，而是存在于一种与现实的寄生或者共生关系中^①。幻想儿童文学的"反传统"仍须立足"本体"框架，源于现实而又不完全依附于现实，才能真切地还原童年的精神力量。

（二）解读神话：作为幻想儿童文学方法的"阈限"

复魅时代的英国儿童文学，因幻想的越界与凯尔特传统产生了交集。带有凯尔特元素的民族神话资源构成了幻想儿童文学的语言与新传统。然而，神话传说自带的瑰丽"想象"与儿童文学中的"幻想"并不完全等同。现代儿童文学在借用或重述神话资源时需要对该种想象进行转化与加工。因此，解读幻想小说不得不重新认识"幻想"与"想象"之间的转化机制，不得不解读神话在幻想小说中的具体表现形式。在《猫头鹰恩仇录》中，加纳并非将神话简单地图解或改编，而是借助过渡仪式的"阈限书写"来表现真实与幻象、自我与他者、神话与现实的融通。通过从想象到幻想的"过渡"，幻想儿童文学将读者带入那原始或神圣的时间里，给予个体一种"根"的感觉^②。因之，某种程度上，神话与仪式构成了"思想"与"形式"的关系。立足"何以能"的问题，由"过渡礼仪"引申的阈限理论作为解读幻想儿童文学的方法具有一种普适性。

仪式研究兴起于19世纪。在仪式的界定中，它不仅被当作具有重复性质的象征活动，也被视为帮助处理混乱的人类经验，将之整理成为有序框架的一种分析类型^③。其中，阿诺尔德·范热内普提出的"过渡礼仪"（rite of passage）理论影响深远，他将仪式视为包含"分隔—边缘—聚合"的动态过程^④。作为后来者，维克多·特纳推进了"阈限时期"（liminal period）的相关研究，在前者的基础上生发了对"阈限性"（liminality）的思考。不同的是，范热内普提出的"边缘"概念"对应的是'中心'或'主流'"^⑤，意在突出边缘的"对立"属性；而后者使用的"阈限"则强调一种"反结构性"的文化状态。但是从两者的共性来看，他们都承认个体在生命过程的不同

① Rosemary Jackson. Fantasy：The Literature of Subversion［M］. London and New York：Routledge，1982：12.

② 杰克·齐普斯.作为神话的童话/作为童话的神话［M］.赵霞，译.上海：少年儿童出版社，2008：1.

③ 大卫·科泽.仪式、政治与权力［M］.王海洲，译.南京：江苏人民出版社，2014：11.

④ 阿诺尔德·范热内普.过渡礼仪［M］.张举文，译.北京：商务印书馆，2019：10.

⑤ 张举文.重认"过渡礼仪"模式中的"边缘礼仪"［J］.民间文化论坛，2006(3)：25-37.

阶段会经历各种"过渡",即包含着"对结构和交融及状态和转换的交替性体验"①。对于少年期的儿童来说,顺利度过青春期的"阈限阶段"是其成长的必经之路。幻想儿童文学在表现少年儿童的"过渡"时,不仅要考虑儿童在生理层面的过渡——从幼年的身体成长为成年的身体,也要在心理层面上反映儿童在向成人转变时期的向往与犹疑。同时,儿童步入成年亦是从个体走向群体的社会化过程。借助仪式的过渡,个体经验会与社会公共秩序产生互动②,并受到社会力量的形塑。

阈限实指过渡的关键阶段,阈限时期被视作"位于结构之间的"人类之本性的本土概念③。受到范热内普的影响,特纳将仪式结构化为"阈限前""阈限""阈限后"三部分。具体而论,"阈限前"是仪式的"分隔"阶段,个人或团体离开了先前在社会结构中的固定位置,脱离原有的生命状态从而进入分隔后的"过渡状态"之中;"阈限"阶段是新旧交替、半明半晦的过渡状态,充满不定性与危机感。阈限期间存在一些实质的或象征性的仪式步骤,如敲落牙齿、奉献牺牲等暴烈行为,代表旧日个性与地位的死亡。这也是仪式主体面临考验与接受教诲的时期;融合阶段即新生的个体正式作为社会整体中的一员,回归世俗生活,以新的社会角色建立新的人际关系与生活习惯,担负成年的职责。米尔恰·伊利亚德将过渡仪式视为向上的通道:"正是这种通道使从一种生命模式向另一种模式、从一种存在状况向另一种存在状况的转变成为可能。"④然而,将阈限理论作为视角或方法时,需要深入文本的多维性中审视"古典式想象"与"现代式幻想"在小说中的联结与融通,在神话与现实的表述裂隙中探究幻想儿童文学的本体蕴含。据此,可以延展出如下两种形态与秩序。

1.联结与融通:幻想世界与现实世界的动态关系

在《为儿童及青少年的幻想文学》(*Fantasy Literature for Children and Young Adults*,2003)一书中,帕梅拉·S.盖茨等人指出,同神话传说一致,幻想文学源自人们"对善与恶的斗争的需要"。幻想儿童文学通过幻想的"可视化"(making

① 维克多·特纳.仪式过程:结构与反结构[M].黄剑波,柳博赟,译.北京:中国人民大学出版社,2006:98.

② Roy A. Rappaport. Ecology, Meaning and Religion[M]. Richmond:North Atlantic Books,1979:188.

③ 维克多·特纳.象征之林[M].赵玉燕,欧阳敏,徐洪峰,译.北京:商务印书馆,2006:93.

④ 米尔恰·伊利亚德.神圣与世俗[M].王建光,译.北京:华夏出版社,2002:104.

visible①)追求深刻的现实性和真理的普遍性,同时满足读者的审美需要。幻想文学在以丰富想象力探索生活的奥秘时,可以不受时空的限制。一般而论,为了区分与真实的界限,凸显幻想的特殊性,幻想儿童文学通常构建了两个相区隔的空间。首先,存在一个依托于现实世界的现实空间,它与我们日常的生活世界没有什么不同。除此之外的"第二世界"或"另一世界",是包含"魔法与剑"的幻想空间,亦是儿童"内心世界"的代理。为了制造两个世界的连接点,表现两种空间的转换,仪式书写是幻想小说家常用的策略与方法。仪式在幻想小说中具有"从现实世界到作为对现实生活的观照和激情的艺术"②的过渡作用。因此,在阈限理论的视域下审视两种空间的动态转换,有利于厘清幻想儿童文学如何表现外部世界与内心世界的复杂关系。

然而,从儿童文学的生成机制来看,幻想儿童文学并没有脱离成人为儿童书写的"代际"关系,幻想仍要遵守成人制定的规则,受到成人意志的控制。正如彼得·亨特所言,许多幻想世界根本不能迎合一个正在发展的心灵③。一旦成人话语遮蔽了儿童的主体性,则易造成"童年—成年"整体性的断裂。例如,《彼得·潘》(*Peter Pan and Wendy*,1911)即是一部"反成长"小说。对于现实世界而言,永无岛完全是"悬置"或"孤立"的,彼得来到现实世界的唯一动因是迎接下一个"温蒂"以满足自己天真的家庭梦。无论是彼得永无岛的现实冒险,还是其精神层面的幻想运动,其身体和精神都没有成长,都停歇于"现实与幻想的延长线及深处"④。从本质上看,空间的区隔实则被"一些特定的、无法破除的对立所统治"⑤。"不想长大"的彼得代表了美化纯真与童年的成人意志,这与儿童渴望成长的主体性相违背。

20世纪的社会经历巨大变革,思想的解禁推动了幻想的越界。现实空间与幻想空间在儿童文学中也逐渐由完全分立转向了接壤、碰撞甚至融合的关系,并以神话与礼仪的形式"自由地进行统管"。换言之,幻想与现实两个世界的结构化倾向

———————————

① Pamela S. Gates, Susan B. Steffel, Francis J. Molson. Fantasy Literature for Children and Young Adults[M]. Lanham, Maryland, and Oxford: Scarecrow Press, 2003: 1-2.

② 简·艾伦·哈里森.古代艺术与仪式[M].刘宗迪,译.北京:生活·读书·新知三联书店,2008:182.

③ Peter Hunt, Millicent Len. Alternative Worlds in Fantasy Fiction[M]. London: Continuum, 2003: 4.

④ 吴翔宇.代际话语与性别话语的混杂及融通——《彼得·潘》的性别政治兼论儿童文学"不可能性"的理论难题[J].贵州社会科学,2020(9):30-36.

⑤ 米歇尔·福柯.不同空间的正文与上下文[M]//包亚明.后现代性与地理学的政治.上海:上海教育出版社,2001:20.

得到解放,开始发展为一种新的关系,即特纳所谓的"空想的交融"①。从思想上看,现代儿童观逐渐生成,幻想是沟通童年与成年的通道,成人作家开始关注和重视儿童的特殊性,进而着力描写反映儿童内心世界的幻想空间。从形式上看,"魔法与剑"不再是幻想世界的专属,也成为现实世界的常客,现实与幻想的界限开始变得模糊。可以说,二者在空间形式上的交融体现了阈限阶段的特征。具体而论,若要探析两种空间的动态关系,尤其要对象征心理世界的内部空间进行形象学分析。其中,作为儿童文学表现"内宇宙"的常用意象,家庭空间起到了庇护幻想的功能。家宅是"回忆与无法忆起之物的结合",它既是身体又是灵魂,是人类最早的世界②。在《猫头鹰恩仇录》中,艾莉森卧室顶部的阁楼与整栋房子实为一体,但从掉落的灰尘来看,阁楼的空间是在很久之前与外界分隔的。因此,葛文所推开的门虽然有别于普通住宅的立式大门,却也可以看作连接现实世界与密闭空间的仪式通道。这与《纳尼亚传奇》中的衣橱、《汤姆的午夜花园》(*Tom's Midnight Garden*,1958)中的花园功能类似,通往魔法世界的机关被设置在家庭的某个角落。不同的是,在《猫头鹰恩仇录》中,艾伦·加纳却模糊了开启魔法世界的标志,葛文进入阁楼后感知的魔法与原有的现实世界产生了重叠。

在叙述两种空间的交融时,艾伦·加纳利用语言制造神话与现实相融的"威胁气氛"③,看似简单的句子却包含了丰富的信息量。例如,加纳在描写葛文进入阁楼的状态时暗示了处于空间交融阶段的主体感受:"当我一把抓起叠在最上面的碟子时,一种奇怪的感觉贯穿全身。握着碟子的手微微刺痛着,只觉得眼前一阵模糊,看什么都失了准头……只是等我回过神,又能看得真切时,总觉得四周变得不太一样了。我说不上来,反正有些东西是变样了。"④为了凸显故事的真实性,加纳有意弱化了魔法的视觉呈现,而是通过儿童身体和心理的感知来表现两重世界的动态关系。

2.过渡期的复杂性:"游走者"的审美悖论

在分析高年龄段儿童的阅读心理时,班马曾提出"儿童反儿童化"的理论命题:"从儿童心理视角出发,所达到的反儿童化,是为儿童自身的心理状态及其倾向。

① 维克多·特纳.仪式过程:结构与反结构[M].黄剑波,柳博赟,译.北京:中国人民大学出版社,2006:133.

② 加斯东·巴什拉.空间的诗学[M].张逸婧,译.上海:上海译文出版社,2013:4-6.

③ Andrew Taylor. Polishing up the pattern:The ending of The Owl Service[J]. Children's Literature in Education, 1992, 23(2): 93-100.

④ 艾伦·加纳.猫头鹰恩仇录[M].蔡宜容,译.上海:少年儿童出版社,2005:14.

儿童自身的反儿童化倾向,其精神在于摆脱自身的儿童状态之动因。"①此处涉及的"儿童美学悖论",班马将其概括为儿童对"无主题形态"与"主题形态"两种游戏精神的追求。在"无主题形态"中,儿童展现出对原始性与生命力的追求与释放,体现了儿童的某种"投射性本能",即对皮特·布鲁克斯所述"至善"②(ultimate good)身体的渴望。处于"主题形态"游戏中的儿童,则试图摆脱成人对其身份定位的强势介入,通过劳动和游戏来扮演成人的角色与模拟社会"实践"活动③。

毋庸置疑,阈限理论概括的模糊特性较好地解释了过渡期间"儿童反儿童化"的审美悖论。特纳指出,阈限前后表征为"状态"的改变。在阈限阶段,仪式主体"很少带有或者不带有任何过去的或即将到来的状态的特性",而处于"模棱两可"或"似是而非"④。落实到幻想文学中处于过渡仪式的儿童,其阈限阶段可以引申为两个层面的内涵。其一,儿童想要脱离原初的儿童状态,过渡为"理想的他者"。其二,儿童仍然对成为"他者"的不确定性感到犹豫甚至恐惧,有退回"原初自我"的倾向。换言之,在将青少年儿童作为主人公的作品中,作家往往通过幻想的形式表现主人公在两种"状态"之间的游移。儿童以"游走者"的身份徘徊于两个空间之间,这既是成长面临的现实困境,亦是成人作家试图传递给儿童读者的精神指引。

在文本中,当葛文在鸡舍发现艾莉森拓剪猫头鹰纸片时,艾莉森正忙个不停。随后葛文试图阻止,艾莉森采用了"挣扎—放声大哭—哀求"的方法,终于剪完了最后一只猫头鹰。然而,随后她的身体却发抖得厉害,对着葛文哭诉:"我好怕。你帮帮我吧。太可怕了,你不明白。"⑤艾莉森在鸡舍拓印的过程,正是处于过渡仪式的"边缘"阶段。运用阈限理论分析艾莉森的行为,此刻的艾莉森正是一名"游走者",她进入了"明日",并且连"昨日"是什么都不知道了。此处的"昨日""今日""明日",即是"分隔""边缘""聚合"三个仪式过程的表现。一方面,布劳狄薇的附身,激发了艾莉森对魔法的好奇与控制欲,她不由自主地想要通过拓印来获得山谷的力量;另一方面,当神秘力量真的降临时,艾莉森又产生了对未知的恐惧与焦虑。在完成猫头鹰拓印的同时,艾莉森感知到了这股力量背后的宿命逻辑。问题的复杂性在于,

① 班马.前艺术思想:中国当代少年文学艺术论[M].福州:福建少年儿童出版社,1996:518.
② 彼得·布鲁克斯.身体活:现代叙述中的欲望对象[M].朱生坚,译.北京:新星出版社,2005:9-10.
③ 瓦·亚·苏霍姆林斯基.学生的精神世界[M].吴春荫,林程,译.北京:教育科学出版社,1981:44-45.
④ 维克多·特纳.象征之林[M].赵玉燕,欧阳敏,徐洪峰,译.北京:商务印书馆,2006:93-94.
⑤ 艾伦·加纳.猫头鹰恩仇录[M].蔡宜容,译.上海:少年儿童出版社,2005:84

加纳致力于通过仪式书写表现儿童对于"身份问题"[①]的思考,艾莉森的"游走者"形象不仅体现在她对于魔法力量的游移,还深层次地表现在面对葛文的感情与母亲的控制之间的暧昧态度。可以说,在提取布劳狄薇力量的同时,艾莉森即感知到了女主人的坚韧意志,也意识到了其命运的不公。艾莉森对"湖中倒影"的身份猜想暗示了她对布劳狄薇的肯定,"但我看得出来那就是我——头发的颜色,脸……反正那就是我","窗玻璃上一定是我的倒影"[②]。在内心深处,布劳狄薇是艾莉森"理想的自我",艾莉森试图与葛文相爱以效仿这种"反叛"。然而,葛文的"理性"却一再否定了其对"自我"的想象,"所以从你所在位置的角度怎么也不可能看见自己的倒影。所以那并不是你的倒影。不可能是的"[③]。这无疑加深了艾莉森对"自我"的怀疑。最终,艾莉森徘徊在葛文的消极态度与母亲"退出合唱团与解约网球俱乐部"的警告之中,呈现出介于自我与他者的"游走"状态。事实上,"游走者"形象并非仅出现于幻想儿童文学之中,在围绕儿童主体与儿童成长的作品中也并不鲜见。在阈限理论的视域中观照"游走者",有利于从整体层面把握童年向成年过渡的复杂性。

作为"方法",阈限理论介入幻想儿童文学的价值是毋庸置疑的。幻想与现实的勾连需要借助阈限的区隔及融通,并以此汇聚为成长议题的动态观照。《猫头鹰恩仇录》以解读神话的方式展示幻想儿童文学的内在结构、机理,从而表征了作家加纳的思想意涵。与此同时,阈限理论的运用也是有限度的,这种限度源自幻想儿童文学"元概念"的多歧性。尤其是当其中杂糅着现实与幻想、成长与反成长、越界与锁闭等多元范畴,这种张力与限制容易造成阈限理论的逻辑不自洽的问题。由是,在时段的切割、主体性的标尺、观照点的确立等方面容易造成理论偏误,这是需要进一步深入思考和探究的理论问题。

(三)反传统的张力:阈限的内在机理、表征及省思

阈限理论的适用性是需要条件的,文本的语言与思想都要切合理论的学理逻辑。同时,讨论幻想儿童文学的相关理论问题,需要返归"儿童是什么"及"儿童文学是什么"的本体。语言既是形式工具又是思想本体,文学语言的本体性集中体现

---

① Sarah Beach. Breaking the pattern:Alan Garner's The Owl Service and the Mabinogion[J]. Mythlore,1994,20(1):10-14.

② 艾伦·加纳.猫头鹰恩仇录[M].蔡宜容,译.上海:少年儿童出版社,2005:116.

③ 艾伦·加纳.猫头鹰恩仇录[M].蔡宜容,译.上海:少年儿童出版社,2005:116.

了"道"与"器"的合一①。这种特性为《猫头鹰恩仇录》文学思想的生成起到至关重要的作用。一方面,艾伦·加纳采用"简单语"的策略,以简单的语词传达更为清晰、丰富、美妙的含义;另一方面,艾伦·加纳运用"第三种语言"凸显威尔士方言的民族性,并借助威尔士语与标准英语的融合介入民族性与现代化的基座,建立一种"互为他者"的视野。在反思清教思想与理性主义遏制幻想的基础上,艾伦·加纳摒弃了旧式儿童观的保守与成人化局限,将幻想延伸至更为广阔的神话空间,拓宽了幻想儿童文学的表现领域。基于对"实体童年"而非"观念童年"的现实观照,艾伦·加纳并未忽视儿童的"内宇宙"与外部环境的关系,着力描绘儿童"个体性"与社会"群体性"的互涉,在民族文化情志的映衬中重构童年的精神价值。此外,艾伦·加纳对神话资源的使用不局限于素材层面,神话作为一种"经过提炼的真理"②被应用于《猫头鹰恩仇录》的叙事思维之中,在结构性的"立与破"之中最终指向了"反传统"的思想层面。总之,在阈限视域下对《猫头鹰恩仇录》进行个案分析,作品在"语言""内宇宙""思维"三个维度均体现出艾伦·加纳"反传统"的思想观念。

1. "反传统"的语言:介入民族性与现代化的基座

艾伦·加纳出生于柴郡工人阶级的工匠家庭,自小接触的就是具有民族特色的语言文化。受益于1944年英国颁布的《教育法案》(the Education Act),艾伦·加纳先后进入曼彻斯特文法学校和牛津大学接受精英教育,在语言研究方面颇有成就。儿童文学创作时需要考虑儿童的语言能力与阅读水平,因此使用适合儿童的叙事语言是作品成功的关键。从《宝石少女》《苏珊的月亮手镯》《猫头鹰恩仇录》来看,艾伦·加纳的幻想儿童文学面向的主要读者群体是处于成长期的少年儿童,但是作家仍然将使用"简单语"作为儿童文学创作的语言策略。他表示:"文本内容的丰富程度与语言的复杂性成反比。我写得越简单,我能说得就越多。"③换言之,艾伦·加纳利用"简单语"排除了混淆和隐含的意义,削弱了儿童理解文本的难度。同时,清晰的文字却提供了更加开放的"可阐释空间",读者更易摆脱作家叙述的主观性。《猫头鹰恩仇录》对结尾的处理体现出"简单语"的魅力:"Oh yes they are flowers! And you know it! Flowers, Ali. Quietly, now. Flowers. Flowers.

① 吴翔宇.中国儿童文学语言本体论:问题、畛域与路径[J].湖南师范大学社会科学学报,2022,51(4):1-11.

② Alan Garner. Book review the death of myth[J]. Children's Literature in Education,1970,1(3):69-71.

③ Alan Garner. Achilles in Altjira[J]. Children's Literature Association Quarterly,1983,8(4):5-10.

Flowers. Gentle. Flowers—"①通过罗杰的呼喊,正处于仪式阈限阶段的艾莉森度过了由猫头鹰向花的蜕变。罗杰对"Flowers"一词的重复营造了戏剧式的紧张感,读者既能体会到罗杰对艾莉森的关切,也能构想出艾莉森处于羽毛和花瓣纷飞中的仪式场景。

此外,《猫头鹰恩仇录》的语言并非通篇采用"标准英语",艾伦·加纳将威尔士方言融于故事的对话当中,试图以介于威尔士语与标准英语之间的"第三种语言"来权衡民族性与现代化之间的矛盾。加纳说过:"我所有的写作都是用一种真实的北方的声音与文学流畅的语言相结合。因为如果我想跨越我的故事,我需要这两种语言。"②为了将民族语与标准英语有效地结合,必须对方言的词汇及语法进行精妙地部署。例如,《猫头鹰恩仇录》中的方言与威尔士神话形成了一种创造性的呼应:"He is killing Gronw without anger, without love, without mercy... She was made of her lord. Nobody is asking her if she wants him. It is bitter twisting to be shut up with a person you are not liking very much. I think she is often longing for the time when she was flowers on the mountain, and it is making her cruel, as the rose is growing thorns."③休在向罗杰叙述《马比诺吉昂》的传说时,都采用了动词的进行时态,即动词的"威尔士"形式,这种时态"很自然地加强了在山谷中重新被唤醒的神话的永恒"④。威廉·冯·洪堡特曾言:"语言就其内在联系方面而言,只不过是民族语言意识的产物。"⑤可以说,该神话在威尔士语的讲述中被赋予了新的意义,这不复是新旧现象的衍伸,而是在现代视角下演化出了一种积极的自身生命力和活动力⑥。

从结局来看,葛文无疑是个失败者,无论是他继承的威尔士语,还是他习得的英语,都不能给他提供合适的声音和身份⑦。葛文对待民族母语的梳理态度,反映了现代化社会对民族文化传统的冲击。而身为威尔士人,葛文也不愿意在公开

---

① Alan Garner. The Owl Service[M]. London: Harper Collins Children's Books, 2017: 214.

② Alan Garner. Achilles in Altjira[J]. Children's Literature Association Quarterly, 1983, 8 (4): 5-10.

③ Alan Garner. The Owl Service[M]. London: Harper Collins Children's Books, 2017: 67.

④ Michael Lockwood. "A Sense of the Spoken": Language in The Owl Service[J]. Children's Literature in Education, 1992, 23 (2): 83-92.

⑤ 威廉·冯·洪堡特.论人类语言结构的差异及其对人类精神发展的影响[M].姚小平,译.北京:商务印书馆,1999:17.

⑥ 恩斯特·卡西尔.语言与神话[M].于晓,等译.北京:生活·读书·新知三联书店,2017:39.

⑦ Michael Lockwood. "A Sense of the Spoken": Language in The Owl Service[J]. Children's Literature in Education, 1992, 23 (2): 83-92.

的场合使用方言,试图学习英语改变自己的口音。当罗杰与葛文发生口角时,罗杰就以正音教材中的入门课程讽刺葛文的口音及出身。在罗杰的阶级优越感中,葛文与二人决裂,语言成为了摧毁葛文心理建设的关键一环。因此,葛文在两种语言之间的徘徊既源自城市现代化对乡村民族文化的同化与吞噬,也产生于威尔士民族自身的落后观念以及个人的自卑心理。无论是"简单语"还是"威尔士语",艾伦·加纳都在"反传统"的框架中构建作品与读者、传统与现代的交互关系。

2."反传统"的"内宇宙":"自我感"与"群体感"的互涉

在《阿喀琉斯在阿尔特吉拉》("Achilles in Altjira",1983)一文中,加纳将儿童文学创作归纳为"故事是什么""用什么语言讲述"两个问题,其中"语言"部分本书前文已经进行了相关阐释,而故事被其解释为"解读现实的媒介"①。总体上看,艾伦·加纳创作的幻想儿童故事没有受困于西方旧式儿童文学观的制导,涉及了神话与现实、伦理与自由、民族与阶级等多个"反传统"的悖论。除了加深幻想与现实的动态联系,加纳不断扩展幻想儿童文学的表现领域,进一步提升儿童文学的思想性与艺术性。加纳认为儿童文学应该广泛地表现儿童的阅读需求,不应该让步于传统观念对题材或主题的限制:"我开始写作是因为我觉得孩子可能是我唯一能交流的人。我们可以在这里触及性、审查制度和有关神的主题,但是我认为,那些说孩子不应该接触这些事情的人实际上没有意识到童年的本质。"②在表现儿童主体与意识形态客体的互动时,加纳设计了一种"反传统"关系。这种关系摆脱了传统儿童观的限制,深入青年儿童成长期的内心变化,从童年的独特视角中呈现儿童的"自我感"与历史、传统、伦理的"群体感"之间的深层联系。

事实上,在展现个体性与群体性的互涉关系时,作家必须要深入民族文化的内核,利用"浸透文化重量的书写"③彰显文化场域中的童年力量。以神话《马比诺吉昂》为原型,加纳的《猫头鹰恩仇录》巧妙地将神话人物的宿命悲剧复刻于现实世界的三个儿童身上。加纳将神话意识作为表现"同一感和生命感"④的工具,借助仪式

① Alan Garner. Achilles in Altjira[J]. Children's Literature Association Quarterly, 1983, 8 (4): 5-10.

② Alan Garner. Coming to terms[J]. Children's Literature in Education, 1970, 1(2): 15-29.

③ 方卫平.童年写作的厚度与重量——当代儿童文学的文化问题[J].文艺争鸣,2012(10):96-102.

④ 恩斯特·卡西尔.神话思维[M].黄龙保,周振选,译.北京:中国社会科学出版社,1992:195-196.

书写设计了儿童个体与群体意识的互涉关系。面对身份问题时,葛文的内心一度犹疑在"自我感"与"群体感"之间。作为保姆的儿子,葛文与艾莉森之间的暧昧关系使其回避甚至厌恶自己是一名威尔士人。存钱买唱片机学习正音教材、上夜校进修,都是葛文因向往城市生活,为摆脱乡下人身份所作出的努力。此时,葛文的自我意识与原生的威尔士山谷产生了分裂与排斥,他并未找到自己所认可的集体与归宿。然而,在得知身世的特殊性之后,葛文贪恋山谷的魔法与权力,即刻将自己视为威尔士人的一员。当艾莉森处于生死边缘,休与罗杰共同求助于他时,葛文却忽视了昔日的情谊,将艾莉森、罗杰视作与山谷无关的异乡人而冷眼漠视:"我留下来是为了帮你和这座山谷,决不是为了他们。""我不会为他们做任何事。我跟他们没有瓜葛了。"①个体性若完全寄宿于群体性之中,则又容易造成自我的迷失。葛文过度沉溺于继承者的角色,游移在怨恨与郁结之中,最终被陈旧腐朽的旧思想吞噬,失却了原有自我的本真。正如布鲁诺·贝特尔海姆所言,神话塑造的超自我形象,是儿童效仿的对象,只有儿童主体放弃对"伊底"和"超自我"的盲目顺从,认识到人性的弱点时,他才获得了完整的人性②。通过神话和仪式,加纳还原了童年向社会群体接近时的真实底色。

3."反传统"思维:对传统与现代的双向批判

从某种意义上说,神话不仅能以独立的文学性成为幻想儿童文学的组成部分,也可以作为一种思想资源推动儿童文学的现代化③。神话本身即是一种意识形态,神话对思维的传递通过"对虔诚化'范型'之刻意模仿"④来完成。换言之,神话具有的某种普遍性思维需要经过独特的结构形式进行展现。为了凸显神话的内在生命,作家在化用神话资源的同时往往会着力书写由此类"范型"具象化的仪式。因此,仪式因其具有的结构性特征成为理解神话思维的方法。在《猫头鹰恩仇录》中,艾伦·加纳效仿了威尔士神话《马比诺吉昂》基于"永恒三角形"(an eternal triangle⑤)的底层结构。传统神话的叙事通过主人公的自主发现以及休的指引逐渐

① 艾伦·加纳.猫头鹰恩仇录[M].蔡宜容,译.上海:少年儿童出版社,2005:191.

② 布鲁诺·贝特尔海姆.童话的魅力:童话的心理意义与价值[M].舒伟,丁素萍,樊高月,译.北京:社会科学文献出版社,2015:76-77.

③ 吴翔宇.作为"方法"的神话——论中国儿童文学对神话资源的化用与限制[J].吉林大学社会科学学报,2022,62(5):145-155.

④ 叶·莫·梅列金斯基.神话的诗学[M].魏庆征,译.北京:商务印书馆,2009:178.

⑤ Carolyn Gillies. Possession and structure in the novels of Alan Garner[J]. Children's Literature in Education,1975,6(3):107-117.

清晰,布劳狄薇对自由恋爱的追求触犯了封建伦理的禁忌,怨恨的黑色力量始终留在山谷,化为萦绕千年的悲剧之源。布劳狄薇—葛荣—里奥克劳的三角结构以仪式性的轮回复现于艾莉森—葛文—罗杰三人身上。

从休与葛文、罗杰的对话中可知,三角结构的轮回仪式已在威尔士山村里延续了上百年。但是不论是神话中的魔法师,还是休的祖父辈,都深陷于传统伦理观的框架,不能真正尊重和包容布劳狄薇对爱的追求。休是第一个站在布劳狄薇的立场对传统进行反思的人,他认为这并不是一次"背叛",因为"她是一件为领主订做的礼物。没有人问过她愿不愿意嫁给这男人"①。罗杰率先认识到,拘泥于三角关系的传统结构只会造成同样的悲剧。由神话暗示的结构模式并不会因为仇恨消除,只能依靠下一代的新生力量去重塑。

艾莉森在罗杰的帮助之下找回了自我意识,回归到了现实社会,布劳狄薇的怨恨逐渐被消解为漫天的花瓣。布劳狄薇所代表的这股力量,在休以及其叔叔、祖父看来形同洪水猛兽,是灾难和厄运的象征。他们只会徒劳地"把她封进壁画,封进餐盘里"②,从未真正地反思厄运一再轮回的原因。然而,在罗杰眼中消解山谷的魔力"就这么简单"③,他宽恕了葛文,他的内心也感知到了痛苦消失的平静。罗杰持续用温柔的声音改变了力的形状,化解了艾莉森的自我郁结。附身于艾莉森的魔力因为理解而释怀,它从剥夺人生命的恐怖能量转变成了由金雀花、绣线菊、橡树之华组成的淡淡清香。萦绕村庄近千年的命运轮回仪式在此刻被打破,猫头鹰终于变回了花朵。

从整体来看,《猫头鹰恩仇录》的结构源自神话,却又打破了神话。艾伦·加纳将人情的温暖楔入《马比诺吉昂》的元结构,通过颠覆读者的期望重申了这个神话及其洞察力④。在结构立与破的背后,实则隐含了作者对传统与现代的双重批判。面对威尔士神话的悲剧,艾伦·加纳没有依循旧伦理观的轨辙,而是以现代儿童的视角承认了布劳狄薇追求自由之爱的合理性。布劳狄薇对自由之爱的向往是一种源自底层的朴素情感,最初便存在于神话的原始思维之中。然而,在现代化社会发展的背后,人们的真实需求一再让步于理性与效率,现代性在解放生产力的同时往

① 艾伦·加纳.猫头鹰恩仇录[M].蔡宜容,译.上海:少年儿童出版社,2005:67.

② 彭懿.这本书讲述一个什么故事[M]//艾伦·加纳.猫头鹰恩仇录.上海:少年儿童出版社,2005:196-197.

③ 艾伦·加纳.猫头鹰恩仇录[M].蔡宜容,译.上海:少年儿童出版社,2005:194.

④ Andrew Taylor, Polishing up the pattern: The ending of The Owl Service[J]. *Children's Literature in Education*,1992,23(2):93-100.

往束缚了人们的真实自我。"猫头鹰"的复魅与新生,对当下文明依然具有警示意义。

四、动画片批评案例:从《无敌破坏王 2》看网络时代的人文情怀

迪士尼动画片《无敌破坏王 2:大闹互联网》(*Ralph Breaks the Internet 2*)于2018 年年末上映,这是迪士尼公司历史上为数不多的动画续作。迪士尼公司在这部影片中敏锐地将情节向网络空间延展,用动画独具的方式探寻着网络时代人的处境,同时也为我们思考网络时代的人文情怀提供了一个切入点。

(一)触网是不可避免的现实

在当今时代,信息化生存方式已经成为越来越多人的生活现实。随着信息技术产品价格的降低,年龄、地域、收入都不再是使用信息技术产品的现实障碍。信息传播方式的改变,也已经很普遍地改变了人的生存方式。曾经时尚的电子设备,如广播、电视、手机等,都纷纷触网,不再仅是传统意义上的媒体形式,还带来了网络时代新的使用体验和新的生活现实。除了日常生活领域,在文艺领域信息技术也在迅速而深入地影响其存在形态和表现内容,"云计算、大数据、移动互联网、物联网、智能化等新一代信息技术,正在改变文化与文艺生存发展形态。"[①]从这个意义上来说,老牌动画公司迪士尼推出动画片《无敌破坏王 2:大闹互联网》正是其积极适应网络时代的一次重要尝试。

影片中,因传统电子游戏机被损坏,云妮洛普和拉尔夫面临严峻的生存困境,受到谈话的启发,他们想到尝试用网络购物的方式,购买电子游戏机的部件,从而让他们的传统电子游戏机重新开机。这时,两人的心情是无比激动和兴奋的。在两位主角的思维里,网络空间首先是作为一个能够解决他们所面临的生死存亡困境、具有无限可能性的积极因素而存在的。这是对人类第一次接触网络情形的形象表现。云妮洛普和拉夫尔如同发现了一片无比广阔、有无限可能性的"蓝海"。生存窘境逼迫着他们来不及怀疑,就义无反顾地走进了原先还有所忌惮的网络之门。尽管此时他们并不知道在那个未知的网络世界里将会发生什么,但是就能够解决他们的急迫问题这一点而言,网络似乎具有不可替代的力量。

"电子媒介运用声、光、电等手段打造'虚拟现实'时语图共生、声情并茂、'身临

---

① 陈定家.信息时代尤需精品意识[N].人民日报,2018-06-08(24).

其境'的真实感受和体验",也带来"文字到图像的美学变迁"①。在动画片《无敌破坏王2：大闹互联网》中，首先吸引人注意的正是声、光、电效果，让眼前的网络空间看上去美轮美奂。创作者创造性地将网络空间中存在的信息交换现象具象化。所以，当云妮洛普和拉尔夫真正进入网络空间时，在他们眼前展开的是一个充满明丽形象的世界，而不是一个代码满天飞的数字世界。人类在网络空间中的行为、网络空间中信息的传播过程，都被转化为片中角色的行为，以及承载动画角色的器具（交通方式等）。网络空间本身也具象化为楼宇和街道。eBay、谷歌、天猫等众多网络公司以街景的样貌集体亮相，如同一场网络公司的巨大聚会。

虽然我们往往会提到信息技术带来的负面影响，但是影片中关于网络空间的画面却让观众觉得这一切是如此美好。通过网络便捷交换信息的背后是一个瑰丽的生活画卷。正如马克思所指出的，"进步这个概念决不能在通常的抽象意义上去理解"②，我们不必将对信息技术的肯定上升到技术决定论的高度，却也需要看到从人类社会的发展来看，信息技术恰恰首先是作为一种进步的力量出现的，就像米歇尔提出的："当一种新的制作视觉形象的方法出现时，无论是好是坏，总似乎标志着一个历史性的转折。"③信息技术并不是人类在历史上制作视觉形象所面临的第一次方法挑战。而在当下，直面网络时代是一个不可避免的现实，连迪士尼都不能置身事外。网络时代的信息化生存正是人类的现实处境。

（二）新媒体会赋权还是去权

关于新媒体技术与赋权（empowerment）之间的关系，国内外学界已经有了较为充分的探讨。随着信息技术的进步，制造网络红人的媒介，也从最初只见其观点而不见其人的文字媒介，发展到图像媒介与文字媒介的结合，再到如今短视频被广泛应用，能够实时互动的网络直播逐渐普及。作为新媒体的自媒体与赋权之间的关系更趋复杂。

正如研究者指出的，"新媒体的实践使弱势群体在话语、经济、文化、社会资本等领域有可能得到权力和能力的提升，换言之，传统赋权理论所关注的弱势群体各个层面个体、群体的赋权过程已经展开，并有可能在实现社会公正方面产生巨大的

---

① 王轻鸿.构建中国非虚构诗学话语体系[N].中国社会科学报,2018-04-23(4).

② 卡·马克思.导言[M]//卡·马克思,弗·恩格斯.马克思恩格斯全集(第46卷上).北京:人民出版社,1979:47.

③ W.J.T.米歇尔.图像何求[M].陈永国,高焓,译.北京:北京大学出版社,2018:381.

潜力"①。全民网络狂欢时代的自媒体,似乎也具有了一种"赋权"的神奇力量。《无敌破坏王2:大闹互联网》中,拉尔夫因为想要赚钱购买传统电子游戏机的部件,而和云妮洛普一起去抢夺红色跑车。落败之后,拉尔夫得到对手的帮助,在他没搞清状况的情况下被拍摄了视频上传到了自媒体。尽管他只是一个平民,却因为自媒体的力量,一跃成为众人关注的中心,许许多多的受众都在谈论他,看他的视频,他也被自媒体的运营公司恭恭敬敬地对待。

购买游戏机部件的迫切性,让拉尔夫无法拒绝自媒体运营公司的邀请,继续拍摄了一系列搞怪的视频。在攒够了购买游戏机部件的资金之后,拉尔夫惊讶地发现,自己具有的影响力似乎是一种假象。真实的情况是,在那些原先喜爱自己的观众眼中,自己就是一个傻瓜,而且他们的兴趣很快就转向了新的热点。正可谓"技术是复杂的现象,它既是自然力的利用,同时又是一种社会文化过程",似乎是"人创造了技术",但同时"技术塑造了人"②。虽然拉尔夫是视频的主角,但他却并不能决定想拍什么,或者怎么表演,起决定性作用的似乎是观众的力量。这是一种背后技术的力量,或者说是经过技术过滤的、更为狭隘的人的喜好。因此,当数量无比巨大的视频被上传到自媒体平台,也许有的表演是出自真心,但也不能否认其中许多表演出自对经过技术过滤的、更为狭隘的人的喜好的追随。信息技术极度放大了人身上的某些方面,放大了某些生活片段。但是在信息技术所带来的夸张面前,人的丰富性、生活的丰富性反而失去了,人的内涵和生活的内涵都变得扁平。自媒体能对普通个体赋权,同时也可能让人失去对自身的控制。这就是自媒体时代人的复杂处境。

难怪研究者要呼吁:"新媒介技术所带来的赋权效应存在很大的不确定性,我们很难断言它为主体增权还是去权……总之,增权只是其中一种可能性,新媒介赋权一方面能促进主体的自主性获得,另一方面也有可能使人的主体性丧失,至于往哪个方向走这取决于人对媒介的具体使用情境,以及新媒介赋权这一传播过程中所受到的其他社会因素影响。"③网络狂欢之中的赋权,并不是马克思所说的"作为一个完整的人,占有自己的全面的本质"④意义上的赋权,而有着许多保留与限制。

———————————

① 丁未.新媒体与赋权:一种实践性的社会研究[J].国际新闻界,2009(10):76-81.

② F.拉普.技术哲学导论[M].刘武,康荣平,吴明泰,译.沈阳:辽宁科学技术出版社,1986:57-58.

③ 张波.新媒介赋权及其关联效应[J].重庆社会科学,2014(11):87-93.

④ 卡·马克思.1844年经济学哲学手稿[M]//卡·马克思,弗·恩格斯.马克思恩格斯全集(第42卷)[M].北京:人民出版社,1979:123.

面对这样的赋权现实,自媒体运营公司的负责人好意提醒拉尔夫,不要在意网络上的评价,这是一种逃避的姿态,也许也是一种更清醒的意识。在网络时代的话语体系中理智看待主体的"增权"或者"去权",也许是寻找人的出路的一条可行之道。

(三)通过媒介丰富性展望人类未来生存处境

之所以称《无敌破坏王2:大闹互联网》深刻思考了网络时代的人文情怀,不仅是因为影片热情而形象地展示了网络空间的基本元素和运作方式,思考了自媒体时代人的复杂处境,更重要的是影片为我们展示了网络时代人类生活的未来可能性,思考了在更丰富的媒介现象中,人类如何自处、如何与人相处的问题。

媒介丰富性(media richness)主要是指媒介承载信息的能力,如文字媒介会被认为是更单薄的媒介,而视频会议或面对面的沟通会被认为是更丰富的媒介①。这样的观点有其合理性,因为视频不仅可以运用文字,也可以运用图像,而且是流动的图像,而现场面对面的沟通所获得的信息则更为全面。但是,我们不能完全陷入技术决定论的陷阱,认为媒介传递的信息含量完全取决于媒介的类型。而应该看到"某些文艺作品及其构成媒介超越其自身特有的天性或局限,去追求他种文艺作品在形式方面的特性"②。人类历史上很多文学作品是作家创造性地运用媒介的结果。"跨媒介叙事"突破了原有媒介的局限,传达了丰富的内容,提供了形式的美感。在新的媒介技术环境下,媒介相互模仿、媒介转换、媒介融合等几种趋势之间的张力会继续存在,交织出更为复杂的、多形态的"文本"面貌,描摹出人的多样化的存在方式。

而从生活现象来看,信息技术带来的媒介丰富性会逐渐改变生活的面貌,提供新的视觉、听觉享受。比如《无敌破坏王2:大闹互联网》的结尾:传统的电子游戏世界最终被拯救了,云妮洛普不再需要担心自己能否存活下去,而且存在于原有技术中的电子游戏世界与网络空间之间建立了更通畅的交流渠道,两者的交流常态化了,两边的游戏角色能够往来共处,如同我们日常使用的软件在更新后旧貌换新颜一样。传统电子游戏世界与网络世界之间的通道开启,带来的是两个游戏世界生活景观的变化,尤其是传统电子游戏世界景观得到升级换代,变得更为丰富。

---

① 玛丽安·丹顿,伊莲·泽雷.传播理论的职业运用(第2版)[M].陈世华,译.北京:清华大学出版社,2014:114-115.

② 龙迪勇.空间叙事本质上是一种跨媒介叙事[J].河北学刊,2016,36(6):86-92.

值得一提的是,影片中更深刻的变化还体现在人际关系面貌的改变上。如果说影片开端传统电子游戏世界面临的是技术进步所带来的生存危机,那么在影片结尾所表现的光明想象中,不仅生存危机获得了解决,人际关系也得到了更新和重塑。解决技术落后所带来的生存危机的方法并不是彻底地回到过去,"圈养"一片仅供观赏的、与世隔绝的原始地域,而是要在新的生存状态中寻找出路。云妮洛普闯荡网络世界时所萌生的对网络世界的美好一面的欣赏心态,以及留在此地的愿望,最终没有让她和拉尔夫的友谊终止。这并不是因为云妮洛普决定回到与过去一样的生活,断绝和网络世界的一切联系,恰恰相反,是拉尔夫以更积极的态度去接受这一改变,去克服自己的"心魔"。当拉尔夫面对自己"心魔"所演变出的网络病毒说出这一心愿时,刹那间无论是人像化的病毒,还是两人心中的芥蒂都化为乌有了。

也许正和人类一样,当经历了网络世界的一切,就再也回不到那个脱离网络的过去的世界。这恰是我们在一个媒介更加丰富的信息社会里所要面对的终极问题——沿着信息化这条道路,人类将走向何方?云妮洛普和拉夫尔之间的深厚友谊依然在继续,可视的网络电话的出现,并没有稀释他们之间的感情。人与人之间的感情因为人际沟通技术障碍的减少,也实现了更大范围内的温暖共存。

无论是影片之内,还是影片之外,网络时代的人文情怀指向的是传统,也是未来。无论是眼前的直观图景、个人的进退处境,还是情感的寄托、网络的出现,都对"人类去往何方"的问题提出了新的挑战。与影片中的角色一起经历这一趟不平凡的网络空间之旅,除了对人物面临的种种挑战记忆犹新,也让我们想起了现实的人类生活。观众心中明白,那个"王子和公主从此过上传统生活"的童话世界似乎回不去了。这也许会让我们感到伤感,但却也让我们拥有更豁达的人文情怀。这也是为什么《无敌破坏王2:大闹互联网》要汇聚那么多经典的迪士尼动画人物形象。如果把这仅仅看成是对IP的使用,可能就过于简单化了。这如同是迪士尼带着动画这种体裁向着网络时代的大迁徙,也预示着信息技术的元素和话题将会给动画、儿童文学等体裁带来新的生命力。

参考文献

（一）中文研究文献

[1] 大卫·帕金翰.童年之死:在电子媒介时代成长的儿童[M].北京:华夏出版社,2005.

[2] 维维安娜·泽利泽.给无价的孩子定价:变迁中的儿童社会价值[M].王水雄等,译.上海:华东师范大学出版社,2018.

[3] 泰勒·何德兰,坎贝尔·布朗士.孩提时代:两个传教士眼中的中国儿童生活[M].王鸿涓,译.北京:金城出版社,2011.

[4] 尼尔·波兹曼.童年的消逝[M].吴燕莛,译.桂林:广西师范大学出版社,2004.

[5] 菲力浦·阿利埃斯.儿童的世纪:旧制度的儿童和家庭生活[M].沈坚,朱晓罕,译.北京:北京大学出版社,2013.

[6] 王稚庵.中国儿童史[M].上海:儿童书局,1932.

[7] 约翰·洛克.政府论(第二篇)[M].顾肃,译.南京:译林出版社,2016.

[8] 熊秉真.童年忆往——中国孩子的历史[M].桂林:广西师范大学出版社,2008.

[9] 丰子恺.丰子恺全集(50册)[M].北京:海豚出版社,2016.

[10] 王人路.儿童读物的研究[M].上海:中华书局,1933.

[11] 鲁彦,谷兰.婴儿日记[M].上海:生活书店,1935.

[12] 李泽厚.美的历程[M].上海:生活·读书·新知三联书店,2009.

[13] 刘绪源.中国儿童文学史略[M].上海:少年儿童出版社,2013.

[14] 刘绪源.儿童文学的三大母题[M].上海:华东师范大学出版社,2009.

[15] 张永健.20世纪中国儿童文学史[M].沈阳:辽宁少年儿童出版社,2006.

[16] 任大霖.我的儿童文学观[M].上海:少年儿童出版社,1995.

[17] 蒋风,等.中国儿童文学大系(25卷)[M].太原:希望出版社,2009.

[18] 吴翔宇,卫栋.百年中国儿童文学的整体观研究[M].南京:南京大学出版

社,2021.

[19] 爱德华·希尔斯.论传统[M].傅铿,吕乐,译.上海:上海人民出版社,1991.

[20] 吴其南.童话的诗学[M].北京:中国文联出版社,2001.

[21] 吴其南.从仪式到狂欢——20世纪少儿文学作家作品研究(2册)[M].北京:人民文学出版社,2013.

[22] 吴其南.转型期少儿文学思潮史[M].上海:少年儿童出版社,1997.

[23] 吴其南.20世纪中国儿童文学的文化阐释[M].北京:中国社会科学出版社,2012.

[24] 吴其南.代际冲突与文化选择:吴其南儿童文学文论[M].兰州:甘肃少年儿童出版社,1994.

[25] 方卫平.文本与阐释[M].济南:明天出版社,2006.

[26] 方卫平.儿童文学的审美走向[M].北京:中国文史出版社,2007.

[27] 周晓波.现代童话美学[M].西安:未来出版社,2001.

[28] 保罗·阿扎尔.书,儿童与成人[M].梅思繁,译.长沙:湖南少年儿童出版社,2014.

[29] 凯瑟琳·奥兰丝汀.百变小红帽[M].杨淑智,译.北京:生活·读书·新知三联书店,2013.

[30] 孙建江.童话艺术空间论[M].武汉:湖北少年儿童出版社,1990.

[31] 葛承训.新儿童文学[M].上海:儿童书局,1934.

[32] 鲁迅.鲁迅全集(18卷)[M].北京:人民文学出版社,2005.

[33] 鲁迅,等.1917—1927中国新文学大系导言集[M].刘运峰,编.天津:天津人民出版社,2009.

[34] 郑振铎.郑振铎全集(20卷)[M].石家庄:花山文艺出版社,1998.

[35] 张梅.晚清五四时期儿童读物上的图像叙事[M].北京:中国社会科学出版社,2016.

[36] 阿英.中国连环图画史话[M].北京:人民美术出版社,1984.

[37] 《小朋友》编辑部.长长的列车——《小朋友》七十年[M].上海:少年儿童出版社,1992.

[38] 约翰·杜威.艺术即经验[M].高建平,译.北京:商务印书馆,2011.

[39] 朱光潜.朱光潜全集(30册)[M].合肥:安徽教育出版社,1987.

[40] 黑格尔.美学(3卷)[M].朱光潜,译.北京:商务印书馆,1982.

[41] 梁启超.清代学术概论[M].上海:东方出版社,1996.

[42] 王国维.王国维全集(20卷)[M].杭州:浙江教育出版社,2010.

[43] 胡适.胡适文集(12册)[M].北京:北京大学出版社,2013.

[44] 朱自清.朱自清全集(12卷)[M].南京:江苏教育出版社,1988.

[45] 朱自清.朱自清散文全集(2册)[M].北京:中国致公出版社,2001.

[46] 郁达夫.郁达夫全集(12卷)[M].杭州:浙江大学出版社,2007.

[47] 高玉."话语"视角的文学问题研究[M].北京:中国社会科学出版社,2009.

[48] 茅盾.茅盾全集(43卷)[M].北京:人民文学出版社,1987.

[49] 孔海珠.茅盾和儿童文学[M].上海:少年儿童出版社,1990.

[50] 冰心.冰心全集(10册)[M].福州:海峡文艺出版社,2012.

[51] 范伯群.冰心研究资料[M].北京:北京出版社,1984.

[52] 张锦贻.冰心评传[M].太原:希望出版社,2009.

[53] 约瑟夫·列文森.儒教中国及其现代命运[M].郑大华,任菁,译.北京:中国社会科学出版社,2000.

[54] 童庆炳.文体与文体的创造[M].昆明:云南人民出版社,1994.

[55] 夏静.文气话语形态研究[M].北京:商务印书馆,2014.

[56] 林良.浅语的艺术[M].福州:福建少年儿童出版社,2017.

[57] 赵侣青,徐迥千.儿童文学研究[M].上海:中华书局,1933.

[58] 郭沫若.郭沫若全集(38卷)[M].北京:人民文学出版社,1992.

[59] 金燕玉.中国童话史[M].南京:江苏少年儿童出版社,1992.

[60] 范寿康.学校剧[M].上海:商务印书馆,1923.

[61] 周锦涛.学校剧导演法[M].上海:儿童书局,1931.

[62] 阎哲吾.学校戏剧概论[M].上海:中央书店,1931.

[63] 仇重,柳风,等.儿童读物研究[M].上海:中华书局,1948.

[64] 何卫青.小说儿童——1980—2000:中国小说的儿童视野[M].青岛:中国海洋大学出版社,2005.

[65] 刘鸿渝.云南儿童文学研究[M].昆明:晨光出版社,1996.

[66] 彼得·亨特.理解儿童文学[M].郭建玲,周惠玲,代冬梅,译.上海:少年儿童出版社,2010.

[67] 杨联芬.晚清至五四:中国文学现代性的发生[M].北京:北京大学出版社,2003.

[68] 约翰·史蒂芬斯.儿童小说中的语言与意识形态[M].张公善,黄惠玲,译.合肥:安徽少年儿童出版社,2010.

[69] 朱自强.日本儿童文学导论[M].长沙:湖南少年儿童出版社,2015.

[70] 朱自强.儿童文学的本质[M].上海:少年儿童出版社,1997.

[71] 朱自强.亲近图画书[M].济南:明天出版社,2011.

[72] 汪曾祺.汪曾祺文集(4卷)[M].南京:江苏文艺出版社,1993.

[73] 杜传坤.中国现代儿童文学史论[M].北京:中国社会科学出版社,2009.

[74] 米歇尔·福柯.词与物——人文科学的考古学[M].莫伟民,译.上海:三联书店,2016.

[75] 弗朗索瓦·于连.迂回与进入[M].杜小真,译.北京:生活·读书·新知三联书店,1998.

[76] 胡塞尔.现象学的观念[M].倪梁康,译.上海:上海译文出版社,1986.

[77] 罗杰·福勒.语言学与小说[M].於宁,徐平,昌切,译.重庆:重庆出版社,1991.

[78] 徐志摩.徐志摩全集(6卷)[M].北京:中央编译出版社,2014.

[79] 陈独秀.陈独秀文集(4卷)[M].北京:人民出版社,2013.

[80] 齐亚敏.中国当代儿童文学关键词研究[M].北京:中央编译出版社,2015.

[81] 陈伯吹.陈伯吹文集(4卷)[M].上海:少年儿童出版社,1998.

[82] 陈伯吹.儿童文学简论[M].武汉:长江文艺出版社,1982.

[83] 贺宜.贺宜文集(5卷)[M].上海:少年儿童出版社,1988.

[84] 贺宜.儿童文学研究(28辑)[M].上海:少年儿童出版社,1985.

[85] 黄云生.黄云生儿童文学论稿[M].桂林:漓江出版社,1996.

[86] 魏寿镛,周侯予.儿童文学概论[M].上海:商务印书馆,1923.

[87] 威廉·冯·洪堡特.论人类语言结构的差异及其对人类精神发展的影响[M].姚小平,译.北京:商务印书馆,2011.

[88] 蔡元培.蔡元培:讲演文稿[M].杨佩昌,整理.北京:中国画报出版社,2010.

[89] 苏珊·桑塔格.反对阐释[M].程巍,译.上海:上海译文出版社,2018.

[90] 柄谷行人.日本现代文学的起源[M].赵京华,译.北京:生活·读书·新知三联书店,2006.

[91] 赵景深.童话评论[M].上海:新文化书社,1924.

[92] 赵景深.民间文学丛谈[M].长沙:湖南人民出版社,1982.

[93] 郑素华.儿童文化引论[M].北京:社会科学文献出版社,2015.

[94] 王泉根.现代中国儿童文学主潮[M].重庆:重庆出版社,2000.

[95] 梅子涵,方卫平,朱自强,等.中国儿童文学5人谈[M].天津:新蕾出版社,2001.

[96] 张圣瑜.儿童文学研究[M].上海:商务印书馆,1928.

[97]《儿童文学》编辑部.儿童文学创作漫谈[M].北京:中国少年儿童出版社,1979.

[98] 班马.中国儿童文学理论批评与构想[M].武汉:湖北少年儿童出版社,1990.

[99] 班马.前艺术思想——中国当代少年文学艺术论[M].福州:福建少年儿童出版社,1996.

[100] 朱晓进,等.非文学的世纪——20世纪中国文学与政治文化关系史论[M].南京:南京师范大学出版社,2004.

[101] 胡从经.晚清儿童文学钩沉[M].上海:少年儿童出版社,1982.

[102] 查尔斯·E.布莱斯勒.文学批评:理论与实践导论(第5版)[M].赵勇,等译.北京:中国人民大学出版社,2014.

[103] 叶圣陶.叶圣陶论创作[M].上海:上海文艺出版社,1982.

[104] 叶圣陶.叶圣陶文集(8卷)[M].北京:人民文学出版社,1958.

[105] 叶圣陶,等.我和儿童文学[M].上海:少年儿童出版社,1990.

[106] 周博文.叶圣陶与中国现代儿童文学[M].合肥:安徽大学出版社,2018.

[107] 王本朝.中国现代文学制度研究[M].重庆:西南师范大学出版社,2002.

[108] 老舍.老舍和儿童文学[M].上海:少年儿童出版社,1996.

[109] 巴金.巴金全集(26卷)[M].北京:人民文学出版社,1993.

[110] 汤锐.现代儿童文学本体论[M].南京:江苏少年儿童出版社,1995.

[111] 杨实诚.儿童文学美学[M].太原:山西教育出版社,1994.

[112] 莫里斯·哈布瓦赫.论集体记忆[M].毕然,郭金华,译.上海:上海人民出版社,2002.

[113] 陈思和.笔走龙蛇[M].台北:业强出版社,1991.

[114] 杰克·齐普斯.作为神话的童话/作为童话的神话[M].赵霞,译.上海:少年儿童出版社,2008.

[115] 彭懿.西方现代幻想文学论[M].上海:少年儿童出版社,1997.

[116] 西蒙·娜·波伏娃.第二性[M].陶铁柱,译.北京:中国书籍出版社,1998.

[117] 瓦尔特·本雅明.启迪:本雅明文选[M].张旭东,王斑,译.北京:生活·读书·新知三联书店,2008.

[118] 邱运华.文学批评方法与案例[M].北京:北京大学出版社,2005.

[119] 维克多·特纳.庆典[M].方永德,等译.上海:上海译文出版社,1993.

[120] 凯伦·科茨.镜子与永无岛:拉康·欲望及儿童文学中的主体[M].赵萍,译.

合肥:安徽少年儿童出版社,2010.

[121] 包亚明.后现代性与地理学的政治[M].上海:上海教育出版社,2001.

[122] 罗伯塔·塞林格·特瑞兹.唤醒睡美人:儿童文学中的女性主义[M].李丽,译.合肥:安徽少年儿童出版社,2010.

[123] 罗钢,刘象愚.文化研究读本[M].北京:中国社会科学出版社,2000.

[124] 雷·韦勒克,奥·沃伦.文学理论[M].刘象愚,译.北京:生活·读书·新知三联书店,1984.

[125] 周蕾.视觉性、现代性与原始的激情[M].张艳虹,译.桂林:广西师范大学出版社,2003.

[126] 皮埃尔·布尔迪厄.文化资本与社会炼金术——布尔迪厄访谈录[M].包亚明,译.上海:上海人民出版社,1997.

[127] 张一兵.不可能的存在之真——拉康哲学映像[M].北京:商务印书馆,2006.

[128] 佩里·诺德曼,梅维丝·雷默.儿童文学的乐趣[M].陈中美,译.上海:少年儿童出版社,2008.

[129] 佩里·诺德曼.隐藏的成人:定义儿童文学[M].徐文丽,译.北京:中国社会科学出版社,2014.

[130] 张京媛.当代女性主义文学批评[M].北京:北京大学出版社,1992.

[131] 申丹.叙事、文本与潜文本——重读英文经典短篇小说[M].北京:北京大学出版社,2009.

[132] 唐兵.儿童文学中的女性主义声音[M].武汉:湖北少年儿童出版社,2003.

[133] 艾伦·普劳特.童年的未来——对儿童的跨学科研究[M].华桦,译.上海:上海社会科学院出版社,2014.

[134] 詹姆斯·费伦.作为修辞的叙事:技巧、读者、伦理、意识形态[M].陈永国,译.北京:北京大学出版社,2002.

[135] 玛卡列达·斯特罗姆斯泰特.林格伦传——童话外婆的精彩人生[M].李之义,译.北京:中国少年儿童出版社,2016.

[136] 李利安·H.史密斯.欢欣岁月[M].傅林统,译.台北:富春文化事业股份有限公司,1999.

[137] 叶舒宪.现代性危机与文化寻根[M].济南:山东教育出版社,2009.

[138] 马克斯·韦伯.学术与政治[M].冯克利,译.北京:商务印书馆,2018.

[139] 马克斯·韦伯.新教伦理与资本主义精神[M].丁晓军,译.北京:生活·读书·新知三联书店,1987.

[140] 舒伟.从工业革命到儿童文学革命——现当代英国童话小说研究[M].北京：中国社会科学出版社,2015.

[141] 哈罗德·布鲁姆.影响的焦虑[M].徐文博,译.北京：中国人民大学出版社,2019.

[142] 大卫·科泽.仪式、政治与权力[M].王海洲,译.南京：江苏人民出版社,2014.

[143] 阿诺尔德·范热内普.过渡礼仪[M].张举文,译.北京：商务印书馆,2019.

[144] 维克多·特纳.仪式过程：结构与反结构[M].黄剑波,柳博赟,译.北京：中国人民大学出版社,2006.

[145] 维克多·特纳.象征之林[M].赵玉燕,欧阳敏,徐洪峰,译.北京：商务印书馆,2006.

[146] 米尔恰·伊利亚德.神圣与世俗[M].王建光,译.北京：华夏出版社,2002.

[147] 简·艾伦·哈里森.古代艺术与仪式[M].刘宗迪,译.北京：生活·读书·新知三联书店,2008.

[148] 加斯东·巴什拉.空间的诗学[M].张逸婧,译.上海：上海译文出版社,2013.

[149] 彼得·布鲁克斯.身体活：现代叙述中的欲望对象[M].朱生坚,译.北京：新星出版社,2005.

[150] 瓦·亚·苏霍姆林斯基.学生的精神世界[M].吴春荫,林程,译.北京：教育科学出版社,1981.

[151] 威廉·冯·洪堡特.论人类语言结构的差异及其对人类精神发展的影响[M].姚小平,译.北京：商务印书馆,1999.

[152] 恩斯特·卡西尔.语言与神话[M].于晓,等译.北京：生活·读书·新知三联书店,2017.

[153] 恩斯特·卡西尔.神话思维[M].黄龙保,周振选,译.北京：中国社会科学出版社,1992.

[154] 布鲁诺·贝特尔海姆.童话的魅力：童话的心理意义与价值[M].舒伟,丁素萍,樊高月,译.北京：社会科学文献出版社,2015.

[155] 赵毅衡.广义叙述学[M].成都：四川文艺出版社,2013.

[156] 赵毅衡.当说者被说的时候：比较叙述学导论[M].北京：中国人民大学出版社,1998.

[157] 热拉尔·热奈特.叙事话语 新叙事话语[M].王文融,译.北京：中国社会科学出版社,1990.

[158] 谢尔登·卡什丹. 女巫一定得死：童话如何塑造性格[M]. 李淑珺，译. 北京：机械工业出版社，2014.

[159] W. J. T. 米歇尔. 图像何求[M]. 陈永国，高焓，译. 北京：北京大学出版社，2018.

[160] F. 拉普. 技术哲学导论[M]. 刘武，康荣平，吴明泰，译. 沈阳：辽宁科学技术出版社，1986.

[161] 马克思，恩格斯. 马克思恩格斯全集（53 册）[M]. 北京：人民出版社，1979.

[162] 玛丽安·丹顿，伊莲·泽雷. 传播理论的职业运用（第 2 版）[M]. 陈世华，译. 北京：清华大学出版社，2014.

（二）外文研究文献

[163] Alan Garner. *The Owl Service*[M]. London：Harper Collins Children's Books，2017.

[164] Barbara Wall. *The Narrator's Voice：The Dilemma of Children's Fiction*[M]. New York：St. Martin's Press，1991.

[165] Coleena Fanjoy. *Eat Me，Drink Me，Examining the Ways that Twentieth-Century Heroines Outgrow the Prescribed Feminine Spaces of Victorian Fantasy Literature for Children*[M]. Fredericton：The University of New Brunswick's Press，2007.

[166] Colins Manlove. *From Alice to Harry Potter：Children's Fantasy in England*[M]. Christchurch：Cybereditions Corporation，2003.

[167] Herbert Sussman. *Victorian Masculinities：Manhood and Masculine Poetics in Early Victorian Literature and Art*[M]. New York：Cambridge University Press，1996.

[168] Jacqueline Rose. *The Case of Peter Pan，or，The Impossibility of Children's Fiction*[M]. Basingstoke：The Macmillan Press Ltd.，1984.

[169] Jack Zipes. *Fairy Tales and the Art of Subversion*[M]. London and New York：Routledge，2011.

[170] Louisa Smith，Peter Hunt. *International Companion Encyclopedia of Children's Literature*[M]. London and New York：Routledge，2004.

[171] Naomi Wolf. *The Beauty Myth：How Images of Beauty Are Used Against Women*[M]. New York：Bantham Doubleday Dell Publishing，1991.

[172] Peter Hunt. *Confronting the Snark*: *The Non-Theory of Children's Poetry* [M]// Morag Styles, Louise Joy, David Whitley. *Poetry and Childhood*. Stoke on Trent: Trentham Books, 2010.

[173] Peter Hunt, Millicent Len. *Alternative Worlds in Fantasy Fiction* [M]. London: Continuum, 2003.

[174] Pamela S. Gates, Susan B. Steffel, Francis J. Molson. *Fantasy Literature for Children and Young Adults* [M]. Lanham, Maryland, and Oxford: Scarecrow Press, 2003.

[175] Roy A. Rappaport. *Ecology, Meaning and Religion* [M]. Richmond: North Atlantic Books, 1979.

[176] Rosemary Jackson. *Fantasy*: *The Literature of Subversion* [M]. London and New York: Routledge, 1982.

[177] T. E. Apter. *Fantasy Literature*: *An Approach to Reality* [M]. London: The Macmillan Press Ltd. , 1982.

[178] Ursula K. Le Guin. *Dancing at the Edge of the World*: *Thoughts on Words, Women, Places* [M]. New York: Grove Press, 1989.

[179] Yan Fhou Lee. *When I Was A Boy in China* [M]. Boston: Lothrop, Lee and Shepard Co. , 1887.

后 记

儿童文学是一项关乎国家未来的伟大事业，它寄寓了成人对于儿童的殷切希望。随着时代的发展，儿童文学越来越受到重视，也有越来越多的人参与其中。浙师大儿童文学研究历史悠久、成果丰硕、影响深远。作为其中一员，我非常庆幸自己能为儿童文学这一伟大工程做一点事情。尽管能力有限，但如能为"争取下一代"尽自己的微薄之力，于我将是非常荣幸和乐意的。

在给硕士研究生上儿童文学原理课程时，有感于儿童文学研究中存在的诸多问题，我想从问题入手，深入儿童文学元概念来探究其相关理论、批评，并用这些理论和原理来尝试儿童文学批评，为当下中国儿童文学的创作提供一些有价值的建议和参照。于是，我试图打通儿童文学史、儿童文学理论和儿童文学批评的壁垒，在与成人文学的原理相互镜鉴的基础上把握儿童文学的基本属性、范畴、术语和概念。在获批了浙江省优秀研究生课程后，我录制了相关视频，并在研究生课程中予以实践。令人欣慰的是，这些录制的视频课程深受本校硕士和博士生的喜爱。他们以各种方式建议我出一本《儿童文学原理》教材，这样可以与视频课程形成一个系统。

这是一个很好的主意。我决心要花一些力气去出版这样一本教材，而且要出一本有质量的教材。但撰写教材内容时，我发现要写好这本教材并不是那么简单。既然是"原理"就要恰当、准确、科学地找到最为关键的问题，切入儿童文学的内核。但要深刻地把握儿童文学的主脑和结构却并非易事，儿童文学概念的多歧性及其自身的跨学科性都制导了诸多困难。我主要是研究中国儿童文学，尽管也尝试中外儿童文学的比较，但依然无法真正把握世界儿童文学的发展状貌。为了解决这一问题，我邀请了齐童巍和

孙天娇两位小友加入这本教材的编撰。他们两人的研究兼及中外儿童文学，出版和发表过诸多相关的研究成果。他们的加盟给了我很大的信心，最终呈现给读者的这一本教材是我们三人共同思考和努力的结果。

　　蒋风老师的《儿童文学概论》给我们的编撰提供了重要的参照。蒋老师多次修订其《儿童文学概论》，用这一本书为无数的儿童文学爱好者和学习者打开了通往儿童文学的大门。当我向蒋风老师索序时，他毫不犹豫就答应了。读他所写的序，让我非常感动。这份感动既来自他对儿童文学的挚爱，又源于他对我们这本小书的鼓励和支持。感谢浙江大学出版社的大力支持，感谢责编老师为本书所付出的辛劳。

　　是为后记。

吴翔宇

2023 年 3 月 3 日记于浙师大红楼